Biblioteca Era

Ana García Bergua

Fuego 20

Para Edgardo Moctezuma,
con el gusto de conocerlo
en un ride de
muerte. Un abrazo,

Ana

mayo 2017

Ana García Bergua

Fuego 20

Ediciones Era

Primera edición: 2017
ISBN: 978-607-445-465-9
DR© 2017, Ediciones Era, S.A. de C.V.
Centeno 649, 08400 Ciudad de México

Oficinas editoriales:
Mérida 4, Col. Roma, 06700 Ciudad de México

Diseño de portada: Juan Carlos Oliver

Impreso y hecho en México
Printed and made in Mexico

www.edicionesera.com.mx

Sería como vivir sujeto a un pararrayos en plena tormenta y creer que no va a pasar nada.

Julio Cortázar, "El perseguidor"

I

El tío Rafa pilotaba aviones y yo lo admiraba como a nadie. Mi devoción por él teñía con sus exigencias todas las aspiraciones que yo pudiera tener. Vivíamos en un *penthouse* en el décimo piso de un edificio de la colonia Nápoles, cerca del tráfico de Insurgentes y el altísimo Hotel de México que nunca terminaban de construir. Al decir "vivíamos", me refiero a mamá y a mí, pues aunque tenía ahí su habitación, Rafa sólo venía de vez en cuando, dedicado a recorrer el mundo en su Boeing 727 de Aeronaves Mexicanas. Cuando aparecía en la puerta, reluciente en su traje negro de capitán con cuatro barras doradas, la vida cobraba un sentido distinto. Lo recibíamos casi como a un actor de cine, esperando que nos contara las historias, los lugares, los percances del vuelo: había visto imágenes impresionantes de ciudades, volcanes y montañas. En algunas ocasiones, las tormentas lo habían obligado a realizar toda clase de maniobras complicadas, aterrizajes forzosos en medio del desierto de Torreón, amarizajes que casi acaban en tragedia. En otras, me contaba a veces sólo a mí, había llegado a ver cosas raras sobre las alas, cerca de los alerones, figuras que después se desvanecían como fantasmas en medio de las nubes. Pero Rafa podía con eso y con más: era un príncipe, era

Supermán, era, para mí, el hombre más guapo de la Tierra, alto y esbelto, con sus bellos ojos verde oscuro y su tez morena apiñonada, herencia de mi abuelo. Y eso que había pasado gran parte de la infancia sentada en sus rodillas o envuelta en sus abrazos olorosos a Old Spice. Después aprendí a controlar ese nerviosismo que sabía no era normal; sin embargo, para mí no habría jamás uno como él.

A veces mamá le preguntaba si se había conseguido una novia, pero en eso Rafa era muy discreto: alguna cosa podía haber, pero ¿cómo iba a tener una relación formal si la mayor parte del tiempo andaba por los aires? No le haría eso a ninguna muchacha, contestaba. ¿Pero y las azafatas, tan hermosas?, ¿no había encontrado alguna con quien compartir la vida al vuelo? Rafa se reía. Ay, Graciela, yo no me casaría con nadie del trabajo. Mamá bajaba la vista; ella se había casado con su jefe de la oficina y no resultó bien del todo: mi papá la tracionaba y se murió cuando yo tenía dos años. Desde entonces, cuando algún señor se le acercaba con intenciones amorosas o la llamaba por teléfono para una cita, mamá respondía que no estaba lista. No quiero planchar más camisas decía, aunque ella misma planchaba las de Rafa y eso que teníamos muchacha. Después, cuando estuvo lista, los señores dejaron de buscarla.

Imaginábamos, entonces, que como los marineros Rafa tenía un amor en cada aeropuerto, mujeres seguramente bellísimas, súper elegantes y refinadas, a la altura de su encanto y nuestra admiración, pero cuyo amor era tan sólo pasajero, aventuras nada más. Y que las mujeres más importantes de su vida éramos, por lo tanto, mamá y yo.

A nosotras nos traía regalos, ropa y perfumes. En las vacaciones nos llevaba a algún lugar lejano con esos boletos que le regalaba la aerolínea como si fueran dulces. Y me dejaba viajar con él en la cabina. Mis compañeras de la escuela se morían de la envidia, presas de sus padres regañones, autoritarios y frustrados, incluso los que eran ricos. Sólo mis amigas Laura y María Rita tenían el privilegio de acompañarme de viaje y conocer la cabina. Con Rafa, mamá y yo flotábamos por los aires. Qué suerte tuve de tener un hermanito así, me decía mamá. Su papá, que era técnico de vuelos, apoyó mucho a Rafa con su carrera de piloto aviador. Cuando mi abuelo falleció, mi abuela Conchita, que antes de casarse había sido azafata en los inicios de la aviación, se fue a pique también de la tristeza. Rafa siguió su carrera gracias al capitán Zuloaga, su maestro, de manera que cuando mi papá se nos murió, Rafa se ocupó de nosotras como un padre verdadero. Y mamá fue, en realidad, más feliz. Por lo menos se veía siempre muy tranquila, como si nuestra vida, tal y como era, le bastara.

Yo casi no conocí al señor González, como le decíamos en la casa a Ramiro González, mi papá; me duró muy poco, antes de esa tarde en la que fue a la farmacia a comprar navajas de afeitar y se desplomó de un infarto. Era, decían, demasiado amigo del whisky, las mujeres y los tequilas, y eso que no era guapo para nada. Ya desde que mamá se embarazó de mí empezó a ponerle los cuernos, de manera que ella lo olvidó después con relativa facilidad, según el propio Rafa me contó. Pocas veces lo mencionaba y mi papá parecía más muerto que mis abuelos, más allá de una foto en la vitrina de la sala que lo mostraba poco antes de la boda, con el bigotillo ralo y la calva amenazando invadir parte de la enorme cabeza. La verdad, no le encontraba nada de atractivo y me hubiera gustado no parecerme tanto a él, con estos ojos tan chiquitos y la nariz respingona como trompa de mosca que me dejó y que trataba

11

de disimular maquillándome y adornándome con aretes y collares grandes, como las modelos de las revistas que me traía Rafa.

En alguna ocasión llegué a pensar en recortar la foto de mi tío –una en la que aparecía con su uniforme el día de su primer vuelo– y pegarla encima de la de papá. Claro que jamás lo hubiera hecho, pero ganas no me faltaban; en realidad hubiera querido pegar los hermosos rasgos de Rafa sobre mi propio rostro. Y fue el señor González el que me puso el nombre de Saturnina, Saturnina de los Ángeles, en honor de su madre española. Nunca me ha gustado mi nombre y no sé por qué mamá no me lo cambió: me pudieron poner Graciela, como a ella. Pero Rafa lo arregló muy bien, pues siempre fui Nina para él y para el mundo.

Y Saturnina sólo cuando pasaban lista en el salón. ¿Pero a mí eso qué me importaba? ¿Qué me iba a afectar, entonces, lo que hicieran o dijeran los compañeritos de la secundaria y de la prepa? ¿Cómo me iba a preocupar de lo que pensaran o a enamorarme de alguno de ellos, si el Boeing que manejaba Rafa despegaba al amanecer para que yo lo viera desde el ventanal de mi habitación? Todas las vacaciones viajaba a un lugar distinto con él o con mamá. Mis noviazgos duraban, cuando mucho, dos semanas y terminaban cuando mi tío el piloto se aparecía por la puerta, recordándome que los hombres podían ser perfectos. El novio en turno se me hacía chiquito, chiquito, se le veía más el acné, lo flaco, lo gordo, lo poco fino; yo misma me sentía ridícula con el chavo y lo cortaba en cuanto podía. Alguna oficiosa me llegó a insinuar que yo no era tan perfecta como para esos niveles de exigencia. Pero es que ellas no tenían en casa al mejor de los hombres. Yo sí, lo cual era mi dicha y mi desgracia.

Cuando acabé la prepa, viajé por Europa con mamá y el tío durante dos meses, nos la pasamos de poca su mecha como decía él, y hasta medio me ilusioné con Enricco, un chavo italiano guapísimo, que conocimos en Florencia y nos acompañó por algunas ciudades. Me quitó la virginidad en su habitación del hotel donde nos quedábamos en Roma, gracias a que fingí un malestar para no acompañar a Rafa y a mamá al palacio Corsini. Tuve mucho miedo, pero me moría de ganas y me gustó más de lo que hubiera querido. Enricco era tiernísimo y pensé que seguiríamos de manera más formal, pero cuando me pidió al día siguiente que lo ayudara a convencer a Rafa de transportar una bolsa cuyo contenido no me podía revelar, sentí por él un enorme desprecio y vergüenza por mí que había caído redondita con ese tipo. Rafa jamás hubiera aceptado algo así. Pasé el resto del viaje sintiéndome una idiota y con terror de estar embarazada; por suerte me bajó la regla en el avión de regreso.

Rafa me sugirió que me inscribiera en una universidad muy buena, en la carrera de Historia del Arte. Era parte de sus ilusiones, junto con la de comprar una casa en el Pedregal, donde vivía mucha gente de alto nivel, como él decía. Le ilusionaba que yo perteneciera a un medio refinado, pues por más que él ganara dinero y le fuera bien, no teníamos contactos de alta sociedad (yo no era tan bonita para tener novios adinerados y éstos nunca estaban a la altura de mi tío). La verdad, yo de chica quise ser azafata, por supuesto, como mi abuela Conchita –fue por ella que Rafa se enamoró de los aviones–, pero no daba el 1.60 mínimo indispensable. A duras penas rebaso el 1.50 y en realidad nunca se me dio eso de servir charolitas o sonreír por cortesía. Y ese viaje por Europa, con todo y la aventura con Enricco en medio de los museos, las fuentes y los edificios antiguos, me llenó la cabeza de cuadros y esculturas clásicas: me peinaba de caireles como las Meninas, con los jeans se veían bien. Me traje un montón de postales de obras de arte para adornar las paredes de mi cuarto. Me estudiaba en el espejo y me sentía como una de esas estatuas romanas con mi larguísimo cabello negro que amarraba con una cinta; en la casa me ponía túnicas. La carrera se parecía mucho al turismo que tanto me gustaba. Confiaba en que algún día me encontraría un arquitecto o de ahí para arriba, uno que fuera limpio, formal, encantador. Y mamá nos cuidaría a los hijos mientras viajábamos a las pirámides de Egipto o al Partenón, ay sí.

Mamá vivía muy pendiente de mí, quizá demasiado. A veces no la soportaba, observándome siempre como si mi vida fuera la suya o una que no pudo tener. Pasábamos horas mirando ropa en las tiendas o peinándonos, me llevaba a que me hicieran rayitos en el pelo para que me pareciera a ella que sí era güera. Quería seguir vistiendo a su muñeca y yo me le rebelaba. Incluso a veces les regalaba la ropa que me había comprado a Laura y María Rita, quienes me decían que yo era bien cruel con mamá, especialmente María Rita que no tenía madre, literalmente: era huérfana por ese lado. Había crecido cuidada por su papá y la hermana de éste, la tía Romina que era muy católica y callada, pero hablaba con los gatos y le costaba mucho arreglarse. María Rita había logrado entrar a estudiar Medicina a la UNAM y la carrera la absorbía por completo. En cambio, a Laura le encantaba vestirse y arreglarse, y después de la prepa no entró a estudiar nada más que inglés, a la espera de casarse. Sus papás tenían unas panaderías.

Pero todo eso se acabó y fue justo un 23 de octubre, el día de la Aviación. Yo no llevaba ni dos semestres en la universidad, tenía una buena embarradita de cultura y hablaba muy bien inglés, eso sí. Rafa regresaría a México en la noche, aunque no sabíamos bien a qué hora, de modo que mamá y yo decidimos ir al cine a ver *Fama*. Me moría de deseos de ver esa película, todo mundo hablaba de ella, hasta había pensado en inscribirme a danza. Mamá no tenía tantas ganas, pero quiso acompañarme para entretenerse un rato. Nos arreglamos muy bien y agarramos nuestro coche, un Maverick que nos había comprado Rafa, por supuesto –él, claro, manejaba un descapotable que le cuidaban en el aeropuerto cuando andaba de viaje. Sin embargo, no habíamos avanzado diez cuadras cuando mamá se sintió muy mal del estómago, toda mareada, quién sabe qué le cayó pesado, y no hubo más remedio que regresar. Yo de verdad quería ver la película y cuando subimos por el elevador traía un enojo de los mil demonios, que se me quitó cuando vi la gorra de piloto de Rafa en la mesita del *hall* con sus maletas reglamentarias, junto a otra más sencilla, sin el escudo. Mamá y yo nos alborotamos mucho y entramos contentas a saludarlo, pero entonces alcanzamos a escuchar una fuerte discusión. Desde la sala vimos a mi tío Rafa gritándose con otro hombre en el balcón. El hombre, a quien no conocíamos, vestía de uniforme como él, aunque con sólo una barra; insultaba a mi tío y lo amenazaba con una pistola. Rafa le sujetaba los brazos para quitárselo de encima y al hacerlo lo empujaba al vacío. En ese momento mamá corrió hacia ellos preguntando a gritos qué estaba pasando. Rafa y el hombre se echaron hacia atrás, sorprendidos, sin dejar de forcejear, y los dos perdieron el equilibrio.

Siempre pensé que el barandal de ese balcón era demasiado bajo. Un balcón de herrería muy finita, que bordeaba las grandes puertas vidrieras de las recámaras. Nuestro *penthouse* tenía en la parte de arriba una terraza que ocupábamos para tomar el sol y mirar la ciudad con los aviones que cruzaban el cielo. Considerábamos el balcón como una cosa decorativa, si acaso para salir a admirar un momento el atardecer con una copa en la mano, no más, Rafa y yo. Mamá casi nunca salía porque le daban vértigos y me pedía que regara las tres macetitas de adorno que ella había mandado poner ahí. Quizá Rafa temió que llegáramos y por eso condujo al extraño allá afuera, para que no escucháramos la discusión.

Asomada a ese barandal alcancé a verlos caer y caer, casi en cámara lenta. Pensaba tontamente que Rafa dominaría el aire como siempre y remontaría el vuelo, se agarraría de alguna cosa para no morir. Y lo seguía pensando cuando ya estaban los dos en medio de la calle, estampados en el asfalto como dos mariposas negras atrapadas en un vidrio, alrededor de las cuales se formaba una turba de gritos, frenazos, autos y mirones. Mamá me jaló hacia atrás, obligándome a entrar a la casa. Yo con gusto hubiera seguido a Rafa hasta la muerte, pero ese acto de mi madre me salvó. Desde entonces, odio el Día Nacional de la Aviación.

II

El efecto de la explosión llega hasta el gabinete de estudios médicos Laroche, a tres cuadras del otro lado de la calzada. Matraces, tubos de ensaye y recipientes con muestras de sangre caen al piso que se cimbra, algunas ventanas se rompen, se va la luz y un humo denso y oscuro comienza a invadirlo todo. Los empleados de Laroche que suelen permanecer hasta las siete de la tarde, en lo que se obtienen los resultados de las muestras médicas y se pasan a máquina, son evacuados. No hay transporte, ni siquiera metro, nadie sabe cómo reaccionar. Los sacan a todos a la calle así como están, con las batas puestas, incluido el doctor Bueno, el jefe, y unos policías acordonan la zona. Aléjense, les dicen, se siguen oyendo explosiones. Todos salen a la calle sin saber qué pasa, aterrados y preguntando qué sucede. Se está quemando la Cineteca, les dicen, miren. Y entonces a Arturo Lagunes se le cae el alma a los pies: tal vez su cuate Rubén está atrapado ahí.

Arturo se echa a andar junto con sus compañeros entre humo y patrullas, hasta un punto en el que pueden detenerse y ver, desde el otro lado de Tlalpan, a los bomberos que luchan por apagar el incendio y las ambulancias que van y vienen sacando a los niños de la Casa de Cuna que está a una cuadra. Es horrible, aterrador, imaginarse a toda la gente atrapada en el cine, cercada por las llamas. El edificio de la Cineteca parece una enorme muñeca con la ropa en jirones, un fuego enorme la hace bailar. Todos la miran como hipnotizados, cubriéndose la boca con el suéter, con lo que se pueda. Los ojos lloran. De hecho, ni siquiera tiene caso intentar trasladarse a algún otro sitio, si no es a pie: la garganta arde, el tráfico está muerto, los autos prácticamente estacionados en Tlalpan y Churubusco, resoplando sin avanzar. Hay grandes colas en los teléfonos públicos de los alrededores, la gente se desespera: muchos no sirven, para variar, y los que sirven no tienen línea.

Los compañeros que estacionaron el coche por ahí lo abandonan hasta el día siguiente. Ya anocheció y siguen mirando los chisporroteos en medio de la oscuridad, las enormes paredes que crujen, se derrumban, explotan. Está ahí también la televisión: ¿cuánta gente se quedó atrapada en las salas de cine, a cuántos habrán podido salvar? Ambulancia tras ambulancia, aquello no para. A lo lejos, varios carros de bomberos luchan por apagar la mole que se desmorona como un judas de Carnaval. Arturo trata de distinguir a la gente que, en fila y del otro lado de Tlalpan, corre hacia el norte; el humo y el reflejo de las llamas en la oscuridad no deja ver nada. Esos que corren, ¿serán los que estaban en el cine?, ¿irá Rubén entre ellos? Hay multitudes en ambas aceras, pues el metro no funciona. Los quemados deben estar en algún hospital, a algún lado se los llevarán. ¿O no, o sólo saldrán y se echarán a correr? Está como pasmado, ni puede casi moverse. Un policía lo zarandea: ¿Se siente bien?, ¿quiere que lo lleve con los de la ambulancia? Arturo le agradece y le dice que no. Creo que un amigo mío estaba ahí adentro, ¿qué hago? No, pos los están repartiendo por los hospitales, le responde éste, ¿por qué no va a Xoco? Es el que está más cerca… Conforme se aleja entre la gente, oye exclamar a Toñita, la rechoncha secretaria de los laboratorios que suele pensar y decir barbaridades: les apuesto a que mañana amanece todo esto lleno de zapatos. Camina por Churubusco y se pregunta si de todas maneras debe buscar a Rubén: ¿habrá llegado realmente a la Cineteca? Es muy distraído, luego tiene aventuras un poco raras porque queda en una cosa y a la mera hora hace otra. Rubén siempre tiene muchas cosas que hacer, no siempre está donde dice, no siempre llega a la hora en que queda, no siempre cumple sus planes. Por ejemplo, en las tardes-noches, como a esa hora pero no sabe qué día, Rubén toma una clase de fotografía en Coyoacán con un maestro particular según esto para complementar su formación de periodista. Sin embargo, Arturo está seguro de que eso de ser fotógrafo es una trampa para ligar chavas, pues Rubén es bastante miope y sus fotos no son lo que se dice buenas. A lo mejor se le olvidó y le dijo que iría al cine por distracción, pero en realidad está ahí con el profesor. Aquí en el de efe todo es "a lo mejor". En Xalapa, de donde viene Arturo, las cosas son un poco más lentas, pero suceden tarde o temprano; aquí no se sabe. Pero, ¿y si Rubén está atrapado en la Fernando de Fuentes?, ¿si se quedó a ver la película con alguna chava como otras tardes? Ya vio *La tierra de la gran promesa* tres veces, le encanta. Y vuelve a hacerlo, le dijo, porque las chavas, cuando la máquina le corta el brazo a uno de los obreros, se le pegan. No, no es cierto, corrigió, es un fresco histórico impresionante sobre el surgimiento del capitalismo.

Arturo conoció a Rubén hace como un año, se llevan bien. Estaban en la Cineteca, en la fila para entrar a ver una película que se llamaba *El gabinete de las figuras de cera*. Arturo iba por curiosidad, más que otra cosa. Salía del laboratorio y como la Cineteca estaba casi enfrente, se metía a ver cualquier película que estuvieran pasando, pues le gusta mucho el cine. A Rubén le llamó la atención el libro que Arturo leía mientras hacía cola, unos cuentos de García Ponce, y así empezaron a platicar de libros y autores que les gustaban: Pacheco, Revueltas. Rubén estudia en Ciencias Políticas; llegó de Torreón para estudiar Derecho y la abandonó, para decepción de sus padres. A Arturo lo mandaron a estudiar Medicina desde Xalapa, pero no aguantó ver los cadáveres, decepcionando a su papá, un odontólogo que aún aspira a que su hijo sea un gran cirujano. El año que estudió le ha servido para trabajar de enfermero y ahora en los Laboratorios tomando muestras de sangre, pero sobre todo para quedarse en la capital y buscarse una vida. Le gusta el cine, pero más los libros. Su papá piensa que todo eso es una cobardía y le ha dejado de mandar dinero para sostenerse. No le importa lo que le contó Arturo de Juan Vicente Melo –un autor importante, dermatólogo veracruzano– y ni siquiera sabe quién es. A Arturo la lectura lo confortaba luego de aquellas sesiones en el consultorio de su papá mirando encías y dientes de manera obligada, porque tenía que aprender. Una maestra de bachillerato se dio cuenta de que le gustaban los libros y le inculcó la costumbre, inútil para el doctor Lagunes, salvadora para Arturo.

Rubén revela fotos de bodas y bautizos en la tienda de un conocido. También vende cosas, le dice a Arturo. Y anda en la grilla. Quién sabe cómo le hace, el caso es que siempre tiene tiempo de estar en todos lados y enterarse de todo. A veces, Rubén y Arturo intentan ligarse a las chavas de morral que van en grupo a ver las películas. A Arturo, en el fondo, esas chavas lo desesperan; está convencido de que nunca se fijarán en alguien como él, más bien tímido, sin chiste, y no se esfuerza por agradarles. Le hacen más caso a Rubén, confianzudo, dicharachero, siempre listo para impresionarlas con sus chistes y su rollo. Arturo se identifica con él quizá porque ambos abandonaron sus respectivas carreras y están conquistando la gran ciudad; admira su desenvoltura, su ingenio.

Les da risa que ambos trabajan (bueno, Rubén a veces) en un laboratorio, uno de fotos, otro de muestras humanas. No es lo mismo, dice Arturo, las imágenes son limpias, espirituales, viven en su rollito. Lo mío es pura sangre y orina, qué te digo. No como los toros, sangre y arena, bromea Rubén, tratando de consolarlo: no, mano, a tu manera, tú también sabes de muchas historias en las muestras que analizas. Por ejemplo, te enteras de si dos se acostaron y agarraron una infección, o si alguien se quedará encerrado en su casa por una hepatitis; hasta cosas peores, si alguien morirá pronto, por ejemplo. ¿O no? Las enfermedades son también historias, cuando seas escritor las contarás. Y Arturo le agradece ese pensamiento tan barroco, como si lo formulara para no hacerle sentir tan mal. Él detecta algunas cosas para las que está entrenado, pero hasta ahí; si acaso les receta antibióticos a doña Francis, su tía, dueña de la derruida casa de la colonia Roma donde vive, y a su primo Pino. Abandonó la carrera porque empezó a tener unas pesadillas muy locas con los cadáveres y todo eso. Pero ya pensará qué hacer con su vida, es cosa de descansar un tiempo, unos meses. Debe ser durísimo eso de estudiar Medicina, le dice Rubén, pero cuando te encuentres a ti mismo serás un escritor-cardiólogo chingón o algo así, hasta me vas a mantener. Escritor, cardiólogo, un día en que vio su bata muy blanca le dijo que iba a poner una lavandería china. Así es Rubén, todo lo comprende, a todo le hace chistes y casi nunca habla de Torreón.

El hospital de Xoco está rodeado de patrullas, no hay por dónde pasar. Hay mucha gente y más policías alrededor. Se logra abrir paso entre la multitud. ¿Tiene algún enfermo aquí? ¿Me enseña el carnet? Mi amigo estaba en la Cineteca, le dice. Apenas los están trayendo, no dan informes, ¿es usted familiar? No. Entonces que vengan los familiares, joven, aquí hay mucha gente y no se está dejando pasar a cualquiera. Si hubiera dicho que sí, lo dejaban seguro, qué bruto, pudo decir que era su hermano o algo así. Por el susto se le durmió lo pícaro. ¿Le gustaría a Rubén que se dijera su hermano, lo siente tan cerca como él? De todos modos no está, se quiere calmar Arturo, seguro que no está ahí adentro. ¿Hay muchos heridos?, pregunta. El policía hace como que no lo oye, la gente lo empuja, unas señoras lloran, por ahí escucha que a los quemados los están llevando a un hospital hasta el norte de la ciudad. ¿Irá hasta allá? Quizá tampoco lo dejen entrar si no es familiar.

Se enfila entre la multitud hacia Coyoacán, al lugar donde toma su clase Rubén. Las luces de los coches atorados en el tráfico iluminan Churubusco como en una película antigua. Por las ventanillas de un Volkswagen alcanza a escuchar las noticas del radio: terrible incendio en la Cineteca Nacional, el mayor archivo cinematográfico de América Latina ha sido devorado por las llamas. Desde otro coche se oye una canción: ¿Y cómo es él?, ¿en qué lugar se enamoró de ti? ¿De dónde es?, ¿a qué dedica el tiempo libre? Es un ladrón…

El aire apesta.

Apura el paso mientras escucha el sonsonete de la música y los cláxones en medio de la ciudad paralizada. Mientras sus pies corren como si fueran ellos los que tuvieran un ansia de ver a Rubén sano y salvo, Arturo piensa en espectadores muertos y en películas muertas, fantasmas de los cines y de las películas que se sobreponen y se transparentan como gérmenes en el aire. Y piensa también en las muestras que dejó abandonadas en el gabinete del laboratorio, algunas solamente guardadas a toda prisa en los refrigeradores para el día siguiente, aunque no van a servir. La sangre que debió de quedar entre las butacas, sangre que sólo había ido al cine aquella tarde, como en esa película que vio con Rubén donde una mujer sólo había ido a hablar por teléfono y termina en el manicomio. Él se siente un poco así desde que está en la Ciudad de México.

III

Mamá nunca se perdonó el haber irrumpido así en la discusión de Rafa con el desconocido, del que no nos había hablado en todo el tiempo que llevaba pilotando el vuelo de Las Vegas. El hombre –un copiloto– lo siguió hasta la casa después de aterrizar. El día de la tragedia, una vecina, la señora Zaragoza, al vernos azoradas entre tanta gente, nos ayudó a llamar a la aerolínea, que nos apoyó con todos los trámites y el problema de sacar a la policía del asunto a puras mordidas. Así también nos apartaron un poco a nosotras. Se llamaba Pablo Santana, nos dijeron. No era tan guapo como mi tío, que aun muerto en su ataúd conservaba algo de galán. Esa misma noche fuimos a la funeraria y ahí conocimos a su familia; nadie sabía ni entendía nada. En todo caso, no había a quién culpar, pues aunque Santana estuviera armado, también había caído, eso se dijo; incluso si hubiera sido intento de asesinato, nada se podía hacer. Me angustiaba pensar que Rafa estuviera metido en algo malo, o que nos acusaran a nosotras de alguna cosa, pero los de Aeronaves Mexicanas prefirieron evitar que el escándalo saliera en los periódicos. Fue un accidente, insistían, un pleito personal del que nadie sabía nada. En realidad, los funcionarios eran tan amables y nosotras estábamos tan shoqueadas, que poco entendimos más allá del pasmo y la tristeza porque Rafa se había ido para siempre.

Eso sí, no los sepultamos en el mismo lugar. A Rafa lo llevamos al Panteón Jardín. No éramos muy religiosos en la familia, sólo dimos después del entierro una misa para pedir por el descanso de su alma, a la que asistieron algunos de sus compañeros y superiores. Ese día nos llegaron algunas historias de pleitos que jamás hubiéramos sospechado en mi tío, bajas pasiones, disputas por dinero. Eso nos dijo una de las aeromozas, pero yo me imaginé que estaba enamorada de él o algo así, porque se me acercó llorando con su mascada de rayas toda estrujada y sucia. Otro copiloto nos contó algo sobre una apuesta en la que Santana había perdido. Igual era inútil que nos dijeran nada; como si trajéramos un cuchillo enterrado todo el tiempo, los abrazos y los chismes nos dolían igual. Lo que sufría mamá con su conciencia era tremendo: pasada la ceremonia, se encerró en su cuarto a llorar y no salía de ahí.

En el fondo, yo tampoco la perdonaba: fue por su culpa que tuvimos que regresar del cine, por su culpa que Rafa y el extraño se espantaron. Quizá Rafa hubiera tenido más chance de defenderse si ella no hubiera irrumpido como esas mujeres locas de las tragedias griegas que me dieron a leer en la carrera. Y luego me trataba de consolar: mamá qué iba a saber, si corrió al balcón fue para ayudar. Pero hubiera podido ser menos escandalosa. Yo también sufría, me arrancaba el pelo encerrada en el baño. Como me vieron anímicamente un poco mejor que ella, los de la aerolínea me pidieron que me ocupara de los papeles: cobré el dinero del seguro, que se me hizo una fortuna. También conseguí un cliente para el auto de Rafa. Sentí que, a pesar de la tragedia, mi tío seguía extendiendo su manto protector sobre nosotras desde un cielo donde daban vueltas eternamente los aviadores muertos.

Un día recibimos la visita de un hombre de patillas anchas y traje a grandes rayas que aseguraba ser abogado, el licenciado Langarica. Representaba a varios miembros del personal de la línea aérea y venía en su nombre a cobrar las deudas de Rafa, entre las que se encontraba el coche deportivo que estaba por entregar al comprador. Traté de defender lo nuestro, pero al final no pude hacer nada para impedir que el tal licenciado nos desplumara. En efecto, tal como nos habían insinuado el copiloto de Aeronaves Mexicanas y la azafata despechada, Rafa era asiduo de los casinos y las apuestas, contraía deudas jugando al póker y al bacará La firma de los pagarés que me mostró el abogado coincidía en todo con la de Rafa –preciosa, yo siempre la quise imitar–, con la elegante tinta azul índigo y el punto grueso de su Montblanc. Dedujimos que el asunto con Pablo Santana tendría que ver con dinero. Y aun así, no quise pensar mal de mi tío: quizá no era exactamente irresponsable, quizá era sólo arrojado. Llegado cierto límite, él hubiera pagado, como si su avión fuera en caída libre y él esperara a llegar muy cerca del piso para, de repente, levantarlo. Al mirar sus fotografías me lo imaginaba con su uniforme impecable frente a la ruleta, sonriendo como James Bond, conquistando a la fortuna y las mujeres con sus ojos verdes. La verdad, nunca podría enojarme con él. Ese día me arranqué varios mechones en el baño de la desesperación. Lo bueno es que siempre tuve mucho pelo y no se me notaba.

De tanto que debía Rafa, dejamos de gastar y corrimos a la muchacha, pero ni así nos alcanzaba. Yo no podía dormir, me levantaba tempranísimo y daba vueltas por la casa o me encerraba en la habitación de Rafa para admirar sus fotos, oler sus colonias, esculcar los bolsillos donde fui encontrando papelitos que comprobaban el desastre. Buscaba también algo que hablara de nosotras, pero lo único que aparecía eran huecos, cáscara, postales que le enviaba gente de Las Vegas, alguien que en apariencia era él pero en realidad era un desconocido. Y un día encontré la foto de una mujer en una cajita llena de postales de todo el mundo. Era muy bella y sensual, hasta sentí celos, pero pensé que no debía de ser tan importante.

Una madrugada en la que me estaba depilando las cejas, el espejo del baño se empezó a mover de un lado a otro y escuché a mamá gritando desesperada. Desde el décimo piso se sentían de manera espantosa las sacudidas del temblor. Estuvimos abrazadas un rato hasta que pasó. Fue como un aviso siniestro. Comenzó a darme terror vivir tan alto, temía que en cualquier momento volvería a temblar y una fuerza incalculable me arrastraría al vacío, dejando sola a mamá con su tormento. Ella me daba mucha pena. De algún modo la comprendía y cada vez la fui culpando menos de lo que pasó. Y mientras, seguían las llamadas del licenciado Langarica que nos ponía plazos para entregar el dinero faltante. Dejé de ir a clases. Total, si de todas maneras no podría pagar el siguiente semestre. Los estudios, al igual que todo, se fueron convirtiendo para mí en parte de la vida de un fantasma, de una Saturnina que se alejaba hacia otras galaxias.

A los pocos días, la señora Zaragoza volvió a tocar a nuestra puerta. Estábamos viendo la televisión. Yo creo que ni siquiera nos habíamos cambiado la ropa, ni nos habíamos bañado. La casa estaba hecha un desastre y sólo comíamos té y quesadillas. Me preguntó cómo estábamos, si necesitábamos algo. Y luego, con mucha delicadeza, me dijo que su hijo quería cambiarse al edificio; estaba pensando en comprar algo junto a ella para cuidarla. El otro día, nos contó, se me olvidó que había dejado la llave de la tina abierta, ¿no se enteraron? Se le había inundado el departamento y fue un desastre, pero como mamá y yo ni salíamos y estábamos hasta arriba de todo, no supimos nada.

A lo mejor fue que con lo del departamento podríamos pagar lo que faltaba, o ver a la señora Zaragoza y pensar que podía envejecer como ella y desatar catástrofes, lo que despertó a mamá de su melancolía. Quizá fueron unas pastillas que empezó a tomar. Poco a poco se fue levantando de la cama, se puso a dar vueltas por la casa y a pasar un trapo por los muebles. Un buen día se fue al salón de belleza. Regresó con un tinte fabuloso y las uñas pintadas en tono cereza. ¿Sabes qué?, me dijo, los de Aeronaves nos tienen que ayudar a salir de esto. No entendí bien qué era "esto", pero asentí como si estuviéramos sumergidas en un pantano. Iría a ver al capitán Zuloaga, invocando la antigüedad de mis abuelos en el medio de la aviación. Seguro ya supo de las trácalas de Rafa, pero por mis papás nos tiene que ayudar, dijo mamá. No son trácalas, defendí a Rafa; cuando te atrapa el juego, es muy difícil parar. Mamá se me quedó mirando como si me hubiera vuelto loca. Las trácalas de mi hermano, Nina, qué le vamos a hacer. No nos debemos engañar, nos ha dejado peor que en la calle. Lo teníamos idealizado. O como tú dices, él tenía un vicio, pero nunca nos lo dijo, en cierta forma traicionó lo que mis papás le enseñaron. No es nuestra culpa. Ni yo ni tus abuelos hemos sido nunca así, y el capitán Zuloaga lo sabe. Luego se puso su antiguo traje Chanel de lana rosa y salió muy digna. Pocos días después, el hijo de la vecina nos compró el departamento y así nos pudimos librar del horrible señor

Langarica. Muy considerado con nuestra situación, Eugenio Zaragoza no nos dio un plazo para mudarnos, pero se entendía que debíamos buscar otro departamento lo antes posible. A mamá el capitán Zuloaga le ofreció un bonito puesto en las oficinas de boletos de Aeronaves Mexicanas, que se encontraban en Reforma. Fue como un consuelo y un descanso para ella, además de que ahora tenía una ocupación que la entretenía mucho y la hacía sentir que de alguna manera retribuía con su conducta lo que Rafa pudo haber hecho mal. Dejamos de hablar de mi tío, no sé si porque ella se sentía avergonzada o si le habían contado otras cosas que ya no me iba a decir. No me preguntó si quería yo trabajar ahí también; me sugirió que continuara mis estudios, pero no tenía ánimo para hacerlo.

Ella regresaba del trabajo cargando el *Excélsior.* En los ratos muertos cuando esperaba a los clientes frente al mostrador, marcaba los anuncios de departamentos que le parecían interesantes para que yo los viera. Yo aparentaba visitarlos, pero algo le quitaba sentido a las cosas. En realidad, me subía al Maverick a dar vueltas por la ciudad, recordando los paseos que a veces dábamos Rafa y yo por rumbos que a él lo fascinaban: Las Lomas, Ciudad Satélite, San Ángel, el Pedregal. Cómo le gustaba llevarme a pasear y soñar con que nos mudábamos ahí; luego me invitaba a comer helados al Dairy Queen o, desde que cumplí quince, una copa al lobby de un hotel elegante en Reforma. Al volver yo le mentía a mamá que había visto los departamentos y les inventaba defectos. No sé si me creía, pero asentía resignada. A veces me quedaba llorando en el coche estacionado en la lateral del Periférico. En un par de ocasiones fui a tomar café con Laura y María Rita que me sugirieron estudiar otro idioma; oí sus consejos y les dije que sí. Mentí mi alegría cuando el Dani, nuestro compañero de la prepa y novio de Laura desde la primaria, le propuso casarse. La verdad, no me importaba; en realidad no quería estar con nadie si no era con mi tristeza.

Una mañana me estacioné frente al monumento a Obregón. Me estaba haciendo a la idea de inscribirme en un curso de francés ahí cerca, pero me acordé de la mano del general convertida en una masa de venas y pellejos que flotaban en el gran frasco de formol. La había visto en una visita escolar, yo con la faldita azul del uniforme junto a Miss Mackenzie, mi maestra. Como era la más chaparrita, entré primero que todos. Fue aterrador. Pensé en las manos de Rafa, finas y recias a la vez, el anillo dorado con el sello de Aeronaves Mexicanas que se hacía polvo en el Panteón. No le pudieron sacar el anillo; preferimos que volara a la eternidad con él. O al infierno. Empecé a sentir una extraña ligereza, como si flotara en una pecera de coches, gente y autobuses, como si en cualquier instante pudiera deshilacharme como la mano de Obregón. Me estaba volviendo loca, quizá debía tomar esas pastillas que habían levantado a mi mamá. Sentí una gran urgencia de irme de ahí. Encendí el motor y enfilé hacia el Pedregal. Ya había estado dando vueltas por ahí, recordando las veces en que acompañé a Rafa a que corriera su coche por aquellos rumbos. De regreso bajamos por la avenida y él me preguntó: ¿qué casa quieres? ¿La blanca, la que parece un castillo, la de piedra? Yo escogí una mansión enorme y bien cursi, y entonces él me contestó: Espérate unos añitos y la tendrás. Ahora, tanto tiempo después, el Pedregal se veía como un desierto siniestro con esas casotas. Nadie caminaba por las calles, a lo mucho un plomero, una muchacha.

Si Rafa siguiera vivo, pensé, estaría cerca de comprar una casa de ésas con el dinero de sus apuestas, quizá habría logrado pagarla y nadie nos la quitaría. Una bonita, desde luego. Algunas, sí, eran muy ostentosas, pero las que se ocultaban detrás de las bardas de piedra me intrigaban, como si fueran de otro mundo. Seguí serpenteando por callecitas que parecían cavadas en la roca, así de altos los muros que escondían los caserones y los autos deportivos, a muchachas de mi edad consentidas, con ropa y perfumes y amigos del Cumbres y padres poderosos y protectores. Afuera se veía a los choferes parados junto a los carrazos, pasándoles una y otra vez el mismo trapo o a los guaruras de traje y lentes oscuros con la pistola abultándoles el saco. Me gustaba que todas esas calles tuvieran nombres de materias o fenómenos naturales: agua, aire, fuego, cráter, lluvia, cascada. Un desierto para príncipes y princesas que se casarían entre ellos formando ciclos eternos de reproducción. Por un momento soñé con conocer a un hombre del Pedregal que me recibiera en uno de esos castillos, como a una doncella perdida en un bosque de piedra, y según avanzaba el cuerpo se animaba a un nuevo despertar, como el que me provocó Enricco en Roma. A lo mejor Rafa hubiera accedido a su petición de transportar la droga y yo quedé como una estúpida salvaguardando su honor. A lo mejor ahora estaría viviendo en Florencia, muy feliz.

Y fue ahí, entonces, cuando ya bajaba de regreso hacia Revolución, que pasé por la calle de Fuego y vi, colgado afuera de una altísima barda de roca, el letrero blanco y rojo, "Se vende casa", y cerca de él un amplio portón de madera junto al que resaltaba un número de metal dorado y muy pulido, dos figuritas que bailaban ante mis ojos como un extraño recordatorio de que en una semana cumplía los 20. Y debajo el número: 5 20 20 20. Otra vez mi edad, como si la casa me llamara. Detuve un momento el Maverick y después, sin saber muy bien por qué, di la vuelta y me estacioné para ir a tocar el timbre. Me abrió la puerta una sirvienta muy enana de mandil verde, le pregunté si se podía ver la casa. Tiene que hacer una cita con el señor Modeoni. ¿Pero no está ahora, no me la podrían mostrar ahora? Usted llame a ese teléfono, él viene y se la enseña.

Antes de que la muchacha cerrara la puerta, alcancé a echar un ojo a la mansión en venta, como de dos pisos, rodeada por un jardín de árboles altos y magueyes al estilo de los que vi en los camellones. Anoté el número en una libretita que cargaba siempre. Sentía una curiosidad enorme de ver esa casa. Me intrigaban los cuartos en la planta alta, una escalera que pude distinguir por los ventanales. Un palacio de cristal y roca. Ahí vivía yo en otra dimensión donde Rafa y yo cumplíamos todos nuestros sueños y él me preguntaba: ¿Qué más quieres ahora?

Subí al coche más relajada. De nuevo estaban juntos los dedos de la mano de Obregón. Y con los dedos, un poquito de serenidad para planear una locura. Llamaría para que me mostraran la mansión el día de mi cumpleaños, ¿por qué no? Era una especie de necesidad, pasear por los salones y los jardines, curiosear en las habitaciones, echarle una ojeada a ese mundo que ahora me quedaba tan lejos, quizá para despedirme y empezar algo nuevo. Por supuesto, tenía que mentir un poco para poderla ver a gusto, pero ¿qué podía pasar? Era sólo una fantasía tonta. A lo mejor Rafa, o su fantasma quizá, andaba por esos lugares.

Cuando mamá volvió de la oficina de boletos de Aeronaves Mexicanas le propuse que saliéramos a cenar unos tacos. Ella se alegró de verme más animada, hablamos del festejo de cumpleaños, me dijo que María Rita y Laura me habían preparado una sorpresa. Estaba sinceramente entusiasmada y me sonreía con emoción mientras agitaba su refresco para que se le saliera el gas. Es un súper plan, te la vas a pasar divino. Al día siguiente, en cuanto se fue, marqué 5 20 20 20. Me respondieron en una asociación de quién sabe qué. Le dije a la secretaria que estaba interesada en ver la casa del Pedregal. ¿De parte de quién llama? Mi voz sonaba joven. Dije que yo representaba a la señora Mackenzie y me llamaba Ángela Miranda, unos nombres que brotaron de repente, los de mi maestra y de una compañerita a las que dudaba volver a encontrar en toda mi vida, además de que mi nombre completo era Saturnina de los Ángeles. Me emocionó adoptar una falsa identidad, inventar, quizá, el timbre de voz y los gestos de esa persona cuyo nombre había saltado así como así. Me preguntó si la señora era conocida de doña Victoria. ¿Doña Victoria? Victoria de la Loza, la dueña de la casa. No, le respondí, vimos el letrero cuando pasábamos por el Pedregal. ¿Cuándo la querría ver? Me di importancia y respondí que tenía la agenda muy ocupada; luego le di el 22 de abril, la fecha de mi cumpleaños. Muy bien, las espera el señor Modeoni a las diez en Fuego 20. Qué nombre, señor Modeoni, debía ser italiano.

La semana entera la pasé muy nerviosa. Estuve tentada de pedirle a mamá que representara a la señora Mackenzie, pero no le dije nada. Si viera la casa de Fuego 20, tan desproporcionada, sospecharía que yo no estaba nada bien. Me arruinaría el gusto, la fantasía. Mejor les decía que la señora estaba paralítica o inventaba algo. Para matar la espera, me puse a mirar los departamentos que mamá había señalado en el *Excélsior*. Ahí me encontré con Victoria de la Loza. Era una señora mayor, muy elegante; había organizado una fiesta de caridad quién sabe dónde y les repartía suéteres a unos niños chimuelos. Se peinaba muy exagerada. Al parecer, se dedicaba a la política;

también daba conferencias y alguien había grabado un disco en que recitaba sus poesías. Lo que era la gente de clase. Dominar el mundo a más de cien mil kilómetros de altura desde un jet podía sonar emocionante, pero para ser verdaderamente poderoso, había que tener casas, influencias. El poder tenía más que ver con la tierra que con el aire o con el fuego.

Mamá insistió en que me comprara ropa para mi cumpleaños. Rafa nos traía ropa gringa de muy buena calidad y las tiendas de aquí no me mataban, pero me compré un vestido camisero de una tela brillante que, en realidad, parecía como de señora. Mamá me preguntó si no quería algo más juvenil; seguro que tus amigas visten muy bonito. Lo que ella ignoraba era que, en realidad, yo estaba comprando el vestido de Ángela Miranda, asistente de la señora Mackenzie; nada que ver con Saturnina. A lo mejor la señora Mackenzie la había contratado por lástima, quizá Ángela trataba de disimular su origen con una afectación de elegancia. Le compré unos zapatos de tacón muy alto y un chaleco como de peluche. Mamá estaba muy sorprendida, pero lo tomó de la mejor manera: bueno, Nina, es tu cumpleaños, tú escoge lo que quieras, si eso te hace feliz.

IV

En la casa de la calle de Orizaba, Pino y la tía Francis miran consternados el noticiero de Zabludovsky que repite incesante las mismas escenas una y otra vez, la misma toma de la Cineteca incendiándose en medio de la oscuridad. Se repiten también las imágenes de unos funcionarios, todos echándole la culpa a alguien más. El director de la Cineteca salió lastimado del incendio. La cara maquillada con un lunar de la directora de Cinematografía dice que ella lo había avisado, sabía que podía pasar. ¿Y si lo sabía por qué no hizo nada?, pregunta Pino mientras mastica una concha de pan dulce. Luego pasa a otro tema: Así te quiere peinar Suzuki para la boda de mi tía Coco. Pino y su novia Suzuki tienen una pequeña peluquería unisex a dos cuadras de la casa. Gracias a ellos, doña Francis siempre anda muy arreglada, maquillada y con las uñas de colores.

Doña Francis le pide que se calle, se muerde las uñas, horrorizada. Abraza a Arturo nada más lo ve llegar: bendito Dios que estás bien. Lo toquetea como si le buscara partes faltantes. Estoy bien, estoy bien, tía, insiste él. Ya vio las noticias tu mamá y llamó desde Xalapa, tienes que hablarle. La televisión sigue. Dicen que evacuaron a todos los espectadores, pero se calculan como cincuenta heridos. Se los llevaron a la Cruz Roja, se los llevaron a la Cruz Verde, se los llevaron a distintos hospitales, dicen. Hay un capitán de bomberos y dos bomberos muertos, junto con dos civiles, así como diez desaparecidos. No se sabe qué provocó el incendio, puede haber sido un tanque de gas en la cafetería Wing's. Mencionan, sobre todo, las películas, el enorme acervo que se guardaba ahí: toda la historia del cine nacional está destruida. Los filmes de la época muda, chamuscados. *El compadre Mendoza*, carbonizado. *Santa*, hecha polvo, *Allá en el Rancho Grande*, inexistente. *La mujer del puerto*, puras cenizas. Desde el temblor que derrumbó la Ibero e inutilizó el cine Roble hace tres años, no se ha vivido una catástrofe igual en la ciudad, pero ésta tiene, además, consecuencias inimaginables para la historia de nuestro cine, para la historia de la cultura mexicana en el siglo XX. La catástrofe, la catástrofe, exclama Pino, luego se va a dormir a su habitación. Él me mintió, él me dijo que me amaba y no era verdad, no era verdad, buenas noches.

Arturo llama a Xalapa, tranquiliza a su mamá, que está muy espantada. Su papá le dice: Si no hubieras dejado la carrera, esto no te pasaba. Pero si no me pasó nada, papá. El papá se enoja, le cuelga. Arturo le vuelve a marcar a Rubén. Ya llegó uno de los chavos que vive con él. ¿Lo has visto? No. ¿Ha llamado? No. Es que me dijo que iba a ir a la Cineteca. No puede ser, le responde el otro, que se llama Damián; a mí me avisó en la mañana que se vería con una chava para comer. Que se iban a ir a Cuernavaca con el gringo. No se le hace demasiado raro a Arturo que Rubén haya tenido ese plan y no le haya dicho, ya lo conoce. De todos modos se molesta: ¿por qué hacerle pensar que iba a pasar al cine y luego a verlo en la noche? ¿Creería quizá que regresaría de Cuernavaca a tiempo para ver la película? A lo mejor quería hacerlo todo, no siempre se puede. Ah, bueno, le responde a Damián. Si viene de regreso ahora en la noche, va a llegar súper tarde, la entrada a México debe estar llenísima. A Arturo no le parece que el embotellamiento de la Cineteca llegue hasta la salida a Cuernavaca. En una de ésas y hasta se queda allá, ¿verdad?, responde. Cuelga y acepta el chilpachole de doña Francis, picoso, picoso, pero delicioso, como dice Pino.

"Cinco muertos, tres desaparecidos y más de cincuenta lesionados fue el saldo del incendio ocurrido en la Cineteca Nacional", dicen algunos periódicos al día siguiente cuando baja a desayunar. Doña Francis salió a comprarlos temprano. Hablan de la gente que estaba en el cine y salía con las ropas en llamas, los bomberos que les aventaban cobijas para apagarlas. "Algunos alcanzamos a salir, pero otros se quedaron atrapados cuando el edificio comenzó a desplomarse", declaran algunos testigos entrevistados. Arturo piensa en Rubén mientras se baña: le voy a hablar al rato; si le llamo ahora, tan temprano, va a decir que qué me pasa. Ciertamente no pudo dormir bien. Él imaginándose a Rubén entre las llamas, y el cabrón en Cuernavaca. Hasta a la Cruz Verde fui, qué necio. Mejor eso no se lo digo, va a pensar que quiero que se chamusque. Quién sabe qué más va a decir.

A las seis de la mañana, la tía Francis trae una bata de color naranja que la hace parecer una gran maceta, pues es bastante frondosa con todo y la edad. Me tuve que tomar un pasiflorine y ni así dormí, dice ella, mientras le sirve el café de olla y las picadas con salsa roja, vieras lo mal que me puse de imaginarme a toda esa pobre gente que sólo fue a divertirse un poco, a olvidarse de sus cosas, y acabó así. Acabaron como en una película, ilustra Pino. Y hasta que no llamaste estuve asustadísima, Arturo, la Virgen te cuidó. Ay, mami, exclama Pino, las llamas no iban a cruzar Tlalpan, también qué ganas de espantarte. Y a Arturo: Suzuki dice que todas las películas de María Félix se quemaron, ya no las vamos a poder ver. ¿Cómo crees?, le responde éste. Pino siempre logra sacarle una carcajada, aunque esté en el momento más trágico de su vida, y es algo que le agradece. ¿Y no le vas a llamar a tu amigo?, le pregunta doña Francis. Es muy temprano, quién sabe a qué horas llegó; mejor le hablo al rato, pero si llama, que me busque en los laboratorios. Capaz que hoy no trabajas, mejor quédate y avisa que te enfermaste del susto. ¿Cómo cree, tía? Hay que levantar todo el lío, ayer nos salimos así como así, medio guardamos algunas muestras, pero eso debe de estar hecho un desastre, se rompieron los vidrios.

Por lo pronto, sus muestras de sangre, guardadas a toda prisa y sin los reactivos necesarios, ya se arruinaron. Habrá que volver a sacarlas, ni modo. Arturo piensa en todos los que caminaban anoche por la acera de Tlalpan, como glóbulos sanguíneos, ese movimiento de las multitudes torpe e implacable. A él le gusta la sangre, le gusta extraerla, buscar la vena, ver cómo va saliendo lentamente, como una víbora de su cueva. Es lo único que no le asquea de todo lo aprendido. Le enseñó a hacerlo su papá, que lo ponía a practicar con naranjas mientras les sacaba las muelas a los pacientes cuando lo acompañaba al consultorio. Esos ratos le gustaban, se distraía y después se ponía a leer algún libro que le hubiera mandado su mamá para que no se aburriera. Todo iba muy bien, hasta que el doctor Lagunes lo llamaba para que viera la úlcera en la encía o la curación o las caries; ahí se acababa el encanto.

También le gusta ver la sangre en el microscopio, anotar valores, contar los leucocitos. A veces se encuentra cosas que lo sorprenden, tonos de la sangre que no había visto, imágenes que lo aterran de tan sólo pensar a qué enfermedades podrán corresponder, y el doctor Bueno, su jefe, le explica. Se las ha arreglado para que no lo pongan más que a sacar sangre, nada que ver con las muestras de excrementos o de orina, que les tocan a Lupe y a Sánchez, sus otros compañeros que, por cierto, no le caen nada bien.

V

El día de mi cumpleaños cayó en martes y me desperté como Ángela Miranda. Mamá había comprado empanadas de El Globo para desayunar. Además, me dio mi sorpresa, me regaló un libro de Benedetti y unas botas preciosas, de color miel, que encargó de Argentina a unas aeromozas. Para que pises fuerte en la vida, me dijo muy animada. Me encantaron, pero no formaban parte del guardarropa de Ángela, la asistente de la señora Mackenzie. El libro de Benedetti a lo mejor sí, esos poemas daban ganas de llorar. Ángela debía vestir un poco exagerada, ni de buen gusto, ni casual. En realidad, todo era una suposición; ni que yo conociera ese mundo, pero por alguna razón misteriosa encontraba muy emocionante, hasta excitante, ser alguien más durante ese día. Le imaginé un pasado, un pueblo chico del que ella se escapaba, unos padres que le daban vergüenza, algo así. O mejor era huérfana y la había educado la señora Mackenzie, muy generosa, que sin embargo nunca dejó de recordarle su lugar. Ángela debía ser exagerada, aventada con la gente. Cuando mamá se fue a trabajar, me estuve un buen rato con la pistola de aire mientras practicaba adentro de mí cómo contestaba Ángela, qué cosas decía. El cabello quedó esponjado pero en serio, onda

Farrah Fawcett, y le puse mucha laca; me maquillé como nunca con sombras azul pastel y me puse los enormes tacones. Sabía usarlos, pero tuve que dar unas vueltas por la sala para acostumbrarme. Trabajé en disfrazarme hasta que me vi al espejo y no me reconocí. Luego me subí al Maverick y me dirigí a la gran casa para que me la mostrara el famoso señor Modeoni, a quien imaginaba italiano, de grandes y canosas patillas.

El Pedregal seguía desierto como la otra vez y sin embargo los camellones amplios, regados con esas máquinas en las que el chorro de agua gira y te persigue, olían a pasto recién cortado. Las casas silenciosas como extraños gigantes me hacían pensar en el cuento que me leía mamá de niña, donde un joven valiente se aventuraba en un bosque de árboles torcidos y llenos de espinas, con estatuas de piedra que no podían hablar. Estacioné el coche frente a la casa. El número 20 brillaba como si me estuviera llamando. Y yo, como el muchacho del cuento, traía puesta una coraza protectora que eran la ropa, el enorme peinado, un nombre falso y los tacones, los cuales aventaría si se daba el caso de tener que escapar. Después de todo, se decía que en el Pedregal vivía toda clase de gente; el dinero no garantizaba que una persona fuera recomendable, incluso podía ser al revés, como pasaba con tantos políticos y abogados ladrones. Y era posible que la tal Victoria de la Loza fuera como ellos, pero eso no me importaba. Yo me estaba dando mi aventura de cumpleaños: ser otra, ver una casa enorme y juzgarla como si fuera para mí o para esa persona que alguna vez, con mi tío, quise ser.

Hacía veinte años que Saturnina había nacido en un hospital de la colonia Roma a las diez de la mañana, la misma hora en que Ángela Miranda tocaba el timbre de la mansión de piedra y cristales. Escuché a unos perros feroces que ladraban y respiraban del otro lado de la puerta y sentí miedo. Luego, gritos de la muchacha –Sansón, Dalila, vénganse para acá–, y un chiflido. Me imaginé que era la misma sirvienta de la otra vez y me sorprendió que una persona tan chiquita dominara a las fieras enormes que gruñían del otro lado de la barda. Al final, Sansón y Dalila se alejaron ladrando. La muchacha regresó para abrir el portón y le dije que me esperaba el señor Modeoni para ver la casa. Ahora traía manchado el delantal y una botella de Pinol en la mano. Ah sí, está en el comedor, pásele. ¿Es usted la misma que tocó el otro día? No, le contesté convencida. En realidad, me sentía distinta.

La muchacha me indicó un caminito de losas de barro que cruzaba el jardín entre hules y macetones de buganvilias para desembocar en una puerta grande, al centro de un gran vitral de colores dividido en figuras geométricas. Al fondo, el jardín se perdía en medio de un bosque. Viéndola bien, la casa era muy exagerada, quién sabe por qué me había parecido tan atractiva. De que era grande, era inmensa, pero ¿no sería una gran cursilería? Y si lo era, ¿qué más daba? Me esforzaría porque Ángela Miranda combinara bien con esa casa. Crucé el jardín de la entrada haciendo equilibrios con los tacones y espiando en el caminito a Sansón y Dalila, que seguían ladrando desde algún lugar en el fondo, quizás amarrados.

La puerta estaba entreabierta y en el centro del vestíbulo me esperaba un hombre de traje azul. Pensé de inmediato en el consabido príncipe y me reí por dentro. Mucho gusto, Felipe Modeoni, para servirle, me dijo, y me extendió la mano. Era un hombre alto, moreno de ojos claros, de un color indefinido. Tenía la voz rasposa, olía a loción y traía al cuello una cadena dorada en medio de la camisa abierta, por la que asomaba un vello discreto y muy rizado. Su sonrisa blanquísima me dio mucha confianza, además de que me sentí muy en correspondencia con él, con ese vestido de tela brillante que me había dado comezón todo el camino en las chichis y la espalda. Apenas le rocé la mano y la sentí hirviendo, la comezón y todo lo que pudiera tener se me quitó; le dije que venía a ver la casa, como si él no lo supiera. Repetí lo de Ángela Miranda y la señora Mackenzie. Le expliqué que ella no había podido venir: La señora está en una silla de ruedas, ya está grande y no se siente bien. El señor Modeoni me dijo que la casa a lo mejor le resultaba grande a la señora Mackenzie. Vamos a instalar un elevador en las escaleras, respondí, pensando en alguna película que había visto. Fue la primera frase de Ángela Miranda, la dijo con aplomo. Modeoni se sonrió. No se preocupe; si quiere comenzamos, pase por aquí. Me gustó el timbre de voz del señor Modeoni, mucho más grave que su manera de vestir. También me gustaban sus manos, delgadas y firmes. Extendió el brazo con cortesía, indicándome el camino, y me sení muy segura en los tacones, en mi papel. Ángela se disponía a recorrer, por fin, su mansión de cumpleaños. A lo mejor, pensé, los dos estamos disfrazados. A lo mejor él tampoco es la persona que representa.

Empezamos por la planta baja: la sala muy espaciosa, con un muro y la chimenea de piedra y un ventanal muy bonito que daba al jardín sembrado de magueyes y buganvilias. Era un misterio ese jardín, seguro estaba lleno de alacranes y coralillos, pero eso a Ángela no le importó. Admiré la duela del piso, qué bella. De puro cedro, añadió él; años cincuenta, fue de las primeras casas que se construyeron en el Pedregal. Entendí que por eso a Rafa le parecía tan moderno. Esta casa la mandó construir el esposo de doña Victoria y se ha conservado perfecta. Su esposo fue Triunfo de la Loza, ¿no le suena?

Le dije que no. Modeoni se me acercó y me dijo: Fue un político muy importante, embajador entre muchas otras cosas, desapareció en un accidente de aviación. Luego pasó a otra cosa. Me di cuenta de que se le había salido algo que no debía decir, por lo menos para vender una casa, pero eso creó entre nosotros –o más bien entre Ángela y él– una especie de complicidad.

Ángela se me desprendió un poco, como si sintiera una especie de liberación; recorrió el salón con un donaire desconocido para mí, se instaló en uno de los equipales del pasillo y cruzó la pierna, miró las manchas de sol que jugaban en el césped allá afuera en el jardín. El señor Modeoni carraspeó. Si lo desea, podemos continuar con la cocina. La cocina integral no me interesaba en lo más mínimo, tampoco a Ángela. Cuando Rafa venía a la casa, traía latas importadas exquisitas: patés, caviar, cosas realmente buenas, y las disfrutábamos con pan baguette. Bebíamos vinos franceses y alemanes; le dejaban pasar cajas enteras por la aduana.

El comedor era suntuoso, estilo Imperio, con la mesa larguísima, las sillas y el trinchador de maderas muy finas. Modeoni separó la silla de la cabecera y con gesto amplio me invitó a sentarme, como si estuviera presidiendo un banquete de personas muy importantes. Ángela se lo imaginó perfectamente mientras extendía los brazos y acariciaba la madera tan suave. Puede acomodar sin problemas hasta treinta personas, si lo desea. Modeoni me ofreció la mano invitándome a levantarme y seguir el recorrido, ojos y sonrisa lanzando pequeños relámpagos calurosos. Caminaba siempre detrás de mí, como cuidando que no me fuera yo a desviar por algún corredor. Eso me emocionaba, de alguna manera me daban ganas de deslizarme por la duela de cedro hacia otra parte. Modeoni me preguntó de dónde venía la señora Mackenzie. Viene de Washington, respondí con gran aplomo. Miss Mackenzie, mi maestra de la primaria, era de esa ciudad, y fue lo primero que se me ocurrió. Lleva muchos años aquí desde que falleció su esposo, porque allá hace mucho frío en el invierno.

Nos asomamos por el ventanal corredizo del desayunador, que también daba al jardín y a una terraza donde se podía comer y tomar el sol, junto a una alberca de buenas proporciones. Rafa me enseñó a nadar cuando era niña, durante unas vacaciones en Acapulco. Me levantaba en vilo y me lanzaba de nuevo al agua: no recordaba mayor felicidad.

La voz de Modeoni me despertó cuando soñaba con los dedos pegados al cristal. Pasemos al estudio si lo desea, por aquí. El estudio también daba a la terraza, por supuesto, con sus miles de anaqueles, la puerta pesada, como todas las puertas, que se comunicaba con el vestíbulo. Para que las visitas no se metan a la casa, pensé yo, para imponer límites, precisó Ángela. Todavía tiene muchos libros, la señora no ha podido empacarlos, ni los cuadros, pero mire nada más qué joyas. Una enorme pintura, apoyada en el suelo, mostraba a doña Victoria vestida de negro, con un gran escote y un collar de perlas, contra un fondo azul. También había muchas fotografías sobre el escritorio, junto a una caja. Quise acercarme a verlas un poco más, en especial una que mostraba a un niño bastante bonito, pero el señor Modeoni me interrumpió. Subamos al primer piso, por favor. Y mis tacones siguieron a sus zapatos negros, relucientes como espejos, por una escalera de peldaños volados.

Si tan sólo pudiera pasar ahí un rato a solas, pensaba mientras recorríamos un pasillo alfombrado al que se asomaban las recámaras, cada una con su baño, y una salita de televisión, estaría feliz. En una casa como ésta se podía organizar una gran fiesta con los pilotos de la aerolínea y las azafatas, todos vestidos de azul pavorreal y rosa mexicano, bailando música disco. Atisbé al fondo una escalerita que daba a una recámara, la pequeña torre que había visto desde afuera. Me le escapé al señor Modeoni y me adelanté para echar una ojeada por la puerta entreabierta: alcancé a ver una cama más bien pequeña, muchos pósters y de nuevo una foto del chavito, más grande. Enfrente de la cama había una pecera sin agua donde una colita de algo se agitaba. Antes de que pudiera ver qué era, el señor Modeoni me alcanzó; me tomó del brazo suavemente mientras cerraba la puerta y me guiaba, sugerente, a la recámara principal, vacía y amplísima: el vestidor era casi del tamaño de un cuarto, con las paredes forradas de espejos, una alfombra blanca, peluda, y una cama redonda. La dejaremos porque el colchón es muy bueno, de agua, explicó él, pero por supuesto se puede quitar y cambiar, si se desea. Colchón de agua, se dijo Ángela, desea, desea. El señor Modeoni giró una perilla en la pared y empezamos a escuchar una música de violines que a Ángela le encantó.

Tan nuevo y distinto era todo esto de lo que yo conocía, que dejé a Ángela apoderarse prácticamente del lugar, como si ella viera todos los días cosas así. Modeoni tenía las piernas musculosas; a la altura de los muslos se le pegaba el pantalón como a mi tío, y se le notaban los femorales, a mi alterego le dieron ganas de sentarse en su regazo. Modeoni siguió la ruta y abrió la puerta del baño. El mármol lo trajeron directo de Aguascalientes. Yo pensé en Enricco y los mármoles que vimos en Florencia, los cuerpos de las estatuas. Estoy seguro de que la señora MacCormick sabrá apreciar esto, indicó señalando unas agarraderas de acero en la pared. Mackenzie, le corregí.

Sonrió, apenado. Una disculpa. Me dedicó una sonrisa. La música era casi mágica, aunque no sabía distinguir de qué clase era. No se preocupe, le respondí. Me imaginé a la señora Mackenzie como una ballena enorme y blanca chapoteando en la tina. ¿También tiene música el jacuzzi? Modeoni no me contestó. A lo mejor estaba pensando lo mismo que yo, es decir, en quitarnos esta ropa tan incómoda que traíamos ambos y meternos al agua. Las medias me picaban, el pelo me estorbaba. Y las cadenas y los brazaletes que me había puesto sonaban como adornos de Navidad. Pero, ¿cómo proponerlo? Yo, Saturnina, no tenía ni idea, estaba sentada en los anillos de mi planeta, imaginando ballenas. Órale, lánzate, me susurraba Ángela, total no sabe quién eres ni cómo te llamas.

El señor Modeoni me volvió a tomar del brazo y me condujo afuera suavemente. Ya más de cerca no olía muy bien, como si tanta colonia disimulara otro aroma que ni Ángela ni yo lográbamos identificar, quizá a salmón ahumado. La verdad, me disgustó. Tardó en soltarme un poco y al hacerlo me acarició un seno como sin querer. Yo descubrí que la recámara tenía una terraza. No me dijo de la terraza, le reproché, zafándome. Si lo desea podemos verla. Se puso a probar llaves hasta que logró abrir la puerta y ambos salimos a respirar. La música ya no se escuchaba. Los jardines se perdían en el bosque que señalaba un límite –¿o seguiría más allá?– a la inmensa propiedad.

Esta casa es como una obra de arte, comenté. Exacto, así la concibió el embajador De la Loza, se la encomendó a un arquitecto muy renombrado. Di la vuelta y me dirigí a la escalera preguntándome cómo sería amanecer todos los días en una casa así, formar parte de este mundo, ser de verdad Ángela y no Saturnina. Entonces escuché una voz de mujer, recia y decidida, que daba órdenes en el vestíbulo. Parecía estar regañando a alguien. El señor Modeoni tomó la delantera, disculpándose, y bajó las escaleras hecho la mocha. Felipe, preguntó la voz, ¿tú sabías que César Augusto se iba a llevar la camioneta grande? Felipe y César Augusto, me repetí, con un poco de miedo. César Augusto debía de ser el chavo de las fotos. No, doña Victoria, o más bien sí. Él le avisó a Florinda en la mañana, pero no sé más, no se ha comunicado conmigo. Florinda era la muchacha del Pinol. Alcanzaba a ver su espalda curvada en un gesto compungido. Yo pensé que ya lo sabía, se defendió. Tú no tenías cómo saber, le respondió comprensiva la dueña de la casa, pero le encargué a César Augusto que cualquier cosa de éstas me tiene que decir porque si no, me cambia todo el plan. Me acaban de traer del desayuno en Los Morales y contaba con la camioneta. Apenas supe que se la llevó, licenciada, mugió el señor Modeoni. Yo le avisé al señor desde las nueve de la mañana, atacó Florinda. Es que he estado mostrando la casa, por eso no había podido llamarle.

Ésa era mi señal para entrar a escena. Había estado bajando despacio por la escalera y justo ponía el pie en un tapete con diseños como de Vasarely, cuando me encontré frente a la mujer del cuadro, ya mayor pero muy hermosa, vestida con un traje sastre de brocado rojo y un chongo escultórico que reducía las melenas de mi madre a un ridículo mechón ondulado. Mucho gusto, le dije. Me dio la mano con cortesía y me dijo su nombre. Yo respondí al saludo pero olvidé por un momento el apellido de mi alter ego. El señor Modeoni me ayudó: La señorita es Ángela Miranda. Para servirle, continué con el mayor aplomo que pude. Estaba admirando la casa, es preciosa. Ella viene de parte de una señora que está interesada en comprarla, intervino Modeoni. ¿Ah, sí? ¿Y quién es la señora?

La señora Mackenzie, Úrsula Mackenzie. La mandíbula me empezó a temblar. Doña Victoria se quedó pensando. No la conozco, ¿de dónde es? De Washington, respondí tratando de ser coherente con mis mentiras. Lleva muchos años aquí. Estaba en Cuernavaca pero viene a vivir a México para estar cerca de sus hijos y buscan una casa muy grande, como ésta. ¿Y ya le diste los detalles, Felipe, ya sabe lo de los papeles y el asunto del pozo? Apenas íbamos a verlo. Como al principio, volví a tener la sensación de que él estaba disfrazado también. Porque me tienes que llevar tú a la junta de Triunfo 70, pero en el deportivo de César Augusto, ni modo; odio ese coche. Fue entonces cuando me salieron aquellas palabras, impulsadas por Ángela, por ser Ángela con sus ganas de seguir ahí, con estas personas a las que no conocía en lo absoluto, mientras fuera posible, nada más por quitarse la curiosidad, vivir una historia distinta: ¿No le gustaría que los llevara yo al centro? Mi coche es grande y voy para allá. Fue toda una audacia de mi parte; lo que no esperaba era que aceptarían.

VI

Los restos de la Cineteca humean desde el otro lado de Tlalpan. Se han ido las patrullas, los bomberos, las ambulancias, ni siquiera está acordonada el área. El metro ya funciona bien. No se ve a nadie, nada, sólo las ruinas desmadejadas y grises en el gris turbio de la mañana. Arturo se pregunta si será peligroso, si habrán quedado muertos ahí abajo, si podría explotar algo ahí, si no estará Rubén sepultado entre esas piedras y él ahí nada más. *No news, good news*, le dijo Pino que había estudiado inglés comercial en las Academias Vázquez. Si nadie te ha llamado por tu cuate, es que está bien, al rato lo buscas, no te aceleres tanto que te vas a desvielar. Van a dar las siete y media, su hora de entrada, y mejor se apura.

La intendente ya trapeó los laboratorios, pero él tiene que poner orden en su gabinete, tirar las muestras abandonadas ayer y anotar los nombres de sus dueños para que les llamen y vengan a tomárselas otra vez. Con la bata puesta, recibe a los de siempre, que esperan desde las siete: el aficionado al pulque que vende su sangre por litro pero tiene que hacerse un estudio previo, la parejita que se va a casar, el muchacho que pescó una cosa o varias en una aventura, la mujer temerosa de padecer una enfermedad mortal: todos ésos se curan con antibiótico. Aparte el hombre que era como un roble y ahora se siente débil, débil, ¿no será anemia?, o los que de verdad temen alguna enfermedad rara y peligrosa, como una señora que trae los brazos llenos de moretones, preludio de la púrpura. A todos les busca la vena con paciencia, los tranquiliza, los pica, les extrae el jugo rojo que anima sus temores. Pega la etiqueta con su nombre en los tubitos de ensaye y les da un algodón con alcohol si se sienten a punto de desmayar. La fila de gente que sangrar se le hace interminable y se pregunta a qué horas podrá salirse para llamarle a Rubén.

Por fin lo logra, como a las doce. Toñita ni loca le prestará el teléfono, con ese pretexto sale y promete regresar en un momento. Si te vas a almorzar mejor dime, no seas cobarde, le espeta la secretaria. Arturo insiste en que no tardará, pero la mención del almuerzo le hace un hueco en el estómago. Camina las cuadras que separan de Tlalpan a los laboratorios y le marca a Rubén desde un teléfono en la esquina. No contesta nadie en la casa, otra vez. Decide que irá al estudio de fotos en su hora de comer. Antes de regresarse a los laboratorios, cruza la avenida por uno de los puentes peatonales y se acerca un poco a las ruinas para asomarse por las rejas. Aquello sigue desierto, se siente el calor que todavía despide el cascajo amontonado. O no, hay unas cuantas personas, trabajadores quizá, algunos con bata gris, que se han trepado con una escalera a las ruinas y se van pasando rollos de película. Ve a unas chavas escalar entre las piedras mojadas para sacar papeles, otros que parecen buscar algo. El olor es penetrante: un olor ácido, a plástico y a carne chamuscada quizá, no sabe ni qué pensar. Quería comerse un taco de canasta para entretener el hambre, pero ya se le quitó.

El doctor Bueno cuenta que un cuate suyo vio anoche a unos quemados de la Cineteca en el hospital de especialidades

Rubén Leñero. Estaban muy mal, quién sabe si la libren, mi cuate me dice que varios tenían quemaduras mortales. Arturo piensa que quizá debería ir allá, preguntar si no está Rubén entre ellos. Se acuerda de una película que vieron juntos, de una mujer con la cara deformada por las llamas, ¿o era por el ácido? Híjole, doctor, ¿y usted cree que llamarían a sus familiares? Yo me imagino que sí, todos los hospitales lo hacen. No sé si un amigo mío estaba ahí. El doctor Bueno se le queda mirando sorprendido, como si Arturo hubiera dicho una barbaridad. Luego parece cambiar de opinión, le da una palmada en la espalda. Siempre puedes preguntar. Si tiene familia, seguro ya les avisaron, aunque con estas cosas no se puede saber. Seguro quedaron muchos enterrados, exclama Toñita que va pasando por ahí, nada más hay que ver cómo apesta, pero no lo van a decir. Por ahí hasta oí que le pusieron una bomba a la señora. ¿A qué señora?, pregunta Arturo. Necesito que me ayudes, Arturo, interrumpe el doctor. Y le da unas muestras para que encuentre los tipos de sangre.

Es una de las cosas que ha ido aprendiendo a hacer. Arturo realiza las mezclas, las ve al microscopio, encuentra un O negativo y se emociona. Es como encontrar un trébol de cuatro hojas, una aguja en un pajar. Igual pobre de Ramona Gutiérrez; es el nombre al que corresponde el O negativo. Qué friega, que salgas O negativo, no puedes recibir más que esa sangre. ¿Qué tipo de sangre será Rubén? No lo sabe, nunca le preguntó, ¿y por qué le habría preguntado algo así?, es algo muy personal. Qué chistoso, piensa, compartimos muchas cosas con los amigos, pero éstas no. Son de las que sólo vienen a cuento en un accidente, en una operación. Arturo es O, pero positivo. Si Rubén necesitara, no lo podría ayudar. Sus familiares no están aquí. Tampoco sabe dónde buscarlos,

Rubén nunca le ha dado un nombre, una dirección allá en Torreón, ¿y por qué habría de hacerlo, a fin de cuentas? Se conocieron en el rol, diría Rubén. ¿Dónde conseguiste ese libro?, le preguntó una vez, maravillado por una edición que tenía Rubén de *Los recuerdos del porvenir*, y Rubén contestó: En el rol, ya sabes.

A la hora de comer sale corriendo para Coyoacán. En el camino, uno de esos periódicos del mediodía dice con grandes titulares que encontraron dieciséis cadáveres más. ¿Dónde, cómo?, se pregunta. La ruina está vacía, prácticamente abandonada. Compra el periódico y busca los nombres, pero no hay. A los hospitales, los heridos los llevaron a los hospitales de la zona, dicen. En el estudio fotográfico donde trabaja Rubén tiene que esperar a que retraten a un niño gordito que no para de moverse. La mamá y el fotógrafo para el que trabaja Rubén están desesperados. El niño se despeina, le dan una paleta y se mancha, se le cae, luego llora. Sale por fin la foto del niño con cara de enojo. La señora le paga al fotógrafo, recogerá sus fotos más tarde. Se va zarandeando al niño que de nuevo llora y grita. Disculpe, busco a Rubén Pacheco, el que viene a trabajar aquí. No ha venido, le dice el otro. ¿No sabe dónde encontrarlo? El fotógrafo se ve cansado. Soy el maestro Pinto. Y le da la mano. Arturo le explica lo que sucede, el otro se queda pensando. Ah, caray, no pues no creo. ¿No sabe dónde podría llamarle a su familia? A lo mejor ellos saben. No pues si los hubieran llamado me avisarían, o algo, yo creo. Es un hombre timorato, agachón, se le ve enseguida. Si me da el teléfono de sus familiares, yo puedo preguntarles. ¿Sabe qué, joven? Mejor vea en los hospitales, pero me parece que Rubén no fue al cine. Si me dice que andaba en Cuernavaca, pues ahí debe estar. Por cierto quedó de ayudarme mañana. Cualquier cosa me avisa, yo aquí estoy.

Arturo se va con la impresión de que el maestro Pinto no quiso darle el teléfono de la familia por desconfianza, es un tipo medio raro. Decide regresar a Xoco, le dicen que ya no están ahí. Ya todos salieron, joven, ya se llevaron a los heridos. ¿A dónde? Pues a sus casas, joven, no sé. ¿Y no tiene los nombres? Sólo si es usted familiar, ¿es familiar?

Cuando sale del trabajo, se cruza de nuevo hacia la ruina. Está oscureciendo y el olor sigue ahí. Aquello está desierto, los empleados ya se fueron. Lo que se ve son montañas de tierra, cemento y ladrillo, varillas de metal, pedazos de tela de las butacas, plástico quemado y muchas latas vacías de película. Con la nariz pegada a la reja distingue algunas cosas en los montones, objetos que brillan de repente y se dejan ver como mensajes secretos, un pedazo de algo que podría haber sido la manga de un suéter o el tacón de un zapato, una tira brillante de quién sabe qué metal, una mancha de color indefinido. Y vidrios de cascos de refresco. Y un tenis. Y boletos, carteles y programas de la Cineteca. Y libros de la biblioteca, mojados, quemados y rotos. Y credenciales de estudiante: ¿será alguna de ellas la de Ciencias Políticas de Rubén? Los ojos no le alcanzan para saber tanto. Los faroles de la calle se encienden. A sus pies, por dentro de la reja, algo le llama la atención: una pulserita de cuero con unas cuentas de vidrio, entre ellas dos ojitos azules. Se imagina a alguna chavita que tuvo que salir corriendo, le da pena. No sabe por qué la recoge y se la guarda en el bolsillo. Luego se regresa a la casa de su tía.

VII

Victoria de la Loza usaba blusa de chorrera y medía fácil como 1.80 con los tacones. Por eso mismo, se sentó en el lugar del copiloto y Felipe Modeoni quedó un poco encogido en el asiento trasero. No sabes cómo te agradezco esta gentileza, me dijo ella, tuteándome nada más se subió al auto. Olía a Chanel número cinco y me daba la impresión de que su arreglo personal era inamovible, como si amaneciera ya arreglada, maquillada y peinada igual que las muñecas. Sentí por ella una mezcla de admiración y envidia. Y a César Augusto me lo ubicas nada más lleguemos allá y que nos devuelva la camioneta para regresar, por favor Felipe. Él le respondió que no se preocupara. Ahora, llegando, te vas con Felipe a la oficina y te enseña los papeles de la casa, para que no hagas el viaje de balde. Yo le iba a preguntar qué era el asunto del pozo que había mencionado, pero me interrumpió. Dices que vas para el centro, ¿vives por ahí? Le dije que no; había quedado con una amiga en Bellas Artes. ¿Para qué? No tenía ni idea. Para ver una exposición, respondí, con ganas de que no me preguntara cuál. ¿Cómo me dices que te llamas?, me volvió a preguntar. Ángela, respondí esta vez. Ángela Miranda, me acordé por fin. La cara del señor Modeoni me sonreía desde el espejo retrovisor. Doña Victoria y él parecían tan finos, tan amables, tan gentiles, me sentí feliz. ¿Y trabajas para esta señora que quiere la casa? Bueno, medio tiempo, porque también estudio. Pura patraña, pero debía quedar bien. Ella es mi pariente lejana, prima de mi abuelo. ¿Y qué estudias, Ángela? Historia del arte, dije. Qué bien, respondió, me encanta la gente culta, educada; te imaginas por qué me llamo así, ¿no? Me quedé un poco muda, esperando que se me apareciera alguna clase del primer semestre en la cabeza y luego le pregunté: ¿Por la Victoria de Samotracia? Me miró sorprendida y luego se rio. ¿Y qué haces para esta tía abuela lejana? Le ayudo con sus asuntos, le compro cosas. Me quedé pensando en mamá: ¿terminaría yo haciendo eso para ella? Ángela intervino entonces con gran aplomo: Le ayudo a organizar fiestas, le llevo la agenda, hasta hago decoración de interiores. ¿Fiestas?, ¿con la silla de ruedas?, preguntó Modioni. Sí, ella es muy sociable. Uy, pues qué desperdicio, exclamó doña Victoria. A mí me serviría mucho para el trabajo alguien como tú: culta, lista, movida. ¿Verdad, Felipe? Yo pensé que el tal Felipe se enojaría pues evidentemente él trabajaba para ella, pero él comentó: Es justo lo que nos hace falta. Los dos sonrieron satisfechos y la Ángela en mí se alborotó mucho. Después me preguntó dónde vivía: Comparto un departamento en la colonia Roma con unas compañeras de la carrera. Ella asintió sin dejarme ver qué pensaba y se puso a dar indicaciones a Modeoni sobre unos contratos, unos papeles, unas reuniones y unas personas pertenecientes a un mundo muy ajeno al mío. Modeoni anotaba todo en una libreta de cuero con una pluma finísima. Yo me concentré en manejar. Había tomado Insurgentes hacia el norte. Pasamos por el monumento a Obregón y me imaginé a la triste Saturnina sentada en su banca del parque, viendo pasar a Ángela en el coche con su curioso cargamento humano.

Llegamos a Reforma y doña Victoria me pidió que diera vuelta en Lafragua, hacia el monumento a la Revolución. Ahí, en un edificio alto de grandes ventanales, se encontraban las oficinas de Triunfo 70. Pero antes debía dejarla a ella en el Sanborns a dos cuadras, pues tenía una cita de trabajo. Entre instrucciones a Modeoni y comentarios sobre personas que yo no conocía, Victoria de la Loza me había seguido interrogando en el camino: cuál era mi pintor preferido y a qué se dedicaban mis padres. Lo primero lo aproveché para hablar de las esculturas que había visto en Florencia, en mi viaje de la prepa: el *David* de Miguel Ángel, la *Venus* y la *Primavera* de Botticelli. El arte clásico es el que me gusta, le indiqué, tratando de recordar otro de los cuadros que había visto ahí, cuando temblaba de deseos por besar a Enricco. Se quedó muy complacida; si supiera que estaba recitando el folleto de la galería Uffizi, no lo estaría tanto. Acto seguido, Ángela mató a mis padres en un accidente de carretera. No tenía hermanos. Sólo contaba con la tía Mackenzie, quien me ayudaba dándome trabajo y pagándome los estudios. Doña Victoria se emocionó: yo también perdí a mi esposo, qué triste, ¿cuándo fue? Hacía apenas tres años, vivíamos en Puebla. Fue muy duro. Empezaba a enredarme, pero no podía detenerme. Ese invento que era Ángela Miranda mentía con mucha seguridad. Mi papá tenía una fábrica de corbatas, no pude seguir con su negocio. Le pedí ayuda a mi pariente, me vine para acá a estudiar.

Victoria de la Loza regresó al tema del arte y me preguntó si conocía la ciudad de Calipén, si había visto las pinturas de Ángel Santacruz. En mi vida había estado ahí, pero Ángela le contestó que sí, que de vacaciones, muy joven, había estado ahí. Claro, Santacruz no es muy conocido, la verdad, recalcó. Me contó del museo del Hermitage, que había podido visitar como parte de una delegación que fue a Rusia, y de las obras que ahí se exhibían. Obras magníficas, que habrá que traer a México. Sería increíble, le contesté, una exposición así nos colocaría en el Primer Mundo. Trataba de lucirme; me había gustado su aprobación y la ansiaba. Tuve la impresión de que le gustaba interrogar a la gente y perdía el interés en cuanto se le empezaba a responder. Espié por el retrovisor a Modeoni, que estudiaba muy atento las estatuas de Reforma.

Me detuve frente al edificio que me señalaron y Modeoni bajó a abrirle la puerta a su jefa, a quien recibieron un par de hombres trajeados. Antes de irse con ellos, doña Victoria me dio su tarjeta, muy formal: No dejes de contarme qué dice tu tía sobre la casa. Después regresamos al edificio cubierto de vidrios. Acompáñame para que te dé los papeles, amiga, me dijo Modeoni, tuteándome con confianza. Lo seguí por un laberinto de pasillos hasta un pequeño elevador en el que apenas cabíamos los dos. Sentí la misma tensión que en el baño de Fuego 20, pero no me quise acercar, por lo del olor. Quizá a Ángela no le hubiese importado tanto. A las dos nos gustaba el traje azul de Modeoni.

¿Usted trabaja todo el día con doña Victoria?, le pregunté para romper un poco el hielo que se había vuelto a formar entre nosotros. Todo el día, me respondió, y volvió la sonrisa. Y también estudio. ¿Ah, sí? Al ser humano. Uno tiene que progresar si realmente lo desea, añadió. No, pues me imagino, contesté por decir algo. El elevador llegó al piso cuatro y Modeoni me volvió a conducir tomándome el brazo. Entramos a una oficina con paredes de madera, llena de flores, muy elegante, que ostentaba en una placa el nombre de Triunfo 70. Modeoni me presentó con una secretaria y le pidió los papeles. Pasamos a una salita de juntas donde estaba sentado un hombre de bata blanca que se presentó conmigo como el doctor Palma y poco después salió. Pregunté si estaba enferma doña Victoria. De ninguna manera, respondió el asistente, es fuerte como un roble. El doctor colabora con nosotros, con nuestro proyecto.

Saqué una libreta que había traído y me dispuse a anotar las cantidades que me dijera. No necesitas anotar, aclaró Felipe; yo te doy estos papeles para que la señora Mackenzie los revise con calma; la secretaria les sacó una copia. Ah, bueno, perfecto. Desea, desea. Ante mis ojos empezaron a danzar millones escritos en máquina eléctrica, con esa letra cursi que imitaba a la manuscrita; me pregunté cuántas vidas me harían falta para llegar a ver esa cantidad junta. Lo que habíamos sacado por el penthouse y gastado en su mayor parte para pagar la deuda de Rafa no era ni la sexta parte. Qué le parece si le muestro la carpeta a la señora MacCormick. Mackenzie, corrigió él ahora. Mi tía, aclaré. Nos reímos los dos. Ese Felipe Modeoni me atraía y me daba horror, todo junto; era una sensación espantosa, como la de tener vértigo y querer tirarse de las alturas al mismo tiempo. Pensé que mejor ya me iba, pero me ganaba la curiosidad. ¿Y César Augusto?, ¿aparecería por ahí en algún momento? Espié la oficina entreabierta de doña Victoria. Atrás del escritorio había otro cuadro, del mismo estilo que el que vi en la casa, el cual representaba a un hombre fornido y apuesto, de gran bigote y patilla entrecana. Seguro que ése era el famoso Triunfo de la Loza. Modeoni se dio cuenta. Estuvo a punto de ser el gobernador de Calipén, si no hubiera sido por el accidente, fue terrible. ¿En 1970?, pregunté. Claro: Triunfo 70 era su plataforma de campaña, ya pasaron algunos años, pero doña Victoria ha preferido continuar su labor, su ideario, sus proyectos. Quizá después te nos querrás unir, añadió, cerrándome uno de sus ojos que ahora se veían entre verdes y azules.

Una parte de mí quería irse para siempre de ahí, pero otra, Ángela Miranda, insistía en averiguar quiénes eran, seguir viéndolos. ¿Para qué tenía doña Victoria un doctor en su oficina?, ¿qué había pasado con Triunfo de la Loza? Tenía ganas de saber cómo se casó con él: Victoria y Triunfo debieron de ser una pareja predestinada. ¿Cómo sería el chavo, su hijo? Modeoni pareció leerme la mente: ¿Y no vas a tomar fotos de la casa? Ángela pescó el anzuelo entusiasmada: Eso mismo estaba pensando, para que mi tía la pueda ver mejor, ya ve que no puede caminar, ¿cuándo puedo regresar? Cuando quieras, contestó. Tú me llamas, yo aquí estoy, sólo me avisas el día y la hora. Es más, déjame tu teléfono por si cualquier cosa. Me extendió una hoja y un bolígrafo rojo, con el que anoté el teléfono de mi casa y Ángela Miranda escribió su nombre. Que bonita letra, exclamó Felipe, de niña aplicada. Me sentí extrañamente emocionada con la idea de tener un pretexto para volver a Fuego 20. Le extendí la mano a Modeoni para despedirme, pero él me dio un beso en la mejilla: Llámame Felipe, me dijo. El olor no me desagradó tanto, pensé que me podría acostumbrar.

A la salida se me ocurrió que bien podía pasar a la oficina de boletos de Aeronaves Mexicanas y sorprender a mamá. La oficina se encontraba cerca de la Diana Cazadora y cerraban a las dos y media para comer, así que me apuré: se me había ido toda la mañana. Llegué apenas a tiempo; mamá y dos de sus compañeros se preparaban para salir. Mamá se me quedó mirando sorprendida y ahí me acordé de que seguía disfrazada de Ángela Miranda. No se me había ocurrido disimularlo ni tantito, de tan cómoda que me sentía ya con la vestimenta de mi alter ego. No te esperaste a la noche para ponerte el vestido que compraste, me dijo mamá extrañada, ya se te arrugó. Me encogí de hombros, llevándome las manos a la cabeza me alisé el pelo lo más que pude, mientras me entretenía con los carteles de viaje que adornaban las paredes: Viaje a Europa, Cuba por 100 dólares, cruceros por el Caribe. Viéndolos me di cuenta de por qué mamá se había empeñado en regresar a trabajar aquí: la oficina de boletos era como una escenografía de nuestra vida pasada. ¿Cuántas veces no vinimos aquí a buscar los boletos que nos había enviado Rafa, para que nos reuniéramos con él en Madrid o nos fuéramos, ella y yo, a vacacionar a Acapulco?, ¿cuántas otras no miramos carteles turísticos para decidir dónde pasar las vacaciones? Orlando, Miami, Nueva York, Londres, Venecia. Esos pósters eran como nuestras fotografías antiguas, nuestra vida distinta a la de los otros. Palmeras y monumentos, el sueño de nuestra breve historia. Mamá se acercó a mí, ya con el bolso y la pañoleta listos para salir. La seguían dos compañeros suyos con quienes me presentó, Olivia y Patricio: ¿Sabes que nos van a dar un súper descuento en los boletos? Nada más que nos mudemos, pido que me den una semana libre y te invito a algún lugar padre, ¿no te gustaría? No, no me gustaría viajar con ella. Pensé en decirle de la casa del Pedregal, pero era algo verdaderamente absurdo. Sólo le conté que vi unos depas muy caros. Ya me imagino, contestó, sin creerme mucho. Sólo tengo una hora libre, vamos a comer aquí cerca, ¿nos acompañas? Ella misma colgó el cartelito que marcaba con un reloj la hora de regreso y cerró con llave la puerta de vidrio.

Comían en el Vips de la Zona Rosa, que estaba llena de turistas. A mí, la verdad, me gustaba. Me acomodé con ellos en una mesa color naranja furioso que daba a la calle y pedí el club sándwich. Es el cumpleaños de Nina, les dijo mamá a sus compañeros, Olivia y Patricio. Ay, ¿y por qué no la llevas a comer a un sitio mejor? Porque en la noche vamos a festejar, ¿verdad? Los compañeros de mamá eran bastante más jóvenes que ella, pero la trataban muy bien. Graciela es súper linda, dijo Patricio, hasta nos hace de Doctora Corazón, ¿verdad, Graciela? Ay, muchachos. Mamá me vio orgullosa, como si me presumiera a dos hijos que no eran yo. No me gustó, la verdad yo siempre me había portado bastante bien con ella, o eso pensaba, pero en estos días la encontraba cambiada, como si antes se hubiera guardado su personalidad o se hubiera opacado. Ahora estaba de verdad radiante, platicando con sus compañeros, diciendo algunas groserías y hasta mencionó que su supervisor, el licenciado Alderete, al que no vi en la oficina, no tenía malos bigotes. Me sentí un poco avergonzada, fuera de lugar y con otras aspiraciones. Hubo un momento en que mamá y Olivia fueron al baño a lavarse los dientes y retocarse el bilé. Entonces Patricio se me quedó mirando a los ojos mientras mordía un totopo: yo conocí a Pablo Santana, me dijo. Era mi amigo.

Casi sonó como de telenovela. Es el que se murió con tu tío. Sí, ya lo sé, le respondí. No le iba a dar el pésame luego de lo que sucedió. Además era mi cumpleaños, qué poco tacto del chavo, de veras. Me dieron ganas de irme y no se me ocurrió otra cosa que decirle: Fue un accidente. Claro, dijo él, un accidente horrible. Pero se me quedaba viendo fijo, como si quisiera añadir algo más que no decía. ¿Y ya le comentaste a mi mamá?, le pregunté. Sí. Vamos a ir a ver a su familia en un par de semanas, después de la salida; tu mamá quiere ir a conocerlos, compartir el dolor que todos sienten, ¿no te dijo? No, no me dijo. Por lo visto, no sólo yo me disfrazaba; mamá también se estaba convirtiendo en una desconocida. Como que ya pasó tiempo, le dije. Bueno, más vale tarde que nunca, ¿no crees? En cuanto mamá y Olivia salieron del baño, me despedí de todos y volví a subirme al coche. En realidad no quería regresar a la casa, pero las medias me daban mucho calor y estaba harta, así que me pasé la tarde en camiseta, tumbada en la cama de mi madre y viendo la televisión como hacía ella, pensando en Fuego 20 y doña Victoria de la Loza. A eso de las siete regresó muy alborotada. ¿No estás lista? Prepárate porque tus amigas y yo tenemos un plan para tu cumple. El plan consistía en ir a ver *10: La mujer perfecta* al Manacar y luego irnos a cenar y a bailar a un sitio divertido que ellas proponían. ¿Qué te parece? No sabía si tenía ganas; por lo menos la película no la había visto. ¿Qué sitio? No sé, no me quisieron decir, pero arréglate, date un regaderazo y péinate como estabas en la mañana, se te veía muy bonito. Una hora después oí que tocaban a la puerta Laura y María Rita. Mamá les abrió y se pusieron a platicar frente al balcón. ¿Nunca abren ese vidrio?, preguntó Laura y ahí supe que habían llegado. Laura era muy hogareña, se la pasaba tejiendo suéteres y cocinando pasteles; nuestra casa tan descuidada debió parecerle infernal. Nada más opuesto que ellas dos, quienes venían de familias muy diferentes –ya dije que el papá de María Rita era veterinario y el de Laura tenía unas panaderías–, y sin embargo siempre andaban juntas, desde chiquitas. En la escuela yo era para ellas algo así como una causa, ya fuera para conseguirme novio o para arreglarme si teníamos una fiesta. A cambio, las invitaba cuando salíamos de viaje con Rafa. Hoy venían con la buena intención de alegrarme el cumpleaños, pues mi mamá les había dicho que me veía muy, muy deprimida. Vámonos al cine y luego a un lugar que ni se imaginan, dijo María Rita. ¿A la Copa de Champaña?, preguntó mi mamá. Cómo crees, Graciela, eso ya lo cerraron hace años. ¿Al Patio? Nooo. ¿A dónde? Es sorpresa. Para alegrar a Nina y darle una despedida de soltera a Laura como debe ser, se rio María Rita. Todas íbamos con nuestra ropa más bonita; yo estrené las botas que me regaló mamá y unos vaqueros muy pegados con una blusa española que me encantaba, y dejé a Ángela con su vestido camisero, sus medias y sus tacones de plataforma acostada en la cama.

Nos gustó la película de Bo Derek, la verdad, y decidimos que en cuanto estuviéramos en una playa nos haríamos las miles de trenzas con cuentitas. Se ve padrísimo. ¿Te imaginas tener ese cuerpo?, preguntó Laura, conjurando sus miedos frente a su cercana luna de miel con el Dani en Zihuatanejo. Ay, pues ustedes casi, casi que lo tienen, nos dijo mamá, muy terapéutica. Cómo crees, contestamos casi a coro. De ahí mamá nos invitó a La Cava, ni más ni menos: yo pensé que, por más sueldo que tuviera, los pocos ahorros para el adelanto de la renta no iban a durar. A la salida, ella prefirió regresarse en un taxi y nosotras nos seguimos a la discoteca que habían planeado mis amigas. Ahí estaba mi sorpresa: Laura y María Rita se habían citado ahí con el Dani y Rodolfo Prados, un compañero de la escuela que se salió en el segundo de prepa y no supimos más de él. Habíamos sido novios como por dos semanas y la relación fracasó porque me aburría mucho. Era muy correcto y platicábamos en las noches por teléfono, hasta una vez que me quedé dormida y me puse a roncar. Luego mamá y yo salimos de viaje con Rafa y la verdad, al regreso, ya Rodolfo se me había olvidado: le dije que mejor la dejáramos ahí, que fuéramos amigos. Ahora estaba más alto, ya no tenía acné y le brillaban los ojos. Se había puesto un traje de color claro, estilo Travolta. Platicamos brevemente: ¿qué ha sido de ti, cómo has estado? Me dijo que había empezado estudios en el Politécnico; estaba muy encarrerado estudiando Ingeniería. Qué padre, le contesté, tratando de alegrarme. Habíamos tomado vino y estábamos alegres, pero no dejó de representarme un gran esfuerzo bailar debajo de los focos y la bola plateada que daba vueltas encima de nuestras cabezas, todos en fila con las voces de señoritas de los Bee Gees. En la fila me divertía, pero cuando regresaba a los brazos de Rodolfo, con su traje y su pelo en capas como de angelito tercermundista, me daba risa. Me hacía falta, quizá, Ángela con sus ganas de subirse al convertible de César Augusto de la Loza.

VIII

Al otro día, las ruinas de la Cineteca amanecen rodeadas de policías, ya nadie se puede acercar. Arturo ya no ve a los empleados del día anterior, ni hay trabajadores entre las piedras. El olor no se quita. Ya no llega tan fuerte hasta los laboratorios Laroche, pero ahí enfrente, sobre Tlalpan, donde está parado Arturo, apesta igual. El periódico de la mañana decía que fueron tres muertos, tres nada más: el jefe de bomberos, una trabajadora de la Cineteca y otro señor. Y ya. Aquí no pasó nada y basta de escándalos. Las películas se recuperarán, todo se olvidará, como siempre ha sucedido en el país desde hace tanto tiempo: lo que el gobierno no quiere que se sepa, no se sabe. Arturo se pregunta si alguna vez fue distinto; durante la Revolución, quizá. Rubén debe saber sobre eso, tendría que preguntarle.

Anoche, cuando Pino y él se preparaban para ir al hospital de quemados en la camioneta de Suzuki –buena onda Pino porque le ofreció acompañarlo–, sonó el teléfono y era Rubén. En efecto, estaba en Cuernavaca. Arturo se enfureció. Me asusté un chingo, le gritó, pensé que estabas en la Cineteca, me habías dicho que tal vez irías, me debiste avisar. ¿Cómo crees?, le contestó su amigo como si nada. No, güey, Burton me invitó a su casa de Cuernavaca y me presentó a una chava, me quedé ahí más de lo que pensaba, hoy me regresé directo a la Facultad. Arturo estaba alterado y no se pudo controlar. Pasé todo el día preocupado, fui dos veces a Xoco, ahora mismo te iba a buscar a Buenavista. Bueno, bueno, cálmate güey, ¿qué te pasa? Rubén parecía extrañado y Arturo se sintió culpable de hablar con tanta vehemencia. A lo mejor estuvo rara su preocupación, o Rubén y él no son tan amigos como él se figuró. Estuvo horrible, todo estalló, se rompieron los vidrios del laboratorio. Tranquilo, Arturo, tranquilo, lo bueno es que todos estamos bien, a ti no te pasó nada, ¿no? Arturo trató de calmarse. No, claro, menos mal; nos sacaron un pedo pero aquí estamos. Pinche xalapeño, siempre malhablado, le dijo Rubén, sacándole la risa. Hablaron de lo que pudo haber causado el incendio, las noticias contradictorias, los muertos, las películas. Rubén le contó lo que había escuchado, las cintas que se perdieron, las historias posibles. Andan diciendo que fue un atentado, que pusieron una bomba, luego te cuento. Desde luego Rubén tiene todo un mundo que sabe más cosas allá en Ciencias Políticas. Sale, me cuentas qué averiguaste. Quedaron de verse el fin de semana para cotorrear.

Después de la llamada, Arturo se ha quedado deprimidísimo. Siente que vivió un día con la adrenalina a tope y ahora ya se acabó todo. Apareció Rubén, son tres muertos nada más y muchas películas chamuscadas. Aquí no pasó nada. A lo mejor, así como Rubén, encontraron a los demás desaparecidos, los que se creía muertos, piensa. Luego se dice: no, sería muy pendejo creer eso. Recuerda la pulserita que recogió ayer. ¿De quién sería? Igual que los zapatos o las credenciales, seguro mucha gente dejó tiradas sus cosas, pero nadie ha regresado por ellas, las dan por perdidas. Dejó la pulsera en un cenicero sobre su mesa de noche. Se pregunta cómo una pulsera de cuero sobrevivió a las llamas, quizá salió volando y por haber quedado en la calle no se quemó. O a lo mejor no todo se quemó igual. Quién sabe. En realidad, tampoco entiende por qué la cogió. Cuando era chico coleccionaba piedritas. Si iban a Xico a pasear, recogía algún guijarro en el río y lo guardaba. Igual en la playa o en Tlacotalpan, donde vivía una prima de su papá. Le llegaron a decir Pulgarcito, porque no se podían ir de los lugares hasta que él hubiera encontrado la piedrita que se llevaría en esa ocasión. A veces, incluso, era un fragmento de ladrillo o de mosaico, algo cuya forma le gustara. Durante mucho tiempo juntó piedras, después lo dejó, cuando el cuerpo le empezó a pedir otras cosas y el roce con los vestidos y las piernas de las muchachas le despertaba deseos que acallaba de noche, fantaseando en silencio hasta que explotaba.

Arturo sigue parado en la esquina de Calzada de Tlalpan, ya sin ver la ruina apestosa, ni a los policías, ni el metro que pasa cada tanto como una película naranja. Su cabeza está en Xalapa, con las muchachas de la secundaria y sus desahogos nocturnos. No entiende por qué se acuerda de esas cosas, menos frente a ese horror. Lo que sí tiene claro es que si no se apura a llegar al laboratorio, lo van a correr. Dijo que iba por un refresco y un taco de canasta, pero ya tardó mucho. Y Toñita le encargó unas Sugus de uva. Cuando regresa, ahí está la fila de siempre, todos nerviosos, pues a nadie le gusta que le saquen sangre. Hoy es un día de venas escondidas: señoras con la presión demasiado baja, hombres delgados de venas duras. Hay que picar, buscar bajo la luz de la lámpara el río azul-violeta que se pierde entre la carne prieta que se vuelve blanca. Si se pone tan nerviosa, las venas se adelgazan, le explica a una señora tensa, tensa; haga de cuenta que se esconden y la sangre se mueve más despacio. Como disimulando, dice ella. Sí, le contesta Arturo de broma, anda escondiendo secretos, ¿ya ve? La señora se pone más nerviosa aún. Usted tranquilícese, insiste Arturo, pensando que a lo mejor la cachó en algo sin querer, es sólo un piquetito, no tarda nada. La señora respira, parece más calmada aunque ahora está un poco amarilla. Arturo aprieta la liga, da golpecitos en la vena, ésta se hincha un poco y así logra introducir la aguja, pero esta vez la señora se desmaya. Ay, Dios. Cae como costal; con la aguja encajada empieza a convulsionarse. Arturo la detiene para que no se golpee, le pone un esparadrapo en la boca y saca la aguja con el mayor cuidado que puede, pero ya se lastimó, tiene el brazo moreteado y no reacciona. Le pasa alcohol por debajo de la nariz, le siente la presión –por los suelos–, no logra reanimarla, le levanta las piernas. Tienen que ser discretos para no asustar al resto de la gente que espera su turno. Corre a buscar al doctor Bueno, le explica lo que pasó, el doctor ausculta a la señora y le pide que llame a Sánchez. Entre Sánchez y el doctor la logran reanimar por fin, Toñita encuentra el teléfono que la señora dio al pagar y llama para que vengan a buscarla. La señora de momento no recuerda nada, está confundida, pero cuando se recupera mira a Arturo con un odio profundo. Usted me hizo esto, le dice. Arturo le ruega que descanse, ya vienen por usted, tienen que llevarla a un hospital, el doctor Bueno les explicará. Está muy asustado. Cuando por fin recogen a la señora, sale del gabinete a fumarse un cigarro y escucha en el pasillo cómo Sánchez le explica a Lupe que a la señora se la chupó el Vampiro, es decir él. No es verdad, piensa, sólo me di cuenta de que tenía un secreto, una enfermedad, un temor o una vergüenza corriéndole por la sangre. El doctor Bueno entra sin avisar y lo reprende: Otra de éstas y no te quiero aquí. Se le ve furioso.

IX

La Victoria de Samotracia perdió la cabeza; me acordé de la guía del Museo del Louvre, donde la vi en ese viaje con Rafa. Seguramente yo también, pues ¿cómo se me ocurrió darle esa respuesta? Qué idiota. Al día siguiente, me desperté con una cruda horrible y obsesionada por la preocupación de haberle dado esa respuesta tan absurda. También le di unos besos a Rodolfo Prados sin querer hacerlo realmente, mientras bailábamos unas calmaditas. El vino de La Cava y las cubas de la disco se me mezclaron, provocándome una borrachera espantosa, pero por suerte conservé algo de lucidez para reaccionar, justo cuando él empezaba a levantarme la blusa aprovechando la oscuridad y me proponía que nos fuéramos a su depa. En ese momento le contesté que llevaba mi propio coche y debía repartir a mis amigas de regreso. No quise ser demasiado grosera con él, me sentía un poco mal de haberme quedado dormida en el teléfono en nuestro breve noviazgo. Intercambiamos nuestros datos y nos despedimos. Afuera de la disco, el Dani se llevó a Laura; María Rita y yo nos regresamos a la casa, donde ella se quedó a dormir en la cama de Rafa, luego de que bajáramos el colchón apoyado en la pared.

Esa mañana me sentía pésimo, sólo arrastrándome hubiera llegado a la puerta de mi cuarto. Dormité un rato más en lo que escuchaba que mamá se iba a trabajar, soñando en que me levantaba y me volvía a levantar muchas veces, pero María Rita tenía clases en la Facultad y se despertó al escuchar la puerta que se cerraba. Vamos a hacernos algo de desayunar, ándale, me zarandeó. Con enormes trabajos me paré, además de que me daba un poco de vergüenza confesar lo cruda que me sentía. María Rita estaba feliz, casi no había bebido y había conocido a alguien que le interesó. Le pregunté a quién o qué onda, pero sólo levantó las cejas tres veces, como si fuera un secreto. Ni me importó cómo manejaste de regreso, añadió, y eso que casi nos matamos en el cruce con Félix Cuevas. Bueno, pues luego me cuentas, le dije dándole un sorbo al café y sintiendo que la cabeza me estallaba. Y además, añadió mientras sumergía el pan tostado en la yema de un huevo ranchero que se preparó y me dio un asco espantoso, hoy nos toca disección en el anfiteatro; no vieras, esperamos semanas para que nos dejen tocar un cadáver. Ya no quise seguir comiendo. ¿Ah, sí? ¿Y no les da cosa? Ay Nina, si nos diera cosa estudiaríamos Matemáticas o qué se yo, ¿no?, me preguntó, como si yo estuviera en las mismas. Eso sí, no vieras los regalitos que te pueden echar en la bolsa si no te fijas. Y de que huele a cadáver, huele con todo y el formol. Pero te acostumbras, como que el estómago se hace a un lado.

De plano ya no desayuné.

Cuando María Rita se fue por fin, luego de recomendarme que le diera una arreglada a la casa por salud, aunque yo pensaba que la había arreglado, me metí a la regadera a ver si lograba reponerme. Luego de que mamá me cachó, quedé con ella en que pasado el cumpleaños me pondría a buscar un lugar para nosotras; para recordármelo estaba en la mesa de la cocina el *Excélsior* de mamá con los subrayados del día anterior. Así, entre el vapor y las brumas de la cruda apareció la cámara fotográfica. Tenía el fólder que me habían dado y que abandoné en la cajuela; bajé ya vestida a sacarlo y vi que el Maverick estaba ya muy sucio, unas palomas se habían cagado en el vidrio. ¿Habría llevado a doña Victoria con el coche así? Qué vergüenza. Le pedí al portero del edificio que le diera una buena lavada. Subí a la casa con mi fólder y busqué el teléfono: ¿El señor Modeoni? No ha llegado, me dijo la secretaria. Le expliqué quién era y qué quería, y me dijo que justo estaba en Fuego 20: por fin obtuve el teléfono de la casa, pues el primero que había marcado, el que estaba en el letrero, era de la oficina.

Me respondió la muchacha de la otra vez y de nuevo pregunté por el señor Modeoni. Un momento, me dijo. Por la bocina escuché voces y pasos. Necesitaba regresar una vez más, volver a subir la escalera, conocer a César Augusto, platicar con doña Victoria de la Piedad de Miguel Ángel, por ejemplo, o de pintura, o por lo menos tratar de arreglar quién sabe cómo lo de la Victoria de Samotracia. Necesitaba volver a ser Ángela, aunque fuera una vez. Soñé tanto despierta que no oí cuando me respondió. Ah, ¿eres tú, Ángela?, exclamó como en los anuncios, ¿qué dijo la señora? ¿Se acuerda que usted me sugirió lo de las fotos?, preguntó Ángela a su vez. Por supuesto, respondió, lo que ella desee y tú también. Me empezó a doler el estómago. Sentía una mezcla de miedo y emoción. ¿Cuándo vienes? Puede ser mañana, musité, como a las cinco. Perfecto, me dijo, hasta mañana. Y colgó. Eres tremenda, le dije a Ángela, quién sabe en qué te andas metiendo. Regresé a la mesa del comedor y a los anuncios del *Excélsior*: había un par de departamentos ahí cerca, quizá podía darme una vuelta o hablar por teléfono, pero no le veía el caso. ¿Sería que en realidad ya no quería vivir con mamá? El fantasma de mi tío parecía saludarme desde las plantas secas del balcón. Decidí ponerme a recoger un poco, como me había dicho María Rita, y según barría y limpiaba el polvo, la cruda se me iba quitando y me sentía mejor. Incluso me puse a arreglar la cama de Rafa, como si fuera él quien metiera sus músculos a las sábanas; cómo me gustaba cuando me abrazaba, Dios mío, con cuánta culpa esperaba que alguna noche me visitara en mi cuarto, pero por suerte nunca sucedió. Luego, tratando de cambiarme de canal porque me estaba poniendo medio rara, corrí al Suburbia a buscarle ropa a Ángela Miranda, ni modo que regresara a Fuego 20 con el mismo vestidito. Le compré otro, ahora de tonos dorados con collar y aretes a juego, sin pensar en el dinero que me estaba gastando. Después me puse a escarbar entre las cosas de Rafa que habíamos empacado, pues tenía la idea de haberme encontrado una Polaroid por ahí.

La caja de cartón donde la vi tenía también unos frascos de colonia para hombre, una cigarrera de plata con su inicial, un vidrio grabado de cuando terminó su primer entrenamiento y la cinta negra de karate-do. Con eso habríamos escrito una bellísima e impecable historia de la vida de mi tío –tirando los recibos y pagarés, unos con membrete del hotel Fremont de Las Vegas que la verdad me intrigaba–, junto con un reloj más simple que los que Rafa solía usar, esos que miden la altura, la presión y dan la hora en muchos países. Era sencillo y elegante: carátula de oro, correa café de piel de cocodrilo. Lo saqué para probármelo y atrás me encontré un papelito que decía: de Sandra y Pablo, por una noche inolvidable. ¿Ese

Pablo sería Pablo Santana? Nos habían dicho que el día de la muerte de Rafa, Santana fue a cobrarle; ¿nos lo dijeron o lo dedujimos? ¿Estaba Santana decidido a matar a Rafa o nada más lo amenazaba? Quién sabe qué fue de la pistola, pues la policía apareció cuando la caída, pero muy rápido se retiró del caso. Discutían por la deuda, mamá irrumpió, uno de ellos empujó al otro o lo arrastró. Ésa era la historia que mamá y yo nos contábamos, apoyadas por todas las historias de las deudas de Rafa en la aerolínea y el casino, los problemas que eso le provocaba con los compañeros y que a mamá la habían decepcionado tanto de su hermano. Al ver el reloj, me quedé pensando. Quizá había otra cosa detrás. Después de todo, bien podía acompañar a mamá a ver a la familia Santana, quizá Sandra era parte de ésta. O la novia secreta de Rafa, la de la foto.

Pasé la mañana del día siguiente tomando imágenes del parque de Pensilvania con la Polaroid para practicar. Las fotos salían, al cabo de unos minutos, por la ranura que tenía la cámara debajo. Sólo había que ventilarlas un poco para que se secaran. Trataba de fotografiar pájaros o ardillas, pero no tenía zum y si me acercaba, se espantaban. En las imágenes terminaban apareciendo la cancha y los columpios vacíos, si acaso alguna señora que pasaba de camino a sus compras, un perro dormido. Le pedí a una señora gringa que me tomara una foto y lo hizo, pero no calculó bien y salí con una parte de la cabeza rebanada, como si Saturno quedara cortado con sus anillos. No sé por qué sentí tristeza. Más tarde, mientras me arreglaba el pelo con la secadora y mucho gel, pensé por un momento que quizá no tenía caso todo el asunto, quizá era un engaño de Felipe Modeoni, pero ¿qué me podía pasar? Había visto las oficinas de Victoria y ella misma era muy amable. En todo caso, ellos hubieran tenido que desconfiar de mí. Quizá era algo que irradiaba Ángela, que ahora se pintaba la rayita del ojo con pulso experto. ¿Dónde había yo aprendido eso?

Esa tarde, Ángela Miranda y su Polaroid se estacionaron frente a Fuego 20. Traía el vestido nuevo y los tacones, las medias, la cabellera convertida en un enorme y oscuro algodón de azúcar. Metida en mi personaje, me empezaba a sentir mejor que cuando era yo misma. Esta vez, la muchacha traía en la mano una charola con dos vasos vacíos. Vengo a tomar fotos, le dije, quedé con el señor Modeoni. A ver espéreme. Y se metió a la casa, pero Ángela la siguió, cerrando tras de sí la puerta de la calle. Ángela era mucho más valiente y arrojada que Saturnina. El hall estaba vacío. Me pareció enorme, mayor que la vez pasada. Yo me hubiera quedado esperando, pero Ángela sacó muy contenta su cámara y empezó a tomar fotografías, siguiendo un poco la misma ruta en la que la había guiado Modeoni la vez pasada. Una perspectiva de la escalera, una toma de la sala que olía a cigarro. El cuero de los sillones estaba hundido, como si alguien se hubiera sentado en ellos hacía unos minutos; un gato de angora dormía en un extremo y casi me siento sobre él. No pude evitar quedarme viendo, lela, las fotografías de Triunfo de la Loza que adornaban la consola, de traje y de guayabera, acompañado de diversos personajes, en una de ellas a punto de abordar una avioneta: ¿sería esa en la que murió? Alguna vez escuché a Rafa hablar sobre algo parecido. En otro rincón de la sala, unos enormes botellones de cerámica azul calipense sustituían a los clásicos jarrones chinos. El gato se despertó y se frotó contra mis piernas.

La muerte de Triunfo fue la peor tragedia de mi vida y a la vez la mejor bendición, dijo una voz grave a mis espaldas. Pensé que el gato hablaba, pero era la mismísima Victoria de la Loza, ataviada con un kimono largo muy fino. El gato saltó a sus brazos. Yo sé que no debería decir esto, pero es la verdad, siguió. Venía a recoger unos papeles, mira qué casualidad que te encuentro. No es casualidad, intervino Modeoni que venía detrás de ella, nos habíamos citado, pero se nos hizo un poquito tarde, ¿verdad? Yo empecé a dar explicaciones: La señora Mackenzie pidió que le llevara fotos para convencerse, expliqué, el señor Modeoni me dijo que podía venir a tomarlas. Le enseñé la Polaroid y las fotos que sacudía en la mano, como prueba de que no estaba cometiendo un delito. Felipe sonrió: Sí, yo le indiqué que podía venir, no hay problema; todo está bien. Claro que está bien, subrayó doña Victoria. Mira, Ángela –Ángela te llamas, ¿verdad?–, aquí está el hall, la escalera y la entrada de la sala. Puedes tomar la foto parada aquí. Son una maravilla esas cámaras. Ven, yo te acompaño a tomarlas y hasta poso, si tú quieres. Me quedé de a seis. ¿De veras? Puso al gato en el piso con gran cuidado. Tengo una reunión horrible en la noche, así me distraigo un rato. Victoria de la Loza avanzó casi con majestuosidad y se apoyó en una pared con el brazo levantado. Se veía muy bien, natural y decidida. Tuve la impresión de que Felipe se sonreía con un poco de burla, pero no estuve segura. Regresó a la cocina, pateando al gato que ahora se cruzaba en su camino.

Doña Victoria posó en la escalera, en el salón, en el estudio. Ángela le dijo que los libros y los cuadros le encantaban. Ella iba contando cómo su marido construyó la casa cuando fue embajador en varios países y después secretario de Estado. Le hicieron diseños Ramírez Vázquez, Pani y otros, de los grandes, pero él terminó decidiéndose por un coterráneo mucho mejor que todos ellos. Parece de Barragán, soltó Ángela, que había visto las casas de ese arquitecto en un suplemento.

No era él, aclaró Victoria, pero era el único arquitecto que Ángela y yo nos sabíamos y le causó buena impresión. Aquí fuimos muy felices los dos, aunque el destino es inexorable. Cuando la muerte se quiere llevar a alguien, no pide permiso. La frase sonaba muy grandilocuente; me puse seria y baje la cámara con cara de que la comprendía. Ella continuó: nunca lo encontraron. Yo sólo recuerdo la avioneta girando, girando alrededor de la Cresta del Gallo. Me gustaba verlo cuando volaba hacia la capital, pero la avioneta se iba derecho y se perdía entre las nubes. De repente desapareció ante mi vista, se esfumó, como en un acto de magia, así.

Encontraron las alas de la avioneta una semana después, intervino Modeoni que llegaba con unos vasos de refresco, pero nada más. Le cortaron las alas, suspiró doña Victoria. Ángela y yo suspiramos. Me dio muchísima pena y casi le cuento lo que le había pasado a mi tío el piloto, pero eso podría obligarme a decir la verdad.

Cuando me quedé mirando uno de los libreros –en realidad fisgoneaba las fotos enmarcadas–, me preguntó por mis supuestos estudios y por algunos maestros de la universidad que ella conocía. Ah, sí, esa maestra da clases en tercero, yo apenas estoy entrando a segundo, contestaba Ángela con desparpajo escondiéndose detrás de la Polaroid, o: claro, dicen que es toda una autoridad. Y mientras Victoria se detenía frente a puertas, cortinas, ventanas y arcones, posando con el brazo levantado y un pie en punta, me seguía confiando cosas. Me encanta posar. Si no me hubiera dedicado a la vida pública, me hubiera gustado ser modelo de alta costura, pero imagínate, en mi época eso era impensable. Tuve que empezar como las mujeres de mi generación cuando queríamos ser algo más que señoras de nuestra casa y salirnos de Calipén:

estudié para maestra normalista. Me empezaba a caer muy bien, la verdad. Hasta llegó a decir en un momento que ya no se le antojaba vender la casa. La hemos ido vaciando para cambiarnos, pero cada que vengo me da no sé qué. César Augusto tendrá que irse a estudiar fuera y yo tengo el proyecto de Calipén, Triunfo 70 regresará.

Mientras me decía eso, subí la escalerilla y traté de asomarme a la recámara de César Augusto de la Loza por una rendija que dejaba la puerta entreabierta; algo se movía adentro, pero no se alcanzaba a ver. Doña Victoria cerró bien, disimulando un gesto de horror. Ese cuarto no es necesario fotografiarlo, no tiene nada especial. Es su único hijo, ¿verdad?, pregunté. Hizo un gesto de amargura que me intrigó. El único, asintió, ahora sonriendo. ¿Qué sería lo que vio adentro, que la había puesto así? Felipe entró y le dijo que se tenían que ir. Ya van a dar las seis, doña Victoria, la están esperando. Modeoni cambiaba cuando estaba con ella; se volvía servil, tímido. Conmigo ya se comportaba muy seguro y hasta encantador. Espero que la señorita haya terminado, añadió, sin tutearme ni llamarme Ángela. Victoria de la Loza se quedó pensando. Oye, Ángela, seguro que te gusta leer. Veo que estás ocupada como para pedirte que colabores con nosotros, pero fíjate que los jueves me reúno con un grupo, platicamos de distintos temas, de salud, de libros de arte o filosofía. Es un grupo muy heterogéneo, algunas son señoras de funcionarios o que se dedican a la labor social, está el doctor Palma, por supuesto, que ha escrito unos tratados de agricultura, pero hay un par de jóvenes un poco más grandes que tú, a veces nos hace favor de venir una personalidad y nos da una conferencia. Nos juntamos aquí, en lo que se vende la casa. Dime que te interesa. Mira, te voy a dar un ejemplar de una novela que vamos a comentar el próximo jueves; estamos leyendo *El rojo y el negro*, seguro la conoces, alguien olvidó un ejemplar, no le importará si te lo presto. Claro, mintió Ángela. Bajamos a la biblioteca y de un estante me dio un libro de editorial Bruguera, con una portada bastante fea. Se lo agradecí muchísimo. Léelo, te va a encantar, estoy segura. A lo mejor no lo acabas en una semana, pero ninguna lo hace. Y bueno, lo que diga tu tía se lo comunicas a Felipe y vamos viendo este asunto de la casa, pero tú, Ángela Miranda, te vienes aquí el jueves próximo como a las siete y media, ¿te parece?

Yo, Ángela Miranda, no podía creer mi suerte. Los siguientes días dejé todo por leer el libro que me había dado Victoria. Me pidió que la llamara por su nombre y con confianza, porque si no se sentía una vieja. La portada, en la que se veía a un hombre de chaleco y melena castaña al que sujetaban de los brazos unos soldados igualitos a Ringo Starr, pero con sombreros de Napoleón, decía: "La historia de una pasión que, en un mundo marcado por el afán de dominio, condujo fatalmente al crimen". No estaba bien que desde la portada le contaran a uno el final, pensé, pero bueno. Ya ni siquiera me fui a un museo o un café; con el parque de Pensilvania me bastaba. Me instalé en una banca junto a la cancha de básquet y me pasaba ahí buena parte de la mañana, leyendo y mirando de vez en cuando las fotos que le había tomado a Victoria, que por alguna razón me fascinaban, no tanto por ella como por los rincones de la casa que se alcanzaban a ver. Me imaginaba vestida como Victoria de la Loza, recorriendo los salones, el jardín, los pasillos, durmiendo en la cama de agua y bañándome en el jacuzzi con el señor Modeoni o con César Augusto, a quien le había puesto la cara de Ryan O'Neal en lo que conocía al verdadero, toda una vida ajena a la mía. Sólo de vez en cuando levantaba la vista, por si se acercaba algún señor de los horribles, hasta la mañana en que estaba leyendo: "En medio de esta magnificencia y este tedio, Julien no se interesaba más que por el señor de La Mole" y de repente distinguí por encima del libro a mi mamá que no se había quitado el gorro ni la pañoletita a rayas y caminaba derecho hacia mí con sus tacones rosas nuevos. Me lo imaginaba, me dijo. Te la pasas aquí, haciendo cualquier cosa. Leer no es cualquier cosa, le contestó Ángela, muy enojada. ¿No te das cuenta de que te pueden molestar, Saturnina? Me encogí de hombros: No, ¿por qué?, le contesté, pero estaba nerviosa. Para que no me dijera más, le pregunté a ella por qué no estaba en el trabajo. Me contestó que había pedido salir temprano en la semana para ver departamentos ella misma. En serio que nos urge, la señora Zaragoza es muy amable, pero ya nos tenemos que ir de ahí.

Yo me había estado guardando el asunto de la reunión con los familiares de Pablo Santana, le pregunté de golpe si ya había ido a verlos con su simpático compañero Patricio. Supongo que es parte de tu campaña "borrón y cuenta nueva", escupí al final. ¿Por qué me salía tanta amargura? Había logrado dejar de pensar en Rafa, o por lo menos no pensar tanto, gracias a la ilusión de Fuego 20 y *El rojo y el negro*, y mamá venía a recordármelo otra vez. Se le salieron las lágrimas: ¿quieres venir? Nos haría mucho bien a todos. Compartiríamos recuerdos de los dos. Lloré con ella, nos abrazamos en la banca. ¿Pues qué tú no lo extrañas?, le pregunté entre las lágrimas, ¿no sientes horrible cada que ves para arriba y pasa un pinche avión? Claro que sí, me respondió, extraño al que conocimos; pero no sé si ése era él en verdad. Se quedó pensando: ¿Cuánto nos hubiera durado ese Rafa? ¿Qué pasaría cuando empezaran a buscarlo, a amenazarlo? Y si lo metían al bote por tanta deuda, la vergüenza que hubiéramos pasado. ¿Te imaginas las cosas que saldrían después? Un jet cruzó el cielo encima de nuestras cabezas en ese momento, haciendo un ruido endemoniado, como si no quisiera que ella dijera más o que llegara a la conclusión de que era mejor que Rafa estuviera muerto, lo único que le faltaba decir. Me imaginé la avioneta de Triunfo de la Loza desapareciendo de repente, como si lo hubieran abducido los marcianos y escupieran las alas.

Mamá se levantó y me indicó que la siguiera; nos cruzamos caminando la avenida Insurgentes y recorrimos como tres cuadras. Aquí anuncian un departamento que se ve mono, mira. Así como muy lejos tampoco piensa irse, me dije. Era un edificio bastante bonito, en efecto, de pequeños mosaicos verdosos, que se curvaba rodeando una pequeña glorieta. Me recordaba al viejo edificio de mis abuelos. Un letrero de "Se vende" estaba amarrado al balcón del primer piso. Supuse que caer de un primer piso no sería fatal, o quizá eso pensó mamá. Ella misma había hecho una cita el día anterior para verlo. Es muy pequeño, pero no necesitamos tanto lugar y cuesta menos de lo que nos dio el hijo de la señora Zaragoza; así nos queda algo de ahorro, ¿no crees? ¿Cómo sabías que estaba en el parque?, le pregunté. No sabía, pasé de camino al kiosko a comprar el *Selecciones*. Desde su más tierna infancia, mamá leía el *Selecciones del Reader's Digest* y gracias a eso tenía mucha cultura general. Esa novela que estabas leyendo es un clásico, me iluminó. No tengo nada contra la lectura, es simplemente que si te metes ahí, no saldrás nunca.

Efectivamente, el departamento era diminuto y abajo tenía un parquecito; me gustó, pero no me dio nada de ilusión, sería que estaba comparándolo todo el tiempo con Fuego 20 y sus jardines, Victoria de la Loza y César Augusto, el hijo misterioso. En realidad me daba igual. Esos mismos días arreglamos con los dueños el pago y nos pusimos a empacar, y cuando Rodolfo Prados me llamó para invitarme a una fiesta, le contesté que no podía salir en un par de semanas, por aquello de la mudanza, pero igual tampoco empacaba gran cosa. Leía: "Enteramente absorbida antes de la llegada de Julien, por este conjunto de trabajos, que, lejos de París, es el lote de una buena madre de familia, la señora De Renal pensaba en las pasiones, como nosotros pensamos en la lotería; engaño cierto y felicidad buscada por los locos". Y por adentro me convertía en Ángela Miranda.

X

Debería estar contento porque apareció Rubén, pero no lo está. A la salida del trabajo, siente que la ruina se burla de él y la espía, azorado. Dos policías que cuidan los escombros están sacando a unos perros que se metieron a husmear entre los restos: son dos perros grandes, de raza indefinida, a los que les avientan piedras. Los perros aguantan, muestran los dientes, esquivan los proyectiles e insisten en meter el hocico por un agujero donde al parecer hay algo que les interesa. Uno de los policías trepa y avienta otro pedazo de cascajo, uno grande que da en el blanco: el perro más chico, de color negro deslavado, lanza un aullido de dolor. Su compañero, un gran perro amarillo, se echa a correr. Policías contra perros peleando entre las ruinas. Uno de ellos persigue al amarillo y saca la pistola, luego descubre a Arturo tras los barrotes de la cerca. ¿Qué andas mirando?, está prohibido pararse ahí, circula.

Cuando llega a la casa, se encuentra a la familia muy alborotada, todos sentados en la sala. Ya viene la boda de la famosa tía Coco, hermana de doña Francis, y ésta ha llegado de visita con su prometido, un hombre ya mayor, muy delgado y muy oscuro, campeón de danzones. Está muy emocionada. La tía Coco tendrá como cuarenta años, un poco menos que Francis, y apenas encontró novio porque tiene un defecto muy notorio en la mandíbula. Eso le dijo Pino hacía unos meses y Arturo se imaginaba a Coco poco menos que como un monstruo. Es ligeramente prógnata, en efecto, pero no es para tanto: Pino es un exagerado. La verdad es que la tía y su negro se ven muy guapos, muy atildados ambos: ella luce una enorme magnolia en la cabeza y él anda de traje violeta, su sombrero descansa en el sillón. Parecen los actores de un espectáculo, a diferencia de Francis que ya se puso la bata floreada otra vez. Van a vivir en el puerto, donde será la boda: Coco dejará Xalapa y se irá con el hombre, llamado Isaac, a vivir a su casa. ¿Cómo puede ser que un negro se llame Isaac?, preguntará después Arturo a doña Francis y ella le responderá: Cosas que pasan en Veracruz, se cruza gente de todos tipos, la trae el mar. Eso lo dice con cierto enojo porque en realidad no le gusta nada el prometido de Coco –no me da nada de confianza, le dirá después, es de los que salen con su domingo siete–, pero en su presencia es toda sonrisas y ofrecimientos de café y dulces caseros. Pino y Suzuki las van a arreglar a ambas, se ven muy contentos. Probarán unos productos especiales que les trajeron de los Estados Unidos y que parecen estar anunciando en ese momento con sus grandes copetes. Más que novios, parecerían hermanos, si no fuera por una vez que Arturo los cachó con los pantalones bajados junto a la mesa de la cocina. De todos modos, luego del episodio de la señora desmayada en el laboratorio y los perros en las ruinas, llegar y encontrarse con esta escena es como una alucinación. Dan por hecho que él irá a la boda: desde luego, sus papás y sus hermanos van a estar ahí, pero quién sabe si él soportará los reproches y regaños, especialmente de su papá. Igual no hay mucho para dónde hacerse, como dicen aquí, ya el hecho de abandonar la carrera fue afrenta suficiente: faltar al festejo que además es el de su tía, sería el acabose, no le quedará más remedio. Los acompaña con su mejor cara, aunque el desánimo se le sigue notando, incluso doña Francis le pregunta si se siente mal. Me cayó pesada la comida, me voy a acostar, anuncia. Y se encierra en su cuarto.

A los dos días, cuando la fila de pacientes disminuye un poco, sale a fumarse un cigarro y a comer algo con Toñita. Un helicóptero sobrevuela las ruinas de la Cineteca, esparciendo un polvo amarillo. ¿Qué será?, se preguntan Arturo y la secretaria en la esquina de los tacos de canasta. Debe ser por el olor, afirma ella, siempre igual de catastrófica; imagínate la de huesos que hay ahí enterrados. Arturo piensa en los perros, tiene lógica. Quizá la sustancia amarilla es para espantarlos. O para quemar lo que antes estuvo vivo ahí, o para las ratas, por ejemplo. Quién sabe cómo pueden comer ahí enfrente, acepta Toñita, pero es que esos tacos en especial son un vicio, a saber qué les pone el taquero: los de chicharrón, una gloria; los de papa con chorizo, la bendición. Y qué me dices de los de frijol, ésos no tienen madre, simple y sencillamente, remata lanzándole a uno un mordisco voraz. Ya lleva como seis. Arturo sólo fuma y toma refresco, no tiene ánimos de comer. El doctor Bueno la va a regañar, Toñita; si se le enferma, ¿quién va a atender a la gente? Ay, suspira ella, alguna distracción me tiene que tocar. ¿Tú crees que me gusta recibir esas muestras? Es verdad, por más que la gente las esconda en bolsas de papel o de plástico, tarde o temprano se ve el contenido. Es horrible. Lupe y Sánchez reciben los frascos como si nada. Hoy uno traía toda su cena, dicen. Un espanto. Yo por eso sólo sangre, sisea Arturo el Vampiro. Hoy le trajeron a una chamaca, pobrecita. Le preguntó qué programas de tele le gustaban, y ya que estaba la niña muy contenta hablando de Astroboy, le picó la yema del dedo con la lanceta. Aprovechó el desconcierto para recoger la gota gorda y roja en el portaobjetos y cubrirla inmediatamente. Un segundo de silencio como la ola que se levanta, antes de caer con estrépito. Por suerte la niña tuvo pena de gritar; sólo le salieron dos lágrimas que ocultaron la mirada de incomprensión, el enorme reproche: ¿por qué me hace esto, mamá? Y la mamá que se hacía la sorprendida. Un piquetito, hija, sólo fue un piquetito.

Lo bueno es que pronto ve a Rubén. Se juntan a comer tacos en Coyoacán, muy buenos. Y luego se van a mirar libros y tomar café al Parnaso, la librería que lleva muy poco abierta, frente a la plaza. Rubén se ve como todo un intelectual, con la barba, los jeans, el morral y el periódico *Uno más uno* bajo el brazo. Le cuenta de la chava a la que conoció; fue en una fiesta de gente de lana, esos que aceptan a un hippie gringo como Burton, pero a uno de aquí ni madres, ¿verdad? La chava es buena onda, se llama Nora, sus papás tienen una casota, Burton y él les tomaron unas fotos y se quedaron ahí un par de días. Pues de la que te salvaste, le dice Arturo, convencido de que si no hubiera estado fuera, habría ido a la Cineteca, pero Rubén no parece asustado. No hubiera conocido a Nora, le responde, mojándose los bigotes con la espuma del capuchino.

Tampoco es que a Rubén no le preocupe lo que pasó. Hace rato le contó a Arturo lo que publicó la revista *Proceso*: las acusaciones directas al gobierno de irresponsabilidad, la petición de que renuncie la directora de Cinematografía y las diferentes versiones de lo sucedido –un sabotaje, un tanque de gas, una bomba. Al final se dice que el incendio fue provocado por una explosión en la bodega que resguardaba las películas de nitrato de celulosa, material con el que se hacían las primeras películas, antes del acetato. ¿Y entonces? Todas las explicaciones dan vuelta y se muerden la cola. Pinche sistema podrido, resume Rubén, todo está jodido, todo. Pero esto sólo nos importa a unos pocos intelectuales y estudiantes, nomás fíjate en los periódicos, sólo hay crítica en el *Uno más uno* y el *Proceso*. Los demás, como siempre le agradecen al señor presidente cualquier barbaridad, su familia y sus cuates como el jefe de la policía con su pinche Partenón delirante. Tantas pretensiones de cultura, ya que anda tan grecorromano, sólo le falta tocar el arpa y quemar la ciudad.

El asunto de la Cineteca se va diluyendo entre tantos otros: las chavas, las películas, dónde se presentará ahora la muestra de cine, qué libros nuevos salieron. Habrá que regresar al cineclub de la Universidad, dice Rubén, allá pasan siempre buenas películas. Cree que hay una fiesta el próximo fin de semana en la Villa Olímpica, lo invitaron unos cuates de la Facultad, va a llevar a Nora y se la presenta. No puedo ir, le responde Arturo, tengo una boda en Veracruz. Quisiera preguntarle a Rubén cosas más personales, pero no se atreve. Se da cuenta de que Rubén evita ese tipo de historias, ni siquiera le pregunta de quién es la boda. Y a fin de cuentas, ¿qué quiere saber él? Yo creo que estoy mal, piensa, quién sabe qué tengo en la cabeza. Rubén se tiene que ir al estudio fotográfico, él debe regresar al laboratorio, quedan de hablarse durante la semana siguiente para ir al cine o al teatro. Se propone ya no pensar tanto en la ruina; menos ruina, más cartelera, más desmadre. La verdadera tragedia, la principal para el propio Rubén, fueron las películas, una riqueza imposible de recuperar, imagínate que nos quitan toda nuestra historia, no tanto los muertos. Sí, qué gacho, pero a fin de cuentas, en todos los accidentes hay muertos y uno no anda pensando en cada uno de ellos. O a poco él mismo se queda pensando en qué será de la gente a la que le saca sangre todos los días, no podría vivir. Ya aliviánate, Arturo.

XI

Es increíble la cantidad de tiliches que junta uno; cuando hay que empacar para la mudanza, aparecen por todas partes, duplicados o triplicados. De todos los cajones saltaban cosas que no recordaba haber tenido jamás. Las postales, los recuerdos, pero además, por ejemplo, los utensilios de la cocina: ollas para hacer fondue y otros platillos que nunca cocinábamos. Rafa proveía a mamá de exprimidores, vaporeras, cuchillos para cortar la baguette, cazuelas para los huevos pochés, pinzas para el cangrejo y cucharitas con filo para las ostras. Tampoco era que él comiera mucho, simplemente le gustaba que tuviéramos una cocina como de revista, le daba la fantasía del refinamiento. Había, por ejemplo, un delantal grande estampado con la figura de la Torre Eiffel que él se ponía para abrir la botella de vino y partir el pan o el gruyer. Me pedía que fuera su "pinche" y preparábamos un minibanquete de quesos y fiambres. Me sentía su cómplice, su mejor amiga. Fue una pena que hubiéramos regalado su ropa. Me consolaba abrazar su *blazer* azul, olerlo y restregar mis lágrimas contra la manga.

Yo trataba de desentenderme un poco, evadirme, sentarme a leer en alguna parte, pero mamá, que había pedido unos días libres en el trabajo, enseguida me llamaba para ayudarle a bajar una maleta del clóset o amarrar una caja, y era muy difícil concentrarse. Así que llegó el jueves en que debía ir a casa de doña Victoria –llámame Victoria, con confianza–, y no había podido terminar de saber el destino de Julien Sorel, aunque algunas frases me inquietaban muchísimo, por ejemplo ésta: "A los veinte años, el alma de un joven, si tiene algo de educación, está a mil leguas del abandono, sin el cual el amor es el más aburrido de los deberes". Es decir, que si el joven tenía muchas cosas en la cabeza, un plan para progresar como lo tenía Julien, no se entregaba a la vida ni a los demás, no se soltaba. A lo mejor yo estaba así.

Aquella tarde, para evitarme las preguntas y las explicaciones le dije a mamá que iba a salir con Rodolfo Prados y me tenía que arreglar. ¿Va a pasar a recogerte?, me preguntó después de que comimos unos sándwiches. Le dije que no, que había quedado de verlo en el Sanborns de San Ángel. Deberías darte un poco más a desear, me contestó, que venga por ti o no vas. Le contesté que eso era una tontería. No lo era, pero de todas maneras se me hacía extraño decirle que me había metido por mis pistolas a una casa en el Pedregal y me habían invitado a una reunión en la que platicarían sobre un libro. Algún día le iba a tener que explicar, quizá pronto, pero ahora hubiera sido como muy de golpe, muy raro. Le parecería yo una extraña, igual que Rafa. Lo del grupo me daba bastante flojera, pero tenía morbo de ver a César Augusto aunque fuera de pasada, y me había gustado ser Ángela, pensar en qué podía sacar ella de todo eso. Ángela se lo imaginaba en el hipódromo, en esas fiestas que aparecían en la sección de sociales del periódico, con las familias más ricas, un poco de tipo playboy. Quizá detrás de todo ese glamour se sentía solo, por ejemplo. Tal vez necesitaba la compañía de una muchacha algo ingenua –o aventada, como Ángela– que lo acompañara a estudiar al extranjero o se escapara con él de aventura; quizá su mamá, con todo el aparato de gente a su alrededor, lo oprimía. Sólo verlo, sólo saludarlo una vez.

Ese día, Ángela se puso sus jeans pegados y otro blusón que se compró en la mañana, pero los zapatos eran algo diferentes. Si se llegaba a encontrar a César Augusto no podía estar como de secretaria. Mientras le estaba poniendo sombra roja entre las cejas y los párpados y depilándole las cejas muy delgaditas, me quedé pensando en algo en lo que no reparé la segunda vez que fui a Fuego 20: no me paseé por los jardines tan inmensos, no pedí verlos y se me antojaban muchísimo. Ángela se quedó atrapada por Victoria de la Loza. Me acordé de la música que puso Felipe, tal vez porque le gustaba, quizá porque me quería ligar. Seguro era la que escuchaban Victoria de la Loza y su esposo. Me adorné con mis mejores aretes y salí lo más rápido que pude. No llegues muy tarde, dijo mamá, mientras envolvía en periódico uno de los avioncitos para armar que Rafa exhibía en un estante de su cuarto, la colección de su vida, para regalarla a un orfanatorio. No, cómo crees, le contesté.

Estaba anocheciendo cuando llegué a Fuego 20. A esa hora el Pedregal estaba más desierto aún que en las mañanas; por la avenida sólo bajaba un camotero con su carrito que chiflaba una música de clarinete desafinada. Me pregunté quién compraría camotes en esa colonia, quizá las sirvientas, los choferes; alguien debía de necesitar un plomero de vez en cuando, un carpintero. Pensándolo bien, esa gente debía necesitar que fueran a hacerle de todo a su casa, desde las cosas más sencillas hasta las más difíciles. Antes de que tocara el timbre, la puerta se abrió y salió Florinda, la muchacha, jalando unas correas. Atrás de ella se escuchaban los jadeos y los gruñidos de Sansón y Dalila. Ay Dios, me dije, con lo nerviosa que me ponían esos animalotes. Eran enormes: dos grandes daneses gigantes, uno negro y otro café claro, que cuando me vieron se pusieron a ladrar con los ojos brillantes. Florinda los apaciguó diciéndoles quién sabe qué cosa en voz muy baja y me dejó la puerta abierta. Pásele, pásele, nomás cierre luego de entrar. Alcancé a verla caminar hacia la avenida, chiquita, chiquita y con los perrotes por delante. Parecía que era a ella a la que sacaban a pasear los perros, debía de ser fuertísima si lograba controlarlos.

En ese momento llegó chirriando llanta el coche deportivo de César Augusto de la Loza. Lo estacionó girando y haciendo gala de manejar como un dios. Me he de haber quedado ahí parada, lela, con la boca abierta, mientras esperaba a verlo salir, pues el coche tenía puesto el capó negro. Quizá debería de haber entrado, hacerme la que no sabía que ese coche que se estacionaba era el del hijo de la casa.

Sinceramente, pensaba que César Augusto era mucho más alto. Como en un chiste que vi alguna vez en una revista, yo estaba segura de que de aquel auto tan chaparrito saldría un hombre gigante, pero no fue así. César Augusto era de mi tamaño y tenía el pelo rubio oscuro, como John Lennon. Un centímetro quizá más alto, calculé, mientras lo miraba abrirle la puerta del otro lado a una muchacha guapísima, como modelo, vestida de mallas con estampado de leopardo. Nunca había visto algo así. Vente Sheila, dijo y avanzó a la puerta donde yo me había quedado como estúpida. Buenas tardes dije, continuando con la estupidez. Hola, contestó muy confianzudo, ¿viene al aquelarre de mi jefa? Me sentí como de ochenta años frente a ese chavo que seguro era más grande que yo. Sheila pasó sin dignarse a darme por existente y yo la seguí hacia la puerta de entrada, desvencijándome por adentro. Qué madrazo para Ángela. Estuve a punto de irme, ¿qué caso tenía ya? No se me había ocurrido que César Augusto tendría novia, o a lo mejor sí, pero de este tipo, ni soñar. Sería imposible la competencia.

Pero ¿y yo por qué iba a competir por César Augusto?, le pregunté a Ángela mientras recorríamos el caminito de piedras volcánicas. Ésa era la primera pregunta que debí hacerme desde siempre, pero el amor, o la atracción irremediable, son ciegos, valga la repetición de algo tan sabido. Apenas lo había visto medio a oscuras, con el reflejo de las luces de la casa y los postes que recién se encendían, y Ángela ya necesitaba que la quisiera.

Modeoni estaba parado en el hall, igual que esa primera vez cuando llegué a Fuego 20. Se había peinado hacia atrás, como los gángsters de *El padrino*, y seguía con mirada de estúpido las caderas de Sheila, que había entrado sin saludarlo, al igual que a mí, y subía la escalera a grandes saltos, como si estuviera en su casa. Después volteó a verme sin verme, con una sonrisa. Bienvenida, me dijo. Yo no podía hablar, pues sentía la presencia de César Augusto a mis espaldas como la de un animal aterrador, el cual quería que me devorase. Modeoni me indicó la puerta vidriera que daba al comedor y la abrió cortésmente para que pasara. Tuve la impresión de que no me reconoció, quizá pensó que yo era cualquier otra persona, tan impresionado por la modelo. Entré sin voltear a ver a César Augusto bajo la luz del candelabro y me encontré de frente con Victoria de la Loza, quien parecía reflexionar un momento, de pie tras una de las sillas de su gran comedor, mientras el doctor Palma continuaba con alguna idea que estaba expresando, enarbolando una cucharita.

En el personaje de Julien Sorel podemos encontrar una serie de dilemas morales, pero nunca la inocencia, decía con aplomo. Un grupo de mujeres sentadas a la mesa, tomaban nota en sus cuadernos o daban tragos a sus tazas de té. Sus peinados me hacían pensar en sombrereros locos. Una de ellas me señaló una silla vacía y me senté, un poco intimidada por la situación. Traía un cuaderno rayado que saqué, junto con mi libro y mis cigarros, aunque no me atreví a encender uno. Poco después, Modeoni entró y cerró la puerta tras de sí, sentándose en una silla contra la pared, junto al trinchador. Se veía un poco ridículo con un bodegón de plátanos, papayas y manzanas justo encima de su cabeza y nos sonreía a todas, quizá de diferente manera. A una le cerraba el ojo, a otra le hacía un gesto pícaro de que guardara silencio, a una señora ya bastante grande le hizo un asentimiento de respeto, en fin. Como si con cada una tuviera un trato, un arreglo particular. Eso me llamó la atención.

Entonces Victoria de la Loza propuso una pausa. Quiero presentarles a esta nueva amiguita, Ángela, a quien he invitado a participar en nuestro grupo. Ella es estudiante de Historia del Arte, muy inteligente, y seguro nos va a aportar mucho, ¿verdad? Qué linda, dijeron un par, las más grandes. Bienvenida, me confiaron otras. Dos o tres me miraron con desconfianza, especialmente la que tenía junto a mí y me había señalado la silla. Me llamo Brenda, me dijo como si estuviera ordenando una pizza, y me dio una mano llena de pulseritas. Yo le correspondí. La mesa estaba cubierta de vasos de agua y refresco, y tazas de café. Sin que yo la pidiera, alguien puso frente a mí una cocacola. Victoria –a partir de aquel día no dejé de llamarla así– me preguntó por mis impresiones sobre la novela. Le dije que no había terminado de leerla, me gustaba mucho el personaje pero algunas partes se me hacían muy largas. Lo mismo me pasó, empezó a interrumpir otra muy viejita del otro lado de la mesa. Pero bueno, este muchacho Julián, ¿quiere o no quiere a Madame de Renal? Es una cosa complicada, respondió Victoria. El doctor Palma interrumpió: Él tiene clara su ambición, pero también se enamora, a su manera. E ilustró: La carne es débil, todos lo sabemos. ¡Pero si podría ser su mamá!, exclamó otra señora. No tanto, no tanto. El libro es más que nada un retrato de la ambición política, explicó Victoria, por eso es tan interesante; es una crítica que se proyecta hacia el futuro, es decir, hasta nosotros. Definitivamente ese joven es muy lambiscón, intervino otra señora un poco gorda, y no respeta las barreras de clase. Eso no podría pasar aquí en México porque de entrada no tenemos esas clases tan, tan altas. Unas cuantas miradas se desviaron, como si pensaran otra cosa. Cuando Maximiliano, sí las tuvimos, saltó la de las pulseritas, por ejemplo. Bueno, hay de ambiciones a ambiciones, dijo otra voz, en todo caso en nuestro país, en nuestros días, todo eso sería un asunto de deslealtades.

La conversación empezó a desviarse y ya no se sabía de qué estaban hablando. Victoria le pidió a Modeoni que explicara el contexto histórico y él, como si fuera un maestro de ceremonias, empezó a hablar con gran desenvoltura de la rebelión que surgió en Francia en 1830 y cómo de ella resultó la llamada monarquía de julio. Todo mundo se quedó callado, pero Brenda, mi vecina que estaba muy inquieta, no pudo aguantarse de interrumpir: Bueno sí, está todo eso, pero también aborda el tema del amor, ¿no?, como decían antes. Victoria, que seguía de pie, sonrió pícara, observándonos a todas con detenimiento, como si tratara de encontrar cuántas formas de amor habría reunidas en su comedor estilo Imperio. El amor, pensó Ángela, imaginándose con mucha envidia a César Augusto y Sheila, quienes seguramente estaban en el piso de arriba practicándolo como un par de animales salvajes mientras ella estaba aquí abajo sonriéndole a una bola de locos. El amor que apenas hacía unas horas me parecía una cosa vaga y lejana, y ahora empezaba a relumbrar en las fantasías con una intensidad especial.

Rellenaron vasos y tazas y una señora a la que llamaban doña Amalia comenzó a hablar de la química del amor en algunos animales, especialmente los insectos que se comían a sus parejas, como la mantis religiosa o la tarántula. Todos volteamos a escucharla sin saber de qué hablaba exactamente, pues luego de hablar se quedó como si nada. Detrás de sus lentes era difícil encontrar alguna expresión que nos guiara. El doctor Palma comentó: Sé de algunos matrimonios que funcionan igualito, Amalia. Y estallaron las risas: Ay, doctor, qué cosas dice. Y desde luego está el tema del poder a través del sexo, atacó Brenda. La discusión se puso más interesante: algunas plantearon si era ético utilizar a los demás para alcanzar metas, aunque fueran buenas. La vieja discusión, apuntó el doctor Palma, ¿el fin justifica los medios? Y todas fueron diciendo cosas que, me parecía, de algún modo revelaban algo de ellas mismas. Y aunque yo no hacía más que asentir cuando estaba de acuerdo con alguna opinión, Ángela tomaba nota. Por ejemplo, pesaba de alguna manera los matrimonios que algunas, por lo que supe después, tenían con personajes encumbrados y de otra los sobreentendidos de posibles amasiatos y otras relaciones. Y yo iba sintiendo adentro de mí a una

Ángela más maliciosa a la que a veces Felipe Modeoni miraba con complicidad, a lo que ella correspondía con una sonrisa. Pero Victoria de la Loza decidió poner fin a la plática: Bueno, bueno, ¿qué les parece que seguimos comentando durante la cena? Todo mundo se levantó, dejando la mesa hecha un desastre. Esto es como el desayuno luego de una misa de primera comunión, me dijo Adelaida Reyes, la viejita que había hablado primero y se aburría con los temas serios, es exquisita la cena de Victoria, tienes que probar. Salimos al hall para estirar las piernas y fumar, aunque ya en el comedor se había formado una densa nube de humo que urgía ventilar. Yo esperaba que César Augusto bajara a cenar o por lo menos a saludar al grupo de su mamá. ¿O no? ¿Cómo se llevarían? Vi que Victoria le dio a Modeoni alguna indicación y él entró a la cocina a transmitirla. Poco después salió y se paró junto a mí con su propio cigarro encendido. Interesante, ¿no?, me preguntó. Y me contó en voz baja que Amalia Robledo, la de la mantis, era licenciada en Ciencias Biológicas. Siempre sale con esos comentarios. Nos reímos. Pero Ángela saltó: ¿y Brenda? Brenda organiza tours por el sureste para los políticos. Órale, dijo Ángela. A que nunca habías estado en una reunión de este tipo. Se la pasaba picándome con la mirada, sin que yo entendiera bien qué me quería decir, como si quisiera decirme un secreto, pero también como si me quisiera devorar. Debe ser parecido a tus clases de Historia del Arte, ¿no? Claro, le dijo Ángela, en esa misma onda, aunque faltan las diapositivas, terminó sacando el humo con petulancia de broma. Modeoni se rio y le quitó el cigarro a Ángela para encender el suyo. Llámame Felipe, susurró. Yo sentí que ellos se entendían a pesar de mí. Las señoras platicaban pegando de gritos, se le acercaban a Victoria, alababan su casa, su vestido, sus ideas.

Ángela decidió que debía hacer lo mismo y se acercó sin timidez. Cuando Florinda y otra muchacha que no había visto antes salieron cargando unas bandejas de copas de vino tinto, se apoderó de una y le dio un gran trago. Yo la verdad ya no sabía qué hacer. ¿Y si me iba? Podría decir que tenía un compromiso, que la señora Mackenzie, la escuela, cualquier cosa, pero Ángela insistía en quedarse y curiosear con la copa en la mano.

Y entonces bajó César Augusto. Victoria, que estaba rodeada de señoras hablando de una reunión en Calipén a la que iban a asistir, volteó como de rayo. Ya conocen a mi príncipe muchas de ustedes, supongo. Él desplegó una mirada pícara bajo la melena casi güera. Sus jeans muy pegados dejaban ver un cuerpo delgado, tibio, que daban ganas de abrazar. Y traía unos cueritos con colgajos de oro y plata en el cuello y la muñeca derecha. En la izquierda cargaba un Rolex, en el cuello una delgadísima cadena de oro con una cruz. Me impresionó mucho lo guapo, hasta me pareció alto. Me puse nerviosa. Mira, César, le dijo Victoria, antes de que te robes algo de cenar, te presento a Chachis Lozoya y Ángela Miranda. Chachis Lozoya era una señora morena, tropical, enormemente gorda y muy dicharachera. Debes estar orgulloso de tu mamá, le dijo, es una gran mujer. César Augusto sólo asintió con unas risas; luego me dio la mano y hubiera querido explicarle que estaba ahí un poco de casualidad, que yo tenía su edad y lo buscaba a él, sólo a él. Pero Ángela se deshizo de mi inseguridad y le sopló suavemente el humo del cigarro en la cara. Victoria no lo notó. Acabo de conocer a esta muchacha preciosa, César, muy culta, muy linda; ella se está encargando de venderle nuestra casa a una señora para la que trabaja. Ya me dio envidia esa señora, no vieras la iniciativa que tiene Ángela:

hasta tomó fotos y toda la cosa. Ya le pedí que se nos una, que trabaje con nosotros.

Me quedé helada. Victoria de la Loza era la persona más sorprendente que hubiera conocido. Daba por hecho que me había propuesto algo y que yo lo había aceptado, lo cual me molestó un poco, pero a Ángela le brillaron los ojos de felicidad. Qué padre, dijo César Augusto con un tono medio burlón, medio hastiado, buena onda. Luego tomó dos copas de la charola que sostenía Florinda junto a nosotros y huyó escaleras arriba cantando *Angie*, la canción de los Rolling Stones. Tiene una novia checoeslovaca un poco rara, me susurró doña Victoria con complicidad, pero qué le vamos a hacer, las mamás tenemos que esperar a que sienten cabeza, ¿verdad? Le contesté que sí y me sentí como una anciana, pues en realidad me hubiera gustado seguirlo, cantando mi nombre, vestirme de leopardo igual que esa chava. Ángela de plano estaba pensando cómo hacer para subir sin que nadie se diera cuenta. Florinda cambió mi copa como si me viera necesitada de más vino.

Las pechugas rellenas de huitlacoche estuvieron de verdad muy ricas y bebí bastante. Ya más relajada, estuve platicando un poco con Felipe, a quien ya le decía Felipe, en un rincón: Hace muchos años se congrega los jueves el grupo con Victoria. No son siempre los mismos, no te creas. Hay algunos de toda la vida, como Adelaida Reyes o el doctor Palma. Otras a las que va invitando según le parece que se puede organizar alguna cosa, ya sabes, política o social, añadió confianzudo. ¿Y tú?, le preguntó Ángela, ¿siempre estás ahí sentado en el trinche? No me digas eso, se rio Felipe. Yo acompaño a Victoria desde hace mucho, trato de apoyarla humildemente en lo que se le ofrezca. Es una mujer mucho más valiente de lo que te imaginas, más de lo que muchos hombres serían en su situación. En ésas se acercó una señora como de cuarenta años repartiéndonos copas con helado de pistache; yo soy Sonia Grijalba, Ángela, bienvenida. Sonia me jaló aparte: Tú sabes todas las cosas que hace Victoria, es un torbellino. Uf, dijimos las dos.

A Victoria, política y poetisa, le gustaba el orden, me ilustró aquella mujer que alternaba metódicamente sorbos de vino y cucharaditas de helado. Todo debe ser en orden, eso sí. Las exposiciones, los comentarios, las lecturas, que son un poco de todo: poesía, novela, filosofía. Hemos estado leyendo a Hegel, por ejemplo. También nos alienta para que escribamos, ya sabes que ella domina como nadie el género epistolar, ¿no has leído sus *Cartas a la joven calipense*? Son preciosas. Dice que la poesía forma el carácter; te enseña a llorar sin derrumbarte, a exigir sin gritar, a dominar sin violentar, a lanzar rosas de fuego, ésa es su expresión. Qué bonito, le contesté, rosas de fuego. Nos preparamos mucho para Triunfo 70, el proyecto del Nuevo Calipén. Ángela se interesó mucho por el Nuevo Calipén. Sonia bajó un poco la voz: Tú sabes lo de Triunfo de la Loza, qué terrible, ¿no?, todas tuvimos miedo, imagínate la pobre Victoria. Pero esa gente ha salido de Calipén, bendito Dios, y el presidente le dio la gubernatura al ingeniero, el sobrino de Triunfo. De repente se detuvo, un poco confundida entre el helado, la confidencia y el vino: Sí sabes de qué te estoy hablando, ¿no? Claro, le respondió Ángela, es maravilloso. Sonia le apretó el brazo en complicidad y se fue a hablar con otras señoras que alababan el último discurso de Victoria: damas, caballeros, compañeros de las lides de la palabra en acto... ¿No te encanta lo de la palabra en acto? Ángela le dijo que le parecía fascinante.

Alcancé a ver a César Augusto y a Sheila bajar atropelladamente por la escalera y salir sin despedirse de nadie. Perdí las ganas de seguir en esa casa. Brenda se nos había acercado a Sonia y a mí, y hablaba de Victoria como poseída. Es mi gurú, me decía muy seria, echando hacia atrás la melena rojiza. Me disculpé un momento y salí al jardín a tomar un poco de aire. Iluminado con lucecitas de colores, sus límites se perdían en la oscuridad, ¿hasta dónde llegaba? Me eché a caminar, pero de repente sentí el aliento de Felipe detrás de mí: ¿Por qué tan solita? Le dije que me sentía un poco mareada. Caminamos en medio de la oscuridad y él me fue explicando con mucha paciencia que en el grupo había de todo: desde personas muy educadas, como Carly Mendoza, la organizadora de conferencias, exposiciones y conciertos para los empresarios de distintos ramos, hasta Licha Morales, esposa del subsecretario de la Reforma Agraria, quien de plano era de rancho y a duras penas hablaba español, ni siquiera alguna lengua indígena o cosa por el estilo, simplemente hablar no era lo suyo. Ángela se rio, le caía bien Felipe, era un poco venenoso. Con Victoria tienen un espacio donde aportar y desarrollarse, un proyecto. ¿El Nuevo Calipén?, preguntó Ángela. Exacto, respondió Modeoni, sus dientes brillaron con el reflejo de un foco rojo entre los arbustos. Para Triunfo de la Loza, Victoria fue una compañera invaluable. Ella busca ahora elevarse, tiene derecho. ¿Y el doctor Palma?, le pregunté a Felipe, ¿ese qué pitos toca? Los que puede, me contestó muerto de la risa. Tienes mucha suerte de haber llegado aquí, añadió, aprovéchate, Ángela, ésta es la tuya.

Salí de ahí pasmada. Eran ya cerca de las doce de la noche y no estaba segura de querer regresar. En el camino hacia la casa, los rostros me daban vueltas. Sin embargo, Ángela estaba encantada, como que había encontrado su ambiente, un lugar de poder, seducción y riesgos. Se despidió de Victoria y ésta le dijo que Modeoni la buscaría pronto, vas a ver todo lo que lograremos juntas. Entré a la casa tropezándome con más cajas de las que habíamos preparado para la mudanza y pude ver en la penumbra que mamá había terminado de empacar ella sola. Me dio culpa haberla dejado en eso, aunque viéndolo bien no urgía, como que era su propia ansiedad por dejar este departamento lo que la empujaba, o verme tan mal en las últimas semanas, o qué sabía yo. Con mucho cuidado me fui a acostar a mi cuarto y en lo que se me cerraban los ojos César Augusto, Sheila y Ángela me daban vueltas alrededor, como los tigres del circo chino que había visto de niña con Rafa y que esa noche, por alguna razón, saltaron a mi memoria.

XII

Coco está radiante y eso que en el puerto, para variar, hay norte. No se casó de blanco porque a su edad sería exagerado, además de que es viuda. Su vestido es amarillo, solar, lleno de holanes y se la ve feliz junto a Isaac, saliendo de la iglesia de La Pastora en medio de una más que discreta lluvia de arroz proveniente de un grupo reducido de familia y amistades, pues hay a quien la boda no le parece bien a la edad de Coco. Aun así, no faltan los abrazos y los besos, los deseos de que haya mucha felicidad. La comitiva se va a pie, entre el viento y los nubarrones, a casa de una de las familias que los acoge y festeja. Arturo avanza un poco de mala gana con sus padres y sus hermanos. Le molesta el regreso al ámbito familiar, del que ya se sentía casi libre en el de efe, si no fuera por doña Francis, y hasta envidia a Pino que anda muy despreocupado con dos amigos que lo alcanzaron en la fiesta –pues Suzuki al final se quedó atendiendo el salón a pesar de las protestas de doña Francis. Sus amigos de Xalapa no se iban a trasladar al puerto si no estaban invitados, aparte de que ya se siente lejos de ellos, en otra onda. Pino peinó a todas las señoras, incluida la mamá de Arturo, en la nueva casa de Coco donde se hospeda la familia, y de vez en cuando les arregla el mechón que se les sale del pasador. Avanza tan libre y contento, así como es él, desparpajado, y Arturo se pregunta cómo es que Pino es tan feliz si está tan loco. Pino debería sufrir más. Algunas veces ha regresado a la casa con moretones porque se agarró a golpes con algún cliente del salón. Pino los provoca un poco para pegarles. No entiende cómo Suzuki lo aguanta.

El encuentro con su papá fue de lo más incómodo. Apenas lo saludó, para reunirse con su hermano Pablo, el más pequeño. Su mamá le dijo que desde que Arturo dejó la carrera, el doctor Lagunes se ha volcado en Jaime su hermano menor, el cual estudiará Leyes. Lo que pasa es que se preocupa por ti, ya ves cómo están las cosas con la devaluación, todo subió un montonal y tú te das el lujo de no estudiar. Te han de pagar nada en el laboratorio. Pues sí, pero no le importa. En realidad sí le importa. Se siente solo. Se apega a su madre y a su hermana Carmela, a quienes doña Francis les dijo puras cosas bonitas de él, que es un muchacho excelente, que casi nunca llega tarde, que el doctor no debería enfadarse así. Pero todo eso fue antes de la ceremonia; ahora nadie piensa en otra cosa que en la fiesta, las cervezas, el baile y los jaraneros.

A unas pocas cuadras se alcanzan a ver el mar, el castillo de San Juan de Ulúa y los barcos. Arturo decide que estará un rato en la fiesta y luego se irá a dar una vuelta por el malecón, quizá a buscarse una mujer para acallar las ganas que trae desde hace días, y ya. Una con la que no haya palabras de por medio. Pasados los danzones, Carmela y sus amigas no lo dejan en paz, lo sacan a bailar cuando suena una canción de Michael Jackson, le hacen bromas. Una de ellas en especial, Isabel. Coco avienta el ramo e Isabel lo cacha, luego se lo queda mirando con las orquídeas abrazadas al pecho breve. Todo el mundo ríe y festeja, Arturo piensa en lo cursi y bobo que le parece todo eso. Sonríe un poco, bebe, conversa amable, piensa que podría acostarse con Isabel, se ve más que dispuesta, pero ella es de otro ámbito, de otra cosa que no significaría más que líos, compromisos, problemas. Las amigas de morral de Rubén son distintas; la próxima semana que lo vea se ligará por fin a una de ésas, que cogen sin broncas y hablan de Kundera, no hay bodas ni pendejadas. Aun así, come y bebe mucho en medio de la algarabía y el silencio de su padre que resuena igual de fuerte. Por más que conversen de cosas corrientes, siente el reproche de que esté en la capital sin hacer algo útil de su vida, es decir, sin estudiar Medicina como el doctor. Trabajo, piensa, voy al cine con Rubén, leo, supongo que eso no es suficiente. Trabajo enfrente de la Cineteca, le cuenta a Isabel, el edificio que se quemó, ¿supiste? Ella finge que lo escucha, pero no sabe de qué está hablando. Ahora está Pino cantando con sus amigos: Vete, olvida mi nombre, mi cara, mi casa y pega la vuelta.

Coco e Isaac se escapan en un Cadillac blanco adornado con moños enormes: les espera el viaje de novios al Caribe. La fiesta mengua, Arturo le avisa a su madre que llegará después a casa de Coco, va a dar una vuelta por ahí. Pues pregúntale a Francis quién te abre la puerta, porque a mí me duelen mucho los pies, no me voy a poder parar. Promete que no regresará demasiado tarde, se va al malecón. Le gusta ver las luces de los barcos en la noche, los barcos como edificios llenos de ventanas, barcos de nombres misteriosos, barcos rusos, daneses, americanos. ¿Y si se alistara en uno de marinero y se fuera a la chingada? Camina hacia los portales y se sienta en uno de los bares, pide una cerveza, espera que se acerque alguna de esas mujeres, disfruta la llovizna salada que refresca la noche. Una de ellas lo aborda, se miran, le convida una cerveza, se inventa un nombre, ella también. Se van a un motel pequeño, cerca del bar La Sirena. Las marimbas convidan a los marineros y los turistas, el norte no le importa a nadie, Veracruz es el de siempre, inocente, alegre y cochinón, todo a la vez, una fiesta entrañable de la que en algún momento hay que escapar. Y a la hora de la hora le pasa que no se le para, no se puede concentrar; la mujer está gorda, piensa en doña Francis y en su mamá y no se las puede sacar de la cabeza. Le dice que está muy borracho, le paga y camina un rato más por el malecón.

Afuera de casa de Coco, cerca del Sanborncito, lo están esperando los amigos de Pino. ¿Qué pasó? Necesitan ayuda, Pino se puso mal, no saben qué hacer. Ya es bastante tarde, las calles están desiertas, caminan hasta un lugarcito lejano, casa de uno de ellos, un departamentito por el barrio de la Huaca. A Arturo le late fuerte el corazón, ¿estará herido?, ¿le habrá dado un ataque, una congestión? Ellos no le dicen nada, sólo le piden que se apure por unas escaleras de metal y lo empujan a un cuarto opresivo.

Pino está sentado en un camastro con los labios pintados. Lo mira con una expresión muy distinta a la habitual. Un chavo muy joven, casi un niño, lo acompaña desconcertado. Pino no para de repetir lo mismo, dice. Arturo nota que algunos de ellos se habían maquillado y se limpiaron para irlo a buscar, supone, pero les quedan restos de sombra y bilé. Se siente extraño, como en un raro carnaval, un mundo grotesco. Va a preguntar qué estaban haciendo, pero se da cuenta de que sería idiota hacerlo. La verdad es que Pino le provoca una curiosa fascinación. Se sienta junto a él, le pregunta qué te pasa, Pino, y Pino se le abraza, llorando. Fue horrible, le dice una voz aguda que no es la de Pino, como si se hubiera equivocado de película o de novela, yo me eché a correr con todos como un animal. Tuve que escapar, unirme a la estampida, me encaramé sobre el respaldo de las butacas rojas, me aferré a la gente que huía a mi alrededor. Sus cuerpos me llevaron en vilo, me apartaron de mi amiga, sentí que a mis pies algo se arrastraba, algo pesado que no me dejaba avanzar. Me sacudí, me liberé del lastre, quedé descalza. Todos nos atropellamos en medio de la humareda hacia la salida de emergencia. Así me escapé, pisando la alfombra de la sala, nadando entre la gente, sintiendo de repente cosas blandas bajo los pies, huyendo en medio del terror de muchos a la noche. Me di cuenta, allá afuera, de que había dejado mis zapatos. Y ya no puedo regresar, ya no puedo regresar.

Arturo mira a Pino alucinado, de verdad suena como otra persona, como una chava muy asustada. ¿Se habrá maquillado así, lo pintaron los otros? Pino le aferra la mano, tiene las uñas pintadas. Trae puesta también, y se ve que le aprieta mucho, la pulserita que él recogió afuera de las ruinas de la Cineteca.

XIII

Nunca hay que acercarse a las tormentas, me dijo Rafa una vez que me metí en un pleito de la escuela; es algo que los buenos pilotos siempre tomamos en cuenta, Nina. Pero las tormentas tienen algo de fascinante también: los rayos parecen hilos, los hilos de unos dioses titiriteros, y nosotros somos sus marionetas. Yo me daba cuenta de que estaba tentando al azar, y eso me gustaba. Lo prefería a trazarme algún camino, un futuro planeado, como las rutas que tenía programadas Rafa en sus viajes; la vida me parecía eterna, una película en la que de repente estabas en un sitio y veinte minutos después en otro, llevada por un guionista a veces malvado, a veces benévolo. Y mi única tarea, a últimas fechas, era descubrir qué seguía. Ese fin de semana nos mudamos, así que durante unos días no pude ocuparme de otras cosas y tuve que contener el entusiasmo de Ángela por la casa del Pedregal. Además, acompañé a mamá y a Patricio a ver a la familia de Pablo Santana.

Estábamos mamá y yo en una casa de esas en las que forran los sillones con plástico transparente y para llegar a ellos había que cruzar el comedor caminando por una gruesa tira de hule transparente también. Debajo de los plásticos se distinguían una alfombra y una tapicería de flores, que realmente no merecían tantos cuidados. El trasero sudaba sobre el asiento, además de que al movernos hacíamos unos ruidos muy sospechosos y el café que nos dieron estaba totalmente quemado. Pero sonreíamos sacando todos los dientes como si fuéramos perros y eso me parecía de alguna manera inapropiado. En cuanto di el primer sorbo, cerré la boca.

En uno de los sillones se sentaba la abuelita de Pablo, una señora ya muy grande, con el pelo blanco teñido de reflejos rosas, que nos miraba con odio. Junto a ella la mamá, cuyo odio estaba un poco más disimulado, pero se sentía igual de intenso. Mamá era más joven que ella; la verdad se veía de maravilla en comparación con estas señoras, con su uniforme de la aerolínea que esa tarde no le había dado tiempo de cambiarse, además de que toda nuestra ropa estaba en cajas. Nos acompañaban el hermano de Pablo, que recién había terminado sus prácticas de piloto aviador, otra hermana, Nohemí, igualita a su nombre, y Patricio, que no podía faltar. Todos nos retorcíamos un poco en esa sala agobiante en la que para colmo hacía un calor espantoso. Manuel, el hermano de Pablo, era muy parecido a él, muy alto, tanto que casi me desmayo al verlo porque me acordé de esa tarde, de Rafa y Pablo enganchados en el balcón, como si estuvieran haciendo un baile muy violento, Pablo con la pistola, y cómo parecían empujarse uno al otro y cómo se fueron para abajo. Me pregunté si se habrían seguido agarrando mientras caían; yo los vi en el piso con sus uniformes negros, dos garabatos dislocados en medio de la gente y los coches, dos mariposas negras. La verdad me aterran las mariposas.

Eso miraba en realidad; no a la familia Santana sino esa imagen que se había quedado sellada en mi recuerdo. Tanto olor a plástico hacía que me doliera la cabeza, junto con el hecho de sentir que en su frialdad esa familia nos culpaba, como si Rafa hubiera asesinado a Pablo, como si estuviéramos pidiendo perdón. La conversación tardó en llegar a su meta. Pasamos más de una hora sorbiendo el café quemado y hablando de cosas indiferentes: mamá estaba contenta en la aerolínea, no se había vuelto a casar desde que murió mi padre; la mamá de Pablo había ido a Chalma a entregar un relicario por el alma de su hijo; del papá no se hablaba; yo estaba estudiando, así, en general, y tampoco me había casado, ni tenía novio; me llamaba Saturnina, mi nombre venía de mi abuelita, oriunda de Salamanca, me decían Nina de cariño; a la abuela de Pablo se le habían hinchado unas venas azules, azules, mire usted, que le dolían por toda la pierna; Nohemí estaba a punto de casarse, el 5 de agosto, va a ser en Polanco, quisimos cancelarla por Pablo pero ya teníamos el vestido y todo pagado; Manuel, el hermano de Pablo, había pasado las pruebas y estaba trabajando en la aerolínea, es increíble, y Patricio, que había estado mirando fijamente las figuritas de adorno y el candelabro con lágrimas de cristal, de repente preguntó cuántas tenía. Cuántas qué, cuántas lágrimas. Todas las del mundo, dijo la mamá, nunca pararemos de llorar a Pablo. No, las del candelabro, aclaró él. Y por debajo todos nos detestábamos. La señora contuvo un sollozo y le dijo a mi madre: qué bueno que ya no vive su mamá, imagínese, perder, como yo, a mi hijo. Claro que un hermano también duele, yo lo sé, añadió, apretando la mano de su hijo Manuel y de paso la de Patricio, que seguro era para Pablo como un hermano también. Y una lágrima se le escurrió, espesa y lenta. Yo bajé la mirada, como si estuviera convencida de que Rafa, mamá y yo habíamos asesinado a Pablo, o de que éramos sus cómplices en las estafas, pero mamá se lanzó al ruedo: ¿Ustedes saben desde cuándo se conocían Pablo y Rafa, quiero decir, cómo era su amistad? Porque la verdad no sé qué hacía Pablo en mi casa, créame que todo esto no sólo nos ha desgarrado, sino que también estamos muy desconcertadas, ¿verdad, Nina? Patricio la secundó: ellas no sabían nada de los problemas de Rafael, el asunto les explotó como una bomba. Yo te lo dije, Manuel, no me crees pero es verdad, llevo meses trabajando con Graciela y de verdad que estas dos pobres no tenían ni idea, casi se han quedado en la calle pagándolo todo. Yo tenía un nudo en la garganta y se me salió el sollozo de la rabia porque era una exageración decir que estábamos en la calle, pero si lo aclaraba iba a ser peor. Ahora nos tocó a nosotras el turno de llorar. Qué duro, dijo la mamá de Pablo, súbitamente suavizada. ¿Entonces ustedes no...? No, para nada, nunca imaginamos nada. Él siempre venía tan contento, tan bien, tan triunfador, nunca nos compartió que tuviera problemas. Mi hermano, señora, es un misterio para nosotras, la verdad, zanjó mamá; haga de cuenta que era otra persona. Todo esto me parecía tremendamente injusto, el estar pasando por esta humillación, quedar como pendejas frente a esa familia desconocida que trataba a Rafa como un delincuente. Aquí había gato encerrado.

No hubo más que hablar. A la abuela le empezó a doler la espalda; la mamá y Nohemí tenían que ir a escoger los vestidos de las damas de honor y nosotras nos levantamos bastante descorazonadas: de asesinas habíamos pasado a ser idiotas. Yo había llegado a sospechar que Rafa era homosexual, desde que nunca nos presentó a una novia, pero eso no era algo de lo que se hablara con mamá como si nada, como que ella era muy moralista en ese sentido y yo no sabía ni qué onda. Y además no acababa de creerlo, tan varonil que era Rafa, y eso que estaban haciendo en el balcón pues era pelearse verdaderamente. No, no era homosexual, ¿o sí? No tendría nada de particular para mí, en todo caso, pero no hallaba cómo preguntarlo ni a quién. De repente, en el elevador, mamá encaró a su compañero de la oficina: Ya dinos, Patricio, ya vi que tú sabes mucho más, Manuel es tu amigo: ¿este muchacho Pablo era rarito? Patricio se sonrojó. Claro que no, él no, Graciela, respondió, como dando a entender que él, Patricio, sí. ¿Y entonces? ¿Qué se traían? Rafa le debía dinero a él también, a toda la aerolínea, dijo Patricio temblando. Eso ya lo sabemos, pero aquí se sintió algo muy pesado y no nos lo quieren decir. Una mujer, escupió Patricio, ya en la calle. Una chava. No tan chava, pero si te digo quién es, arriesgo el puesto. Bueno, todos arriesgamos el puesto, también tú. Todo este desmadre fue por una mujer. Mamá y yo nos quedamos mudas. Sandra, le dije cuando me acordé de la nota que había encontrado en el clóset de Rafa, se llamaba Sandra. Patricio puso cara de susto. Rafael no se aguantaba, ¿entiendes?, siguió, lo que tenían los demás, él lo quería y a la fuerza, no había cómo decirle que no, eso me decía Pablo. Por eso estaba metido en tanto lío, tanta cosa de dinero y chavas y quién sabe qué. Seguro que a ustedes las consentía mucho, han de haber pensado que era un magnate.

¿Pues qué no ganaban muchísimo dinero los pilotos? Al parecer no tanto para los gastos que Rafa hacía en una vida paralela que íbamos descubriendo, junto a los cuales nuestros regalos y nuestros viajes parecían caramelos para los niños. Parados en una esquina de la colonia Cuauhtémoc, Patricio nos habló de abrigos de mink, joyas y hoteles de lujo que Rafa le pagaba a esa mujer, en realidad la carísima amante de un alto mando de la aerolínea. ¿Y Pablo? Empezaron como amigos inseparables los tres, pero Rafa se aprovechó de que Pablo no podía pagar todos los restaurantes a los que ella quería ir, los caprichos que se le ocurrían. Y Rafa era capaz de apostar con el diablo para conseguir el dinero, o desplumar a todos sus amigos. Le daba igual, estaba mal de la cabeza. Eso los fue separando a Pablo y a él. Luego nos contó de una fiesta en Las Vegas que terminó en desastre, murió una mujer que había entrado a la suite por error, una turista canadiense. Cuando escuché todo eso, me ganó un ataque de risa nerviosa. Esto es ridículo, le dije, es absurdo, y caminé hacia el coche. Mamá me persiguió y dejamos a Patricio parado en la esquina, con su ridículo a cuestas.

Te lo dije, me sentenció mamá luego de regresar en silencio al nuevo departamento. Llevábamos un par de días ahí y apenas estábamos arreglando las dos pequeñas habitaciones en las que no cabía nada; sin embargo, esa misma tarde, de regreso, mamá cambió el retrato de Rafa sobre el sillón rosa de la sala por uno del señor González. Nunca había visto ese retrato, le dije medio consternada. Lo tenía bien guardado en el clóset, me respondió, y ahora lo extraño más que nunca; ahora veo cuánta falta nos hizo, no sólo a nosotras, sino a Rafa también. Era una foto coloreada de mi padre cuando era muy joven. Traía una corbata de moño azul con bolitas amarillas. Con esas chapas pintadas y la nariz más pequeña pude reconocerme totalmente en él. Las fotos que conocía mostraban al señor González con una calva esplendorosa: ahora podía ver bien de dónde venía mi cabellera negra. Me sentí muy extraña, como si todo esto de Rafa fuera una venganza del señor González, a quien nunca había respetado como debía ser. Pero es que nunca lo conocí. Y por lo visto a mi tío tampoco.

Tomé el retrato descartado de Rafa y me lo llevé a mi cuarto; lo colgué sobre el tocador. Qué diferencia su perfil, la gorra, las patillas bien recortadas, la sonrisa, los ojos verdes mirando al cielo llenos de idealismo. Mamá no me dijo nada al respecto, yo tampoco le expliqué nada. Parecía un capricho quererlo tanto; quizá lo era, pues él había sido siempre todo para mí. Mamá podía sentir que ella entregó su vida para que fuera una persona de bien y a cambio Rafa la traicionó; yo, en lo que me había tocado, no recibí de Rafa sino cosas buenas. Si su vida se complicó, tuvo la atención de no involucrarnos en ella; yo se lo agradecía. El perfil de Rafa, si lo miraba mucho, parecía transformarse en otro, lo cual se me hizo una tontería: Rafa era inimitable.

Esa noche me visitó. No había terminado de guardar mis cosas; la cama estaba rodeada de cajas, la ropa esparcida por todas partes. Me sentía tan desanimada que me dormí así, en medio del caos. Pero en la madrugada, el fuerte silbido de un carrito de camotes me despertó. Traía puesta sólo una camiseta del Carlos and Charlies muy larga, y mis calzones; quise levantarme para ir al baño y de repente, frente a mí, sentado en la cama, se apareció Rafa. Le faltaba una parte del rostro, la que se le destrozó con la caída, pero aun así se veía bien, como el Fantasma de la Ópera. Su figura estaba en blanco y negro, me miraba y me miraba, y de repente extendió una mano y dijo mi nombre: Nina. El corazón me latía muy fuerte y me puse a temblar. Sentí la mandíbula como trabada, y con grandes trabajos traté de decirle vuelve, por favor, vuelve, pero no podía hablar, así que le tomé la mano que me ofrecía. Estaba tan helada que pegué un grito fuertísimo y me zafé.

Abrí los ojos y no reconocía la habitación ni recordaba quién era yo. Poco a poco fui identificando mi silla, mi tocador, las cajas alrededor de la cama y a mamá que había encendido la lamparita y estaba sentada con cara de consternación, en el mismo lugar donde se me acababa de aparecer Rafa. Me sentía agotada y muy angustiada. Tuviste una pesadilla, me dijo mamá, gritabas y gritabas, temblabas. Trató de consolarme, me ofreció un té de tila, pero yo lo que quería era que se saliera del cuarto, porque me había orinado y me daba vergüenza. Le dije que no se preocupara, que sí había tenido una pesadilla, pero no la recordaba bien. Me esperé a que se metiera a su cuarto y se fuera a dormir para asearme y limpiar el colchón. No le conté a mamá del fantasma de Rafa porque no estaba segura de que fuera un sueño; ella me diría que sí, que lo soñé, pero ¿y si vino a visitarme de verdad? Me prometí que, si regresaba, me esforzaría por controlar el miedo. Aunque su mano estuviera helada, la tomaría, y aunque la mandíbula se me hiciera de piedra, diría algo o le daría un beso.

Ya de mañana, mientras desayunábamos, mamá me dijo que no era bueno tener el retrato de Rafa en la habitación. ¿Te da miedo?, le pregunté, medio retadora. No, se achicó, ya te darás cuenta más delante de lo que significa todo lo que nos están diciendo. Te digo que él no era él, Nina, quién sabe quién era, es como si hubiera estado loco. Se me hace que eso no es verdad. No, esas historias están muy morbosas y es mejor alejarnos de todo eso. Le voy a decir a Patricio que no queremos saber nada. Se me quedó mirando y me acarició el cabello como cuando era chiquita y estaba enferma: Mira cómo te puso; tú estás en estado de shock por todo lo que nos han contado.

Estuve desempacando y ordenando el nuevo departamento toda la semana; invité a mis amigas para que me ayudaran, eso me distrajo y me olvidé un poco de Rafa, hasta que sonó el teléfono. Habíamos trasladado el mismo número telefónico

–ése que yo había dado en la oficina de Victoria de la Loza– a nuestra nueva dirección. Contestó María Rita, con su clásico tono muy brusco: Está equivocado, dijo, y colgó. Le pregunté quién era y me respondió que buscaban a una Ángela. Me quedé cerca del teléfono, por si volvían a llamar, cosa que sucedió. Era Modeoni. Doña Victoria me manda preguntarte por qué no regresaste el jueves. Fíjate que ha decidido ya no vender la casa. Yo le respondí que la señora Mackenzie tampoco estaba ya interesada. Añadí que estaba muy ocupada con mis clases, me daba pena no haber llamado antes. Fue un impulso, un intento de romper con esa cosa absurda de Ángela, como si la visita o el sueño de Rafa me hubiera regresado a mis verdaderos problemas, pero la sentí inquieta adentro de mí. Escuché atrás de la voz de Felipe a Victoria de la Loza. Que si puedes venir mañana a las oficinas, quiere verte, a las once. De nuevo el murmullo atrás. No, mejor te invita a comer, añadió Felipe, te espera en el Prendes a las dos y media. Allá estaré, se apresuró Ángela a contestar, pensando que en una de ésas y se aparecía por ahí César Augusto y tendríamos el chance de verlo.

María Rita estaba acomodando sobre la consola, del más grande al diminuto, unos elefantitos de piedra casi transparente, recuerdo de la casa de infancia de mamá. ¿Ya regresaste a clases?, me preguntó. ¿Quién era? Chismosa, pensé, aunque era natural que preguntara. Rodolfo Prados, le contesté, le estoy huyendo, me cae regordo, no quiero salir con él. La verdad era que Rodolfo Prados no me había llamado. ¿Y por qué le dijiste que allá estarás?

¿Debía contarle a María Rita de Fuego 20? Era un peligro, pensé, yo misma no sabía qué estaba haciendo y si le platicaba de Ángela, creería que me había vuelto loca. Allá estaré en la escuela, fue lo que le dije, aclaré. Pero le sonó raro. Para distraer su radar, les platiqué a Laura y a ella de nuestro encuentro con la familia de Pablo Santana y todas las cosas que habían dicho sobre mi tío Rafa, mientras nos poníamos a cocinar un pastel de chocolate. Mamá no estaba y María Rita le echó unas hebras de marihuana a la mezcla. No podían creer lo que les contaba sobre la amante de Rafa que se llamaba Sandra –me hicieron ir a buscar el papel que decía "de Sandra y Pablo, por una noche inolvidable"– , y me dijeron que por qué no averiguábamos más. ¿Para qué?, les pregunté, todo eso es horrible y mi jefa ya decidió que le vamos a dar la espalda a todo eso. Pero ellas insistieron. Eso te dice, pero trabaja en la aerolínea, ¿no? Quiere que tú te alejes, pero ella seguro va a averiguar más cosas, y es mejor que lo sepan todo. Qué tal que algo les salta de repente, es hasta peligroso, imagínate si Rafa tuvo algo que ver en la muerte de la turista, imagínate que las demandan o les quitan el nuevo departamento. Bueno, ni que fuera para tanto, les contesté. Ay, aunque sea sólo para saber, para que tengas tu conciencia en paz de que tú ni te imaginabas cómo era tu tío Rafa. Lo que ustedes quieren es el chisme, ya las conozco, están aburridas.

Laura y yo no nos dimos cuenta de lo que María Rita le había echado al pastel y comimos muchísimo. A mí no me hizo mucho efecto, en todo caso, me dio sueño y me puse simple. Pero cuando creyó que Laura y yo estábamos profundamente drogadas, María Rita nos confesó que se había enamorado de su profesora de Fisiología. A Laura le dio un ataque de risa y a mí también. Nos pusimos tontísimas, no podíamos parar las carcajadas, la palabra "fisiología" sonaba ridícula, absurda. María Rita como que se apenó y se rio también. No es cierto, cómo creen; lo que quise decir es que la admiro, quiero ser como ella, es súper chingona. Nos quedamos oyendo música un rato. Luego nos tomamos un café y nos pusimos a hablar de la boda de Laura, acomodando muebles y sacando cosas de las cajas, pero yo me di cuenta de que eso le había pasado en realidad a María Rita. No tenía idea de qué le podía aconsejar, me lo dejé de tarea. Mamá regresó más tarde y mis amigas se fueron justo cuando empezaba a caer un chaparrón que no paró sino al día siguiente.

Me acosté para terminar de leer la novela que había dejado un poco arrumbada. Al final, cuando muere Julien Sorel en la guillotina y lo van a enterrar en una gruta, su amante Mathilde, a la que en el fondo él despreciaba, lleva la cabeza de su amado sobre su regazo. Claro que Julien muere amando a madame Renaud, quien a su vez se va tres días después, no le sobrevive porque lo ama más que nadie, más que a sus hijos. Pero para el que cuenta la historia, el gesto de Mathilde, ése de no hacerle ascos a la cabeza (y hasta besarla, guácala), es como una prueba de su nobleza, de la fortaleza de la sangre de sus antepasados que se manifiesta en ella. A mí me pareció bien siniestro, pero a la vez admirable, un golpe terrorífico y a la vez súper profundo. El fantasma de Rafa era como la cabeza de Julien Sorel y si se me volvía a aparecer, yo debía ser valiente y tocarlo. O vender mi alma y pedir que Rafa regresara; y si eso era imposible, que nuestra vida fuera como antes, o como alguna vez estuvo escrito que debía ser. Dejar de sentir ese hueco que me devoraba y le quitaba a todo su sentido. Convertirme en Ángela totalmente, ya no ser yo. En eso estaba pensando, en vender mi alma, aunque fuera la mitad de mi alma, y preguntándome cómo se hacía eso, cuando un rayo espantoso cayó y se fue la luz. Mamá estaba bien dormida y no se despertó. Sentí miedo de dormirme en medio de la oscuridad y abrí bien los ojos, esperando a que Rafa se me volviera a aparecer. La luz regresó muy pronto; me levanté a arreglar la ropa que Ángela se pondría al día siguiente para ir a la comida de Victoria y finalmente me atrapó el sueño.

XIV

Desvístanlo, exclama Arturo, le falta aire. Desde luego, todo oprime a Pino, desde el pantalón verde claro y la camiseta pegadísima que trae, hasta la pulsera que Arturo mismo se ocupa de desabrochar y guardarse disimuladamente en el bolsillo del saco. Ha visto a Pino en ropa interior miles de veces e incluso desnudo, pues comparten el baño del pasillo en la casa de la tía Francis; ella tiene el suyo en su cuarto. Sin embargo, el verlo despojado de un atuendo así, poco a poco –primero el vestido, después el corsé, los rellenos, las medias– le acelera el pulso. Uno de los muchachos le despinta los labios con un pompón enorme empapado en cold cream y lo cepilla. Pino se deja hacer, medio desmayado, con los ojos medio abiertos. Lo visten con su ropa y entre todos lo sacan a la calle, lo obligan a caminar ayudado de los hombros de Arturo y otro amigo. El fresco aire del mar y la noche veracruzana logran su magia al pasar frente a los Portales y Pino empieza a cantar con la marimba: Perdóname si te digo, Negro José, eres diablo pero amigo, Negro José. Se sientan a la mesa de uno de los bares, piden cervezas, una para Pino que parece despertar de un sueño. Está encantador. Me siento como la Bella Durmiente, exclama, de repente no supe de mí y mira dónde estoy ahora, ¿cómo llegamos a los Portales? Yo te digo porque sé, amigo Negro José, le responde uno de los muchachos cantando. Todos se sienten muy aliviados de que Pino volvió en sí, se pegaron un susto espantoso. Se están ahí un rato platicando y cantando, luego Arturo se lleva a Pino a casa de Coco. Pino le pregunta cómo fue que llegó a buscarlo, qué estaba haciendo. En medio de tanta alegría se le ve confundido y un poco angustiado. Nada Pino, nada para preocuparte, en serio, te cayó mal algo que tomaste. De vez en cuando hacemos locuras, ¿verdad?, le dice Pino, lanzándole una mirada insegura. Arturo vuelve el rostro hacia el mar, a los barcos que se perfilan hacia un amanecer nuboso y por el rabillo del ojo nota que Pino se está revisando el brazo, como si buscara la pulserita. Sí, Pino, de vez en cuando hacemos locuras, no te preocupes, no hay bronca.

Un par de días después, de regreso en el Distrito Federal, Arturo deshace el maletín en el que había guardado el traje que le ajustaron de su papá y un par de camisas para la ocasión. Siente alivio de que todo haya terminado, sobre todo la incómoda convivencia con el doctor, quien casi no le dirigió la palabra. La despedida fue tensa y breve. Esperamos las noticias, le dijo don Arturo a su primogénito; las noticias serían que ha retomado la carrera de médico, que se ha encarrilado, vuelto serio. Arturo teme decirle que en esos dos días frente al muelle de Veracruz ha decidido dejar el laboratorio, buscar un trabajo más interesante, más cercano a lo que a él le gusta, tomar alguna clase de literatura en la Universidad aunque sea de oyente, como hace Rubén en Ciencias Políticas. La sencilla habitación en casa de doña Francis le parece un paraíso: los libros que siempre lo acompañan –Pacheco, Revueltas, Arreola, sus ediciones de Era y Joaquín Mortiz, los clásicos editados por la Universidad Veracruzana, los diarios de Pavesse, algunas novelas del *boom* latinoamericano– acomodados pulcramente en un pequeño librero, su ropa bien ordenada, unas fotos antiguas de la ciudad que se encontró en la Lagunilla el día que fue con Rubén, una caja de conchas, regalo de la única novia que ha tenido. Tiene algunos discos de música clásica y jazz, pero con Pino es imposible escucharlos; invariablemente quiere continuar la sesión con los éxitos de la radio que lo hacen tan feliz. Suzuki y la peluquería le han estropeado el gusto, piensa Arturo, aunque lo cierto es que nunca se ha preguntado por Pino como persona, fuera de sus payasadas y sus atrevimientos. Desde el incidente del puerto, Pino está diferente con él, no sabría decir cómo o en qué, pero su mirada ha cambiado. El Pino verdadero lo busca, lo acecha.

Al colgar el saco, ya bastante arrugado por la fiesta, encuentra la pulsera que guardó en el bolsillo. Recuerda las palabras de Pino; hablaban de un incendio, de correr entre butacas. ¿Será posible? Quizá no escuchó bien. Ni siquiera piensa en preguntarle a Pino por qué la agarró, aunque es obvio. Él mismo le explicó en el coche de regreso que él y sus amigos habían sacado una ropa para el carnaval y se la habían probado, para echar relajo. Falta bastante para el carnaval, le respondió Arturo. Estábamos borrachos, dijo Pino, y otra vez esa mirada, una mirada de complicidad. En un primer momento, Arturo piensa en regalarle la pulsera, después fantasea con la idea de ponérsela a Pino él mismo, a ver si vuelve a decir algo del cine y las butacas incendiándose. Sería muy chistoso, muy raro. La guarda en la cajita otra vez, por mientras.

Arturo y Rubén quedan de verse en Coyoacán. Arturo sale de los laboratorios desde las seis de la tarde; ha estado nervioso todo el día, al grado de que casi tira una muestra por mirar el perfil del edificio de la Cineteca atacado por dos grúas que han llegado a desmontar las ruinas. Las muestras de sangre le han empezado a dar náuseas, igual que le pasó en la Facultad de Medicina con los cadáveres. Ahora sí van a sacar todo, anuncia Toñita mientras pega con diúrex unas etiquetas, se me hace que esas ruinas se van a quedar llenas de fantasmas. Ay, Toñita, la reprende el doctor Bueno, no es bueno ser tan morbosa. Ya salió en el periódico que sólo fallecieron tres personas, la gran desgracia fueron las películas, el edificio, en fin. A menos que consideres fantasmas a las películas de Dolores del Río. Así se llevan los dos. Lupe y Sánchez le celebran la broma, hacen coro a cualquier cosa que diga el doctor Bueno. Al salir, Arturo le pregunta al policía de los laboratorios si conoce a los que vigilan la Cineteca. No, joven, ya quisiera; ésos son de Gobernación, imagínese, otro nivel, las puras influencias. Eso sí, añade acomodándose el cinturón del que cuelga una simple macana, no se crea, yo aquí me siento más tranquilo, no tengo que andar en líos, ni buscando a los Panchitos, ¿verdad? Tengo familia, no se crea...

Espera en la cantina La Guadalupana a Rubén que sale de su clase con el profesor Burton, a la que se empeña en seguir yendo aunque le falta sentido de la observación, según ya le dijo el propio gringo. Arturo se imagina que el profesor correrá a Rubén tarde o temprano, pues sólo está haciendo el ridículo, pero al parecer le tiene mucha paciencia, pues cuando llega su amigo, está feliz. Dice que voy mucho mejor, le cuenta, las fotos que tomé de Nora en Cuernavaca le gustaron y le pide al mesero un submarino. A ver si ya me presentas a Nora, le dice Arturo. Entran unas chavas en grupo, envalentonándose. Hace muy poquito que las mujeres tienen permiso de entrar a las cantinas; en muchas todavía se ve en la entrada el letrero de "prohibida la entrada a mujeres, perros y uniformados". Algunas añaden en el repertorio de las prohibiciones a los músicos ambulantes. Los meseros no se acaban de acostumbrar a la entrada de las mujeres y menos algunos parroquianos muy necios, pero ellas lo hacen de manera desafiante, buscando apropiarse del reino de los tequilas y la botana, dispuestas a armar bronca si les niegan el permiso recién concedido. Una de las chavas que entran es conocida de Rubén y va a saludarlo de beso; Arturo sugiere que se vayan a sentar con ellas, pero su amigo le dice que mejor se salgan. Luego te cuento, murmura, mientras paga los tragos.

La historia de las chavas de Rubén es siempre muy complicada; se liga a una en una fiesta, luego se liga a otra en un viaje y no deja de andar con la anterior. Después va a otra fiesta y si encuentra a una que también le gusta o le llama la atención, no puede evitar seducirla, como una necesidad imperiosa, le ha confesado. No siempre caen, claro, ni que fuera tan guapo. A veces la cosa no pasa de una noche, un acostón de esos en los que se dicen al final "yo te llamo" sabiendo que no se llamarán nunca, como un ritual, pero otras se vuelve algo medio serio y entonces tiene que arreglárselas para evadir el asunto. Eso le pasa con la chava que se encontraron, tiene que dejar muy claro que eso no pasa de ahí y si se pone a platicar le va a dar alas. ¿Y Nora la de Cuernavaca?, le pregunta Arturo mientras caminan a los sopes de la calle de Presidente Carranza. Rubén pone cara de pícaro. Está buenísima, le confiesa, pero me aburro. Igual no te creas, la voy a volver a ver. Arturo siente envidia y admiración por Rubén, todo junto, y se pregunta por qué él no es así. Por ejemplo, en Veracruz hubiera tenido su oportunidad con Isabel, pero prefirió irse con una chava del puerto y ni siquiera pudo. Y luego lo de Pino. Rubén está un poco más cercano, más confianzudo, le pregunta cómo estuvo la boda. Ya sabes, evade Arturo, la familia. De güeva, acota Rubén. Yo sólo voy a Torreón por la mashaca y las primas, dice burlón, y pide un sope de salsa roja.

XV

Hacía muchos años, Rafa nos había llevado al Prendes. Yo estaba bastante chica, pero tenía un vago recuerdo del mural pintado con tantos retratos, la impresión de que ahí había pura gente importante a la que Rafa y mamá aludían con gestos y comentarios sabihondos. Recordaba, sobre todo, el abriguito rojo que me habían puesto para la ocasión, a tono con un conjunto de falda y blusa de cuadros que a Rafa le parecía elegantísimo. Y el pelo muy estirado con limón, adornado con un moño rojo también. Habíamos pedido todo tipo de manjares; a Rafa le trajeron unos gusanos de maguey y me horroricé: fue de las pocas veces en que mi tío me pareció indeseable o extraño, aunque sólo fue por un minuto, cuando lo vi introducirse, goloso, los gusanos a la boca.

Pregunté por la mesa de Victoria de la Loza y un mesero me guio por las escaleras al piso de arriba. El restaurant era más pequeño que en mi recuerdo, pero muy acogedor, los manteles blancos impecables, los meseros como pingüinos de Walt Disney, el mural con los rostros de los que no reconocí a nadie. Arriba, en una mesa junto a la ventana, estaba sentada Victoria con Felipe, el doctor Palma, algunas de las señoras que conocí el día de la reunión y un señor muy chupado. ¡Qué bueno que te animaste a acompañarnos!, exclamó, al ver que me acercaba con un poco de timidez. Felipe salió quién sabe de dónde para recibirme: traía un traje medio pasado de moda, negro y rojo solferino, que me gustó. Sin embargo, ese día Ángela no andaba muy locuaz y yo la verdad me sentía un poco apagada como para hablar fuerte o sonreír. Estamos tomando coctel Margarita, ¿se te antoja uno? Felipe me condujo a una silla en un extremo de la mesa, entre Sonia Grijalba y un lugar vacío. Me senté y acepté. Decidí que no iba a decir ni una sola palabra aparte de asentir con gestos vagos, para no meter la pata, fuera lo que fuera de lo que se hablara ahí. Algunos de ustedes ya conocieron a Ángela, hace unos días fue a nuestra reunión de los jueves. Me da tan buena espina esta muchacha, que he decidido que nos acompañe en nuestra aventura. Quise dar explicaciones de por qué había faltado, pero por suerte Victoria me interrumpió. Yo sé que eres una personita muy ocupada y por lo mismo me dio gusto que te tomaras la molestia de venir hoy. Estoy formando un grupo para que me acompañe a la Casa Plateada, mi hacienda en Calipén, y me apoye en la avanzada de un proyecto muy importante, algo te dije hace días, ¿no?, ¿qué les parece? Necesito sangre nueva, alguien en quien los jóvenes y sobre todo las jóvenes, se reflejen. Una muchachita culta y preparada como Ángela, de buen ver. ¿Qué les parece? Espero tentarte con esto para que te decidas a acompañarnos. Los presentes aplaudieron. Yo no sabía qué contestar, además de sonreír y marearme con el Margarita; nadie, ni siquiera Rafa, me había dicho nunca que estaba yo de buen ver. Victoria siguió explicando: Vamos a empezar inaugurando el Instituto de Altos Estudios Calipenses, la semilla de muchos otros proyectos, por eso necesito de la ayuda de todos, por supuesto remunerada, faltaría más, todos lo saben.

No acababa de entender bien a bien de qué se trataba eso, pero lo del pago me pareció interesante y Ángela no aparecía por ningún lado para decir aldo ingenioso. Quise preguntar cuándo haríamos el viaje, pretextando mis supuestas clases, pero Victoria pareció dar por sentado que yo había dicho que sí. La plática iba y venía, hablaron del legado de Triunfo de la Loza en Calipén, la estación de ferrocarril, la estatua del prócer Arnulfo Pacheco –tío abuelo de Victoria, me aclaró Sonia–, el hospital psiquiátrico para mujeres de San Cipriano. Sonia también me explicó en voz baja que todas esas obras habían quedado abandonadas durante los últimos años en que había gobernado Calipén un político contrario a Triunfo y Victoria, al que por cierto –y esto no lo comentes con nadie– se atribuía veladamente la accidentada desaparición del excandidato a gobernador. Ahora, con el licenciado en la presidencia y el agrónomo Arroyo –sobrino de Victoria– en la gubernatura, estaban de regreso. Tenemos todo de nuestra parte, siguió ella, Calipén se modernizará y nosotras, las mujeres principalmente, seremos las encargadas de llevar las nuevas ideas. Brindamos. Yo también, no sé por qué, me sentí de repente muy entusiasmada, sería que ya no tenía que hacer ni decir nada para estar cerca de Fuego 20 y sus curiosos habitantes. Felipe se había venido a sentar junto a mí y me susurraba los secretos de la casa con una complicidad adormecedora que iba despertando a Ángela. Trajeron un enorme platón de antojitos al centro y Felipe pidió para mí otro Margarita que por lo visto reanimó a Ángela por completo. Oigan, les dijo ella a Felipe y a Sonia, ¿no creen que Triunfo 70 ya no debería llamarse así, sino Victoria 80? Victoria, ¿ya viste lo que nos propone Ángela?, exclamó Felipe, ¡Victoria 80! Los ojos brillaron, las sonrisas aparecieron, alborozadas, y Chachis Lozoya gritó: ¡Por Victoria 80, por nuestros días!

Todos alzamos las copas y brindamos, y no sé si entrechoqué muy fuerte la mía o si ya estaba resquebrajada, el caso es que se quebró contra la de Felipe, y Ángela o yo –ya no sé– nos rajamos la mano con que la sosteníamos. La herida sangraba bastante y con el limón del Margarita ardía espantosamente. Se armó un pequeño lío, una de las señoras llamó al mesero y el doctor Palma le indicó a Felipe que me pusiera la mano en alto y detuviera el sangrado; después éste tomó como por azar una hoja de papel de un fólder que tenía junto a su plato y la aplicó sobre la cortada sangrante. No era lo más apropiado para absorber la sangre, pero de alguna manera se detuvo. Felipe me sostenía la mano, me guiñaba un ojo de vez en cuando y se pasaba la lengua por los labios casi con ternura, casi con pasión. Sentía yo de nuevo esa extraña atracción incómoda, innecesaria, cerca de él. Y su olor, como a dulce quemado, que la colonia no lograba disimular, me asqueaba un poco, pero a Ángela –me di cuenta– la volvió loca y se carcajeó como si tuvieran un secreto. Alguien me pasó otra copa para el susto y bebí. Sentí una gran relajación. Ángela salió de su caverna y le sonrió a Felipe, me di cuenta de que a ella sí le gustaba. Como sin querer, incluso le acarició un poco los dedos. Felipe por fin separó la hoja, en la que había quedado estampada una mancha de sangre con forma de A, pero lo más chistoso de todo era que mi herida estaba casi cicatrizada. El doctor se acercó a revisarla y dijo que no era nada. Con el tequila y el limón, estás del otro lado. Es la ventaja de ser mexicano, exclamó Adelaida Reyes, una señora viejita, con nuestros productos nos basta para todo, no necesitamos nada del extranjero.

Fue en ese momento cuando apareció César Augusto de la Loza. No sé cuándo llegó, el caso es que de repente, al levantar la vista, estaba frente a mí: lo encontré más alto aún que la vez anterior, guapísimo, ya no tan parecido a Rafa como había creído antes, pero de alguna manera tomaba su lugar, llenaba el hueco adentro de mí, como un deseo cumplido. Y nos sonrió. Siéntate junto a Ángela hijo, ahí hay un lugar, regrésate para acá, Felipe, oí que decía Victoria. Y Felipe se levantó y le dejó su sitio. Entonces Ángela terminó de salir de su caverna, sacudió la melena sintiéndose de veras de muy buen ver y le enseñó a César Augusto de la Loza sus dientes muy bien alineados gracias al doctor Morgana, el odontólogo que Rafa me había pagado a los doce años.

Conversamos toda la tarde, más que nada de viajes. César Augusto me preguntó si conocía Venecia. Le dije que sí. Además, había estado en Roma y Florencia. Hablamos del Coliseo y el palacio de los Uffizi. Yo no pensaba que él fuera una persona muy entendida ni mucho menos, luego de verlo con Sheila en Fuego 20, y me sorprendió. César Augusto se había ido becado a estudiar Ciencias Políticas en París, pero se había dedicado a viajar, a leer, no había hecho nada de lo que su madre quería y ella en el fondo se lo reprochaba. Me contó que había recorrido la costa del Mediterráneo de aventón hasta Turquía y luego tomado un vapor al norte de África. Había estado con los tuaregs, como Lord Byron, y había vivido en el desierto. También había aprendido a tocar la cítara. Ángela, que estaba ya muy borracha y no le importaba no saber quién era Lord Byron, le hablaba de las grandes capitales, de Londres y París, y le recitaba casi de memoria –eso sí que era un prodigio– la historia de la Torre de Londres leída en uno de los folletos turísticos que guardábamos de los viajes con Rafa, lo cual a César le dio mucha risa y me acarició la mano.

Trajeron carnes asadas y vino, y volvimos a brindar, mientras las voces de los demás a nuestro alrededor sonaban como un coro de abejas, Victoria seguía hablando con su voz tipluda y parecía cantar. Felipe iba a la cocina o a la puerta de entrada, hablaba con el capitán y con los meseros y regresaba con botellas de vino impensables de caras e importadas, platicaba con cada una de las señoras presentes de algo que a ella en particular le interesaba, daba indicaciones aquí y allá. Era activísimo, mágico. Y había un violinista que tocaba una música melosa para una pareja allá en el fondo y que de repente se acercó a nosotros sin dejar de tocar, transformando su melodía en una música navegante, evocadora, que me hizo recordar algo entrañable, misterioso, pero no alcancé a sorprenderme demasiado pues Ángela ya estaba totalmente hipnotizada, prendida de los ojos amarillos de César Augusto de la Loza, y si alguna vez aspiró a que alguien como él la quisiera, ahora deseaba con todas sus fuerzas abrazarlo y amarlo y enredarse en él como mil apasionadas serpientes.

De repente, la voz de Victoria vibró alta y definida, como el despertador en medio de un sueño, y abrí los ojos –o creo que ya los tenía abiertos– y me encontré diciéndole que sí, que por supuesto el jueves a las nueve de la mañana muy puntual estaría en su oficina, lista para que partiéramos a Calipén con toda la comitiva. César Augusto le propuso a Ángela escaparse al cine con él esa misma tarde y ella también le dijo que sí, mirando fijamente la cruz de plata que él lucía en el cuello, sobre los vellos castaños del pecho que dejaba ver la camisa medio abierta. Y yo, Saturnina, me sentía cada vez más arrinconada, absurda, ridícula frente a la personalidad de Ángela, para quien todo esto era de lo más natural, como si ella me dijera: Estas cosas son las que deben pasar, no las otras, y ya acostúmbrate porque esto –esta vida, esta gente– es lo que le corresponde a nuestra alma refinada. Esto era lo que pedimos: una vida como debía ser, de nuevo colmada, llena de aventura, amor y riquezas. Yo seguí diciendo que sí, qué iba a decir, y pensé que tal vez debía llamar a mamá a su oficina y avisarle, pero Ángela se sentía muy cultural, quería impresionar de alguna manera a César Augusto y no se le ocurrió sino proponerle ir a la Cineteca a ver qué películas pasaban hoy. Ojalá y fuera una de esas húngaras, rusas o japonesas que alguna vez me metí a ver casi por equivocación. Quizá ahora las podría ver con otros ojos. Sólo así, pensó, llamaría verdaderamente la atención de este chavo tan sofisticado.

Una hora más tarde, cruzábamos el viaducto de camino a Churubusco en el convertible de César Augusto de la Loza. Ángela ni siquiera se preocupó por haber dejado el coche en el Centro; yo traté de decirle algo, pero ella estaba tan decidida, se sentía tan sensual, tan en la cima del mundo, que me adormecí también a la luz del cabello casi rubio de César Augusto, quemada por sus miradas que, por supuesto, eran de fuego, y la verdad, ardían deliciosamente sobre nuestra boca. El convertible llamó la atención en el estacionamiento y Ángela se sintió soñada de bajar de ahí. No había mucha gente, sería que aún no comenzaba la Muestra de Cine donde sí se llenaba, pero a César Augusto no parecía importarle ver lo que fuera y a la hora que fuera. Vamos a ver *Doctor Mabuse, jugador*, dijo juguetón, a ver qué es eso. A Ángela y a mí nos pareció muy bien. Ni nos fijamos en que era una película vieja y estaba en alemán, pero qué más daba mientras tuviera letreritos, y menos dio, porque nada más se apagaron las luces del Salón Rojo, Ángela se abalanzó sobre César Augusto y lo besó, y él respondió rápidamente pasando las manos por todo nuestro cuerpo y yo casi me muero, pero Ángela estaba encantada y hasta sentí un poco que era ella la que dominaba a César Augusto, es decir que ella lo besaba y luego se ponía a ver la película, y luego reanudaba y así, como si le diera sorbos a un licor exquisito. Y desde la pantalla, el famoso doctor Mabuse hipnotizaba a unos cajeros de banco para que le dieran el dinero a unos gángsters y yo sentía que también nos estaba hipnotizando a nosotros, a todos, pero qué iba a decir, estaba sorprendida de mí misma, es decir de Ángela, a la que cada vez sentía más otra, menos yo, que ni siquiera había hecho todas estas cosas antes, al grado de que, cuando fuimos al baño, tuve que ofrecerle un chicle de nuestra propia bolsa y sentir que era ella la que se miraba al espejo y se retocaba el maquillaje tan exagerado –sombras rojas entre el párpado y la ceja depilada delgadísima–, se ahuecaba el peinado y me decía ¿qué te pasa, qué me ves?, ya relájate y goza.

Fue ella la que a la salida le preguntó a César Augusto si seguían viviendo en Fuego 20 o si se iban a cambiar y le dijo que en realidad habíamos entrado a esa casa el día de nuestro cumpleaños número veinte, provocando que César Augusto soltara una enorme carcajada y lo tomara como si ella estuviera haciendo un chiste y le empezara a meter mano por debajo de la falda y a acariciarle la rodilla diciéndole pues *happy birthday, my dear.* Y fue ella la que puso un cassette en el aparato del convertible, del cual empezó a surgir un solo de guitarra eléctrica desaforado, virtuosísimo, interminable, maravilloso. Él echó la cabeza hacia atrás del asiento y nos dijo: pues mi jefa se va hoy a dormir a su departamento de Polanco, le resulta más cómodo por su chamba. Yo ahora estoy solito allá. Si te quieres venir a echar un *drink*, te llevo a tu casa después. Y yo todavía quise preguntarle por su novia Sheila, como que era mala onda estarme lanzando los canes si tenía novia, pero Ángela sacó un Viceroy, lo encendió con el cigarro prendido de César Augusto y le dijo: Órale, un rato nada más.

Qué distinta la casa de Fuego 20 desierta y en la oscuridad. Sansón y Dalila nos salieron a saludar con docilidad, sumisos a las órdenes y las caricias de César Augusto. Nuestras pisadas resonaban en el hall. Todo estaba arreglado, limpísimo, parecía verdaderamente hueco. Ángela y yo nos imaginamos que así debía de estar la mayor parte del tiempo, habitada por las risas de una época dorada, cuando Triunfo y Victoria de la Loza la llenaban con sus ejércitos de secretarios, criadas y cocineras para hacer grandes fiestas con la crema y nata de la capital, según me contó Felipe en la comida, mientras César Augusto dormía arropado entre niñeras. Victoria parecía no lograr llenarla, al punto de que se iba a dormir a otra parte más acogedora. Mamá no la va a vender, me dijo César Augusto en medio del hall a oscuras, quiere pero en realidad aquí están todos los recuerdos de mi jefe. Quiere llegar a ser poderosa en Calipén como mi papá y después aquí; pero a mí todo eso me vale madres y a ella le vale madres lo que yo haga, desde que no hice lo que ella quería ni voy a ser un remedo de Triunfo y de Victoria. Me pusieron César Augusto para que conquiste el mundo como un emperador romano, imagínate qué par de pirados. ¿Y qué onda con tu papá?, le pregunté, ¿no lo extrañas? A veces, me contestó, pobre ruco, nunca nos entendimos. Quién sabe en qué estaba metido ni qué le hicieron, ya nunca apareció. Luego cambió de tema: Victoria quiere que ya me largue de aquí, además traigo chavas que no le gustan. ¿Como Sheila?, le pregunté. Como Sheila, no como tú, pero tú no eres como sus amigas, ni como las mías. Luego me atrajo a él y me besó el cuello.

Ángela estaba lista para correr a la torre de César Augusto —nos daba mucha curiosidad saber qué había allá adentro que había hecho cerrar la puerta a Victoria el día en que le tomé fotos por toda la casa—, pero yo sentí algo extraño y entré decidida al salón, forzándola. Encendí una de las lámparas y me apoltroné en el gran sofá de cuero: qué comodidad, era como si te abrazara una vaca enorme. César Augusto tardó en reunirse conmigo, pero al rato llegó con unos discos de Alice Cooper y King Crimson. Ángela se puso feliz. Se levantó directa al bar y sacó una botella de whisky —a mí me chocaba el whisky, pero a ella por lo visto, no. Sirvió dos copas en lo que César Augusto quitaba el bolero de Ravel que había dejado su mamá en la tornamesa de la consola, ponía a David Bowie a todo volumen y encendía un churro de mota. Luego los tres nos sentamos en el sillón a fumar, beber y desvestirnos. Yo pensé que no estaba tomando nada para no embarazarme, pero Ángela acalló esos temores; además, para ella nada parecía ser suficiente: en un momento agarró a César Augusto de la mano y se lo llevó escaleras arriba a su propio cuarto. César Augusto aullaba muerto de la risa; parecía un mono, corriendo desnudo y enloquecido por la casa vacía. Yo iba delante de él y al llegar a la parte de arriba me topé con un enorme espejo donde se reflejaba Ángela en todo su esplendor, llena de curvas, con los senos picudos como volcanes y el cabello tan enmarañado como el de Isela Vega en unas fotos que había visto alguna vez. Pero lo más bonito de Ángela era su piel que brillaba suave, invitando a acariciarla. César Augusto la alcanzó, quiso abrazarla y ella corrió a la habitación. Ahí estaba lo que quería ver y por alguna razón sentí que Ángela ya presentía: la pecera con un extraño animalito, entre mamífero y reptil, una especie de montaña negra y brillante con ojos, la fascinación de César Augusto, que sonrió encantado de ver a Ángela acercarse a mirarlo y decir: qué maravilla, qué hermoso, precioso, suave. Y nos mira con sus ojitos. Te presento a Johnny Winter, le dijo César Augusto y el animal sacó la lengüita. Y cuando él la atrajo hacia su cama y empezaron a hacer el amor, Ángela sintió que Johnny salía de la pecera y se nos deslizaba por la espalda, la cintura y los tobillos como si nos estuviera acompañando en algún ritual. En la mesita junto a la cama había un cuchillo: Ángela, en uno de sus orgasmos, vio la cabeza del animalito a punto de morderle un seno y sintió el deseo de que lo hiciera, como si eso fuera a aumentar su placer. Sólo gritos y sangre hubo en ese cuarto en el que yo, Saturnina, permanecía horrorizada, encogida en un rincón del clóset al igual que cuando Rafa y una sombra, en ese momento lo recordé, se tomaron violentamente en la habitación de mi tío, una noche en que yo me había escondido ahí para darle una sorpresa. Esa vez me había quedado dormida y abrí los ojos a mitad de la noche, pero lo que escuché me impidió salir. Fue como un recuerdo ahogado que de repente salió, en medio del sexo de Ángela con César Augusto.

Desperté con el canto de un gallo en el sofá de la sala de Fuego 20. Era muy temprano y me sentía muy confusa. Estaba desnuda, cubierta con una manta. Mis ropas descansaban a un lado, dispuestas en orden. Me vestí enseguida, con el temor de que aparecieran Florinda o la otra muchacha y me descubrieran. Pasé al baño que estaba ahí a un lado y me acicalé lo más que pude, amarrándome el pelo y viéndome más como Saturnina que nunca, deseosa de irme cuanto antes. Qué extraño. Seguramente, lo del cuarto de César Augusto, la sangre y el animalito había sido un sueño, menos mal, porque no estaba lastimada, ni nada. Seguramente me había quedado dormida entre el alcohol y la mota, él me tapó y se subió a dormir. Muy caballeroso; ¿debía ir a despertarlo y pedirle que me llevara? ¿Siquiera despedirme? Salí al hall de nuevo, mis pasos no resonaron tanto como cuando llegamos la noche anterior. El refrigerador zumbaba escandalosamente desde la cocina. Mamá debía de estar preocupadísima. Mi reloj decía que eran ya las seis, estaba amaneciendo, podía tomar un camión y regresar a casa. Decidí dejarle un recado a César Augusto, avisarle que me había tenido que ir temprano, y busqué una pluma y un papel. Cuando estaba mirando en la mesita de la correspondencia, pensando que mejor no dejaba una nota porque qué tal que Victoria la veía o el insoportable Felipe, justo vi que ahí estaban, inconfundibles, mis llaves del coche con el llavero de Winnie The Pooh manchado de barniz de uñas, y una nota:

Tu coche está afuera, maneja con cuidado,
Felipe Modeoni

Ay, qué vergüenza, Felipe estaba ahí. ¿Lo habría visto todo?

XVI

Caminan por las callejuelas de Coyoacán hablando de chavas y Arturo siente que por fin conoce un lado más íntimo de Rubén. Éste le cuenta de sus primeras novias allá en Torreón, unas morritas muy tradicionales, de chaperón y toda la cosa. Y de Laura, con quien anduvo antes de venirse al Distrito; era su novia de la prepa, duraron un montón, casi se llegan a casar, pero él entró en una crisis muy fuerte porque quería venirse a la capital, ampliar los horizontes, y ella era más tradicional, temerosa. Estuvo a punto de embarazarse de él para amarrarlo y eso lo espantó. De hecho, ella lo está esperando a que termine la carrera aquí y se regrese. En su momento le dolió la ruptura; luego pensó que era mejor y así lleva un buen rato dedicándose a otras cosas, aunque esta chava Nora le está latiendo cada vez más. ¿Y tú?, le pregunta a Arturo, casi nunca veo que te ligues una chava… o lo que sea. Arturo se queda callado. Teme que si le confiesa a Rubén que prácticamente es casto en comparación con él y que la última vez no se le paró, lo considerará raro y se alejará de él. No es que no le gusten las chavas, en realidad no sabe qué le gusta exactamente. No he encontrado a nadie que valga la pena como para andar, le dice por fin. Por eso quería que me presentaras a tus amigas, allá en Veracruz las mujeres no son tan alivianadas o si lo son se embarazan luego, luego, te enganchan, quieren comprometerse y esas cosas, las persigue la mamá, todo mundo sabe quién eres, en fin. Prefiere cambiar de tema y le cuenta a Rubén sus planes de buscarse otra chamba; esto de la sangre ya me está sacando de onda, no es lo mío. Tu jefe te va a desheredar, le dice Rubén de broma. Pues ya para qué, responde Arturo. Toda esta dialéctica en la historia, para qué ir al paraíso estando vivos, canta Rubén, echando alegremente el humo del cigarro.

Han estado caminando sin rumbo fijo y ya están en Churubusco. Arturo le cuenta a Rubén todo lo que ha vivido en el laboratorio, sus alucines con las ruinas de la Cineteca, cómo a pesar de todo no ha podido dejar de acercarse a verlas pensando en la gente atrapada, y al final, ya muy en confianza, termina por hablarle de la pulsera que recogió y lo que le pasó con Pino allá en Veracruz. No mames, responde Rubén medio impresionado, la verdad sí necesitas cambiar de chamba, como que te dejó muy afectado todo esto, aunque en realidad lo de Pino le da risa. Se me hace que estos chavos te querían atrapar, a lo mejor le gustas a tu primo, ¿no? No creo, le contesta Arturo muy serio. Rubén sigue muerto de la risa. Trae una pachita de tequila en el bolsillo interno de la chamarra y han estado dándole metódicos traguitos. Ya, no te enojes, vamos a las ruinas a ver si se nos aparecen más fantasmas, le dice echándole un brazo por los hombros.

Las máquinas siguen desmontando la construcción. Una enorme bola se encarga de tirar lo poco que queda en pie y una excavadora recoge el cascajo y lo deposita en camiones de carga que se lo van llevando. Ahí va la memoria del cine nacional, dice Rubén desde uno de los puentes de Tlalpan, junto con cenizas de algunas personitas. Acodados en la barandilla, ven la operación de las grúas a lo lejos mientras los coches pasan raudos a sus pies. ¿Y tú de veras crees que fue una bomba?, le pregunta Arturo. Dicen, contesta Rubén luego de escupirle a un Mustang que pasa por la avenida, eso andan diciendo en la Facultad. Que estalló la pantalla, eso sólo puede ser una bomba, ¿no?, ahí no había bodegas de nitrato, eso me explicaron. Moles, responde Arturo, no lo había pensado así. ¿Una bomba pero contra quién o qué? Contra los funcionarios encargados de todo eso. ¿Te imaginas la cantidad de enemigos que no tendrá esta gente? Le cuenta de unos funcionarios de cine que fueron encarcelados y de unos artículos que han ido saliendo en la revista *Proceso*. No mames. Está muy feo todo. Hablan de la devaluación, luego de la famosa frase del presidente de que defendería el peso como un perro, de la corrupción ostentosa, de que, si acaso votan en julio, será por doña Rosario Ibarra de Piedra. Deberías venir conmigo a las clases, hay gente bien padre, otra onda, maestros muy inteligentes. Ya manda a la goma todo, te tienes que encontrar a ti mismo. Suena muy cursi lo de encontrarse a sí mismo, le responde Arturo, que se siente muy lejano de todo eso. Pues sí, pero a poco no es eso lo que te pasa. ¿Y la chamba, qué haré? Un profe de la Facultad, el maestro Garmendia, me ofreció trabajar en su archivo, ¿no quieres? ¿Entrar contigo?, le pregunta Arturo, fantaseando ilusionado con trabajar junto a su amigo al que tanto admira. No, en mi lugar; yo no le entro a eso, eso de ir diario a un lugar me ata demasiado. Además, necesita un enfermero que inyecte a su mamá, le voy a decir que eres un dos por uno.

Arturo empieza a marearse, bajan del puente y se acercan a las ruinas. Rubén olvidó muy pronto la historia de Pino y la pulserita, como si le hubiera contado un chiste de borrachos.

Quizá es mejor que parezca un chiste, mejor no insistir. Se quedan mirando a distancia las máquinas. Arturo, como es su costumbre, recoge una piedra que ha quedado lanzada por ahí, un trozo de cascajo, y se la da a Rubén. Éste se ríe: ¿Es para que nuestros nietos sepan lo nos tocó vivir? Nada más que no se me aparezcan fantasmas como a ti.

Arturo transborda para bajarse en el metro Insurgentes, cerca de la casa. La colonia Roma a esas horas y entre semana luce vacía, un poco triste. El aire le ha bajado un poco la borrachera, los tragos de la pachita de Rubén que en un momento lo tuvieron mareado, con miedo de caer sobre los coches, con la sensación de que a Rubén le gustaba estar en medio de ese peligro. Ya es bastante tarde cuando llega a la casa de paredes grises, desvencijadas. Se encuentra con doña Francis tomando té en uno de los sillones de terciopelo remendados, vestida con una bata azul y el gorrito de seda con que se cubre la cabeza en las noches. No podía dormir y decidí esperarte, muchacho, ¿dónde andabas a estas horas? Arturo le cuenta a la tía su deseo de dejar el laboratorio, alejarse de los fluidos y los cuerpos. Chicho te va a matar, le responde ella. Chicho es su papá, él nunca lo ha llamado así. Eso no es para mí, tía Francis, nunca lo fue. Ella lo mira comprensiva: Mi esposo Marvín dejó la abogacía por los Rosacruces, descubrió que esa no era su misión en el mundo. Cuando nos casamos, trabajaba de vendedor de aspiradoras y convencía a la gente de sus cosas del espíritu. Mis papás estaban enojadísimos, pero tuvimos una boda muy bonita, fuimos felices un par de años, hasta que lo llamaron desde el más allá. Arturo ha escuchado a su mamá contar la anécdota del esposo de Francis que murió arrollado por un autobús de pasajeros. ¿Usted lo cree? Claro, si al principio me venía a visitar su espíritu, se sentaba en la cama y me hablaba, hasta un día en que llegó una mariposa negra y empezó a chocar contra los vidrios de la ventana, me asusté horrible. Él se desvaneció y ya nunca regresó. Arturo la abraza con delicadeza y le sugiere que se vaya a descansar: Ya llegué, ya no se preocupe, le prometo que la próxima le aviso si llego tarde. De vivir mi esposo, Pino tendría hermanos, a lo mejor no sería como es, pero yo no me supe volver a casar, con ningún otro hombre me sentí como con él, a veces así pasa. No se culpe, doña Francis, le dice Arturo, las cosas no salen siempre como uno quiere. En realidad quiere decir "nunca", pero se trata de consolarla un poco. Además, Pino es muy bueno, la va a querer y a cuidar siempre, va a ver. Se le atora en la garganta "y yo también", y no lo dice porque no sería cierto; su vida ni siquiera ha comenzado. Ella le da un beso cariñoso y se va a acostar. Me voy a tomar la pastillita, dice, con tantos recuerdos es imposible dormir.

Desde su cama, por la puerta entreabierta, Arturo escucha la respiración pausada de Pino mientras se fuma un último cigarro. En la mente se le mezclan las conversaciones del día, los coches bajo el puente, las luces de las enormes grúas en la noche y los rostros de Rubén y doña Francis. Piensa en la pulsera, la historia a la que Rubén no prestó ninguna atención, y siente el deseo de probar a ponérsela a Pino otra vez, ahora que ronca como un bendito. Más fácil así que pedírselo cuando esté despierto y dar lugar a malos entendidos. Agarra la cajita y camina descalzo a la recámara de su primo, cerrando la puerta tras de sí. Si Pino despierta ahora, no sabe qué le dirá. Quizá: Estabas roncando y te vine a mover. Algo así. Pero Pino sigue bien dormido, totalmente destapado y sin más que el calzón Rinbros, la pierna enredada en la sábana. Parece un niño, piensa Arturo, y cuando le toma la mano se da la vuelta, pero no se despierta. Entonces saca la pulsera de la cajita y se la pone, no sin dificultades, cuidando de no pellizcarlo con el broche. En ese momento, Pino abre los ojos y se lo queda viendo, pero por la mirada, por la actitud, Arturo se da cuenta de que ése no es Pino, es alguien más a la luz de la luna que entra por la ventana. Arturo siente una mezcla de espanto y fascinación, le hace un gesto de que hable bajo y Pino, o el ser que habita a Pino, le sonríe.

XVII

"Como todos los seres mediocres a quienes el azar pone en presencia de las maniobras de un gran general, Julien no comprendía nada del ataque ejecutado por el joven ruso sobre el corazón de la bella inglesa."

Así me sentía yo, como Julien Sorel cuando le manda esas cartas tediosas a esa mujer que ni siquiera le gusta, para darle celos a Mathilde, quien en el fondo tampoco le gusta: un ser común y corriente a quien el azar había puesto en manos de un general o, en este caso, alguien que conocía su propio plan. Yo ignoraba si Ángela tenía en verdad un plan; de hecho, empezaba a sentirme aterrorizada si pensaba en ella cuando estaba en mi casa, en la calle, y era simplemente Saturnina; por un lado agradecía el descanso de que ella no interviniera en todos mis actos. Por el otro, me sentía sola y, peor aún, poca cosa si no aparecía. Me daba cuenta de que mis impulsos, cuando pretendía ser Ángela, se transformaban completamente, salían de mis manos, me asustaban pero a la vez me fascinaban. Era la pequeña Saturnina escondida en un ropero, sobrecogida pero excitada también, colmada por su propio espectáculo. Lo que no acababa de entender era lo del día anterior: ¿cómo le hizo Ángela para que Felipe le trajera el auto? Era probable que hubiesen pasado más cosas de las que recordaba –la película, ese sueño con el animal desde luego no había sucedido en la realidad, no podía–, pero se me escapaban.

A las seis y media de la mañana llegué a la casa y me encontré a mamá roncando con la cabeza encima de la mesa del comedor. No se despertó con el sonido de la puerta al cerrarse, así que la tuve que zarandear de los hombros, pues ya casi era su hora de pararse para ir al trabajo. Abrió los ojos sobresaltada: ¿Qué te pasó?, estaba asustadísima, llamé a esa cosa nueva de Locatel, a tus amigas, nadie sabía dónde estabas. Había pensado decirle que había dormido en casa de María Rita, pero si ya había hablado con ella, era imposible esa mentira. Estuve con Rodolfo, le respondí, agachando la cara como si confesara un pecado. Mamá meneó la cabeza y se levantó. Se veía cansadísima, muy demacrada: los cuarentaisiete ya se le notaban y me dio pena. Fue al baño, estuvo unos minutos, salió. Mira, Saturnina –hacía mucho que no me decía mi nombre completo y me asusté–, a tu edad ya no te puedo decir nada, sólo que si desde la primera cita le das lo que más les interesa a los hombres, ya no le va a encontrar chiste a casarse contigo, va a pensar que estás desesperada. Te hubieras esperado un poquito más. Le respondí que ya tenía veinte. Bueno, acotó, tampoco es un crimen. No supe si el crimen era dormir con el novio a los veinte o continuar esperando a hacerlo a esa edad.

Quería que me abrazara, que demostrara el alivio de verme luego de todas las horas que había pasado preocupada por mí, pero la historia inventada con Rodolfo la había sacado de sus coordenadas y yo también me enojé, más que nada conmigo misma y con Ángela, que no me había dejado lugar para pensar en algo, llamar a las amigas, inventar una excusa que no espantara a mi mamá. Me entró la desesperación, pues me hubiera gustado mucho contarle lo que había pasado, compartir mi confusión, pero no podía. En lugar de eso abrí la puerta de su recámara: estaba preparando su uniforme para la aerolínea, iba a meterse a bañar. No hice nada de eso que piensas, le gritoneé, sólo me quedé dormida, ¿por qué no confías en mí? Mamá manoteó en el aire con su enorme brasier de color beige en la mano. Ni siquiera conozco a ese Rodolfo, no me lo has presentado; a mí no me tienes que contar detalles, por favor, mira nada más cómo andas vestida, ésa no eres tú, yo no te eduqué como una princesa para que te convirtieras en una zorra. Y déjame pasar a la regadera, se me hace tarde. Ay Dios, qué le pasaba, de qué mundo venía mi madre; yo había visto que tenía sus pastillitas en el cajón y nunca le preguntaba. Me sentía agotada, ya ni preparé nada del desayuno. Me metí a mi cuarto y me acosté, mientras me repetía las palabras de mamá: ésa no eres tú.

Me despertó María Rita en el teléfono. ¿Dónde estabas? No me digas que te fuiste con Rodolfo. ¿Por qué no le avisaste a tu mamá? Se me fue el patín, le dije, mucha mota. Eso ella lo podía entender perfectamente. Uy, ese Rodolfo, yo pensé que era más fresa, me contestó. Pues ya ves, pero no hicimos nada, ¿eh?, me quedé dormida. María Rita soltó una carcajada: Pero ¿cómo, dónde?, cuenta, cuenta. Le dije que Rodolfo me había invitado al cine y luego habíamos ido a su depa. Era bastante plausible; de hecho, el día de la discoteca Rodolfo quería que fuéramos a su depa, así lo llamó él. ¿Pues no que no te gustaba? Bueno, la verdad es que insistió mucho, como que me dio pena; no es mala persona, inventé, medio aburridón, pero buena gente, cariñoso. ¿Y cómo es el depa, está padre, dónde está? Ay, María Rita, qué preguntas. Pues sí está padre, tiene un sillón de peluche en la sala y un puf negro. ¿Y te quedaste dormida en el peluche?, preguntó muerta de la risa. También me reí.

Me metí a bañar preguntándome qué diría Rodolfo si supiera de nuestra relación ficticia. Ya hasta había dormido con él, decorado su casa, y ni siquiera estaba enterado. María Rita insistió en acompañarme para averiguar más de lo de Rafa. ¿Pues qué no tienes otra cosa que hacer?, le pregunté. Nooo, me contestó carcajeándose. Quedé de recogerla junto con Laura en su Facultad para ir a comer. Tanta tarea que le dejaban, ¿a qué horas sacaba espacio para echar relajo?

La Facultad de Medicina era medio siniestra; medio oscura y no muy limpia –igual que las demás facultades– y olía demasiado a desinfectante. Fuera de eso estaba padre, con sus pasillos de mosaicos que uno temía que dieran a la morgue o por lo menos yo iba cruzándolos con el miedo de encontrarme cadáveres en cada esquina. Recordaba mal el cadáver de Rafa; el shock y las prisas con que todo se hizo aquel día me daban vueltas en el recuerdo. Sólo pudimos echarle un vistazo en el ataúd; lo habían maquillado mucho y parecía un maniquí, como el muñeco Ken de la Barbie. Y en el entierro, con tantas murmuraciones alrededor, tanto desconcierto, fue como si no me diera cuenta de que ya no lo iba a poder ver más. Ahora, de alguna manera, lo buscaba en los pasillos de la Facultad de Medicina. Pero evidentemente –y menos mal– nadie dejaba cadáveres en los pasillos.

María Rita, Laura y yo nos reunimos afuera de uno de los salones donde nos había indicado que la buscáramos y nos salimos bajo un sol medio nebuloso. ¿De qué fue tu clase?, le pregunté, un poco intrigada por tenernos que ver ahí. María Rita no me escuchó entre la multitud de estudiantes que salían junto con ella, pero supuse que era la clase de Fisiología, luego de ver a la maestra: una morena muy alta, que se veía mayor pero bien conservada, de rasgos amables, frondosa y con una minifalda que dejaba ver las piernas desnudas, tan firmes y torneadas que parecían tener vida propia. María Rita no debía ser la única enamorada de su maestra, a su alrededor se apiñaban un montón de chavos babeantes. A lo mejor nuestra amiga quería que Laura y yo la viéramos, quizá que comentáramos algo pero yo no supe qué decir y Laura tampoco.

La verdad me moría de hambre; me había salido casi sin desayunar y me sentía crudísima. No estaba segura de si debía contarles porque tampoco sabía bien qué era lo que había pasado, si fue un sueño o una alucinación porque era muy raro que pudiese ser real. Creía que iríamos a comer al mercado de San Ángel, como otras veces, y pensaba ansiosamente en unas enchiladas verdes, pero Laura y María Rita ya tenían un plan. Mejor vamos ahí por Reforma, dijo Laura, vamos a buscar a tu mamá para hablar con su compañero. ¿Cómo creen?, les dije, mi mamá está furiosa conmigo por lo de Rodolfo. Laura no sabía lo de Rodolfo. Dejé que María Rita se lo contara, para no meter la pata con una versión diferente. Esta babosa se fue con Rodolfo toda la noche, dice que no hizo nada, mira las ojeras que trae. No hice nada, aclaré, de veras no hice nada. ¡Pues qué idiota!, exclamó Laura. Si hubieran sabido de mi noche con César Augusto de la Loza, no me hubieran considerado así. Cuéntale del peluche, insistió María Rita. Rodolfo tiene un sofá de peluche en su depa, repetí como alumna aplicada de mí misma. Y un *puff.*

Nos bajamos en el metro Insurgentes y caminamos buscando un changarrito que se nos antojara para comer, hasta que lo encontramos por la colonia Roma. No se veía mal. Tengo una idea, dijo Laura: De aquí nos vamos a donde trabaja tu mamá y seguimos al cuate. ¿Pero y si mamá nos ve? Esperamos a que se vaya, vamos a ese lugar de los capuchinos rosas. Caminamos por Álvaro Obregón; me gustaba mucho la avenida, con el tranvía viejo que seguía dando la vuelta por ahí.

Mientras caminábamos apareció Ángela. Estaba frustrada: ¿Vas a seguir dando vueltas por la ciudad con esas ñoñas?, me preguntó. Son mis amigas, le contesté. Anduve abstraída, peleando con ella y sin hacer caso de lo que decían mis amigas, hasta que Laura me dijo algo y no la escuché. ¿Y ahora, qué te picó?, me preguntó. María Rita contestó en broma: No puede dejar de pensar en Rodolfo, uy, está bien clavada, exclamó. Fingí que sí, y hasta noté que Laura se ponía un poco envidiosa, como si su boda con el Dani perdiera importancia ante la perspectiva de un nuevo romance en mi vida. Adentro de mí, Ángela pensaba que era una flojera absoluta que Laura se casara, se iba a aburrir como oso, y luego cuidar chamacos, qué horror, ¿nos pediría que la ayudáramos con los biberones? Eso sí que iba a estar difícil, Ángela y los biberones no tenían absolutamente nada que ver. Imagínate el olor, pensaba. En todo caso, le parecía más interesante lo de la maestra de fisiología de María Rita, pero ésta no soltaba prenda al respecto. Cuando Ángela –porque fue Ángela– le preguntó sobre la clase que estaba tomando cuando la fuimos a recoger, María Rita se puso roja y balbuceó algo de un montón de huesos y músculos que tenía que memorizar. De regreso voy a ponerme a darle en mi casa, lo bueno es que mi hermanito es un morboso y me ayuda.

Al rato estábamos tomando unos capuchinos rosas con pastel cerca de la Zona Rosa, en un café sobre Reforma. Lo escogimos porque tenía un ventanal muy grande desde el que se podía ver, al otro lado de la avenida, la agencia de boletos de Aeronaves Mexicanas. Estuvimos un buen rato en lo que llegaba la hora de la salida: distinguimos primero que nada al supervisor Alderete con su traje príncipe de Gales cruzando hacia su auto, que arrancó rápidamente. Nosotras mientras pedimos la cuenta. Después salió Olivia, la compañera más joven de mamá; se iba poniendo una chaqueta de cuero en lo que caminaba hacia la esquina, donde esperó un poco a que se detuviera el mismo coche de Alderete, que sólo había dado la vuelta a la cuadra. Se subió y le dio un beso apasionado, mientras salían de la agencia mamá y Patricio, quienes no se dieron cuenta de nada; parecían estar discutiendo. Mamá echó a caminar hacia la avenida Sevilla –donde yo sabía que tomaba el taxi a la casa– y Patricio cruzó Reforma, justo en nuestra dirección. Ya habíamos pagado y salimos corriendo para cruzarnos con él.

No pareció reconocerme. Soy la hija de Graciela, la sobrina de Rafa, insistí hasta que reaccionó. Ay claro, mil perdones, es que venía pensando en otras cosas. Le presenté a mis amigas. Mucho gusto. Queremos platicar contigo, se aventó María Rita, ¿tienes un ratito? Patricio se me quedó mirando, intrigado, pensando cómo decir que no, pero María Rita insistió: Sólo esta vez y ya te libras de mí. Le voy a decir a tu mamá, ¿eh?, contestó Patricio plantando su amenaza un poco en broma. No es nada grave, se animó a decir Ángela, vamos por aquí cerca y ya te soltamos, como que ya es hora de un traguito, ¿no? Mis amigas me vieron un poco raro.

Nos metimos a un bar para turistas; por si las moscas revisé mi bolsa, porque no traía mucha lana. Pedimos cubas y cacahuatitos. Patricio nos contó que en las noches estudiaba danza folclórica en el Ballet Nacional, en el Centro. Tienen suerte de que justo salimos de vacaciones; si no, me salgo para el otro lado. Como que no lográbamos congeniar del todo, hasta la segunda cuba cuando más o menos nos relajamos. Patricio bailaba son jarocho. Se levantó y zapateó un poco; lo hacía muy bien. Al rato estábamos muertos de la risa. ¿Te cuento una cosa de tu mamá?, me preguntó Patricio, ya más confianzudo. La pobre cree que el supervisor está loco por ella. Pues no está de mal ver mi mamá, le contesté medio ofendida. No es eso, al súper le gustan más chavitas, tú me entiendes. Olivia ya ni sabe qué decirle, porque tu mamá le cuenta a Olivia sus penas con el licenciado Alderete y en realidad Olivia y el licenciado... tú me entiendes. Uy, casi gritó María Rita, qué oso, pero qué oso. ¿Y tú qué haces?, le preguntó Laura a Patricio. Ay, pues yo como el chinito nomás milando, ¿qué voy a hacer? Soy el paño de lágrimas de Graciela, pero no sé cómo hacer para que se dé cuenta, porque según ella Alderete está que trapea el piso por su amor. ¿Y qué va a hacer mi mamá?, le pregunté, sinceramente preocupada. Me acaba de decir que lo invitará a cenar, lo que no sé es si él le seguirá la corriente o le pondrá un alto. Ay, pues déjale su ilusión, intervino María Rita, esas cosas hacen que te levantes en la mañana para ir al trabajo o a la escuela o a donde sea. Y si la rechaza, pues tiene con qué entretenerse para sufrir. Seguro que eso le pasaba con su maestra, pensé. Pobre mamá, ojalá y Alderete le hiciera caso, sería una verdadera revolución en su vida.

Para ese momento, Patricio estaba bastante relajado, hasta se le había olvidado preguntar para qué lo queríamos: hablaba de películas, de teatro, le preguntaba a Laura por el vestido de la boda y le estaba recomendando un lugar de banquetes. Fue Ángela la que, harta del chacoteo, intervino: Bueno Patricio, cuéntame bien eso de mi tío Rafa en Las Vegas. Fíjate que me quedé preocupada por lo que nos dijiste el día que estuvimos con la familia de tu cuate. Ay, ¿pues no que no querías saber? Sííí, saltó María Rita, el asesinato de la canadiense. Yo no dije que fuera asesinato. Ella se murió en una fiesta donde estaba tu tío con la mujer esta que te decía, en el Hotel Fremont: Sandra. ¿Pero crees que Rafa pudo tener que ver? Patricio se quedó callado. Y si tuvo, ¿pues tú qué? Mira Saturnina –seguro que mamá me decía Saturnina cuando se quejaba de mí con su compañero de trabajo–, tu tío no era ningún santo y eso ya hasta tu mamá lo aceptó, vive con eso o toma una terapia. Pero es importante que sepa en qué anduvo metido para tomar sus precauciones, insistió María Rita. Eso mismo, reforzó Laura, Nina tiene que saber exactamente qué pasó para poder vivir con eso, ¿o no? Exactamente qué pasó. ¿Cuándo fue, por ejemplo? Uy, pues hace como cinco años, por ahí del setenta y seis. Fíjate, me dijo María Rita, fue cuando tu tío nos invitó los boletos y volamos a Ixtapa, ¿te acuerdas?

Estábamos al final de la secundaria. Fueron unas vacaciones en las que él no nos acompañó; mamá y yo invitamos a María Rita a Las Brisas. Fuimos a una discoteca y unos chavos nos quisieron ligar, pero yo los sentía muy vulgares, sólo me preguntaba qué diría Rafa si saliera con uno de ellos y por eso no le hice caso al que quería conmigo. María Rita bailó con otro, pero también se regresó pronto. Y Rafa, mientras, metido en esos líos con la mujer en Las Vegas, a lo mejor implicado en un crimen. Me dio risa, o más bien a Ángela le dio risa; en el fondo no me parecía mal y eso sí que estaba mal. ¿Y dónde vive Sandra?, le pregunté a Patricio, que ya quería pedir otra cuba, a lo mejor algún día quiero conocerla. Ella vive en Gringolandia, creo que ahí mismo en Las Vegas, si no se ha cambiado. Si quieres te averiguo la dirección. En una de ésas, le contesté,

¿por qué no? Y hasta te acompañamos, dijo María Rita muy entusiasmada. Laura se quedó en silencio: ya casada, quién sabe si podría seguir rolando con nosotras.

Me dieron ganas de irme, me sentía rara, inquieta. Quería llamar a César Augusto de la Loza, saber bien qué había pasado la noche anterior, si lo soñé o hubo algo de realidad en eso del animalito Johnny Winter, porque la idea me aterraba y me atraía a la vez, las heridas y la sangre regresaban de tanto en tanto a la memoria mientras Patricio comía cacahuatitos y se paraba a zapatear otra vez. Nos propuso ir a otro bar que estaba cerca y le gustaba más, pero yo ya no tenía dinero. Vamos, insistió María Rita, yo invito. Seguimos a Patricio a su bar, que resultó estar lleno de chavos hombres. Hasta los meseros eran de ambiente, como les decía Patricio. María Rita estaba muy entusiasmada por la onda alegre y tan abierta, incluso se paró a bailar con Patricio y sus amigos. Laura y yo no vimos el caso de estar ahí, como sombras; ella me avisó que había quedado de cenar con el Dani en un Denny's, yo le dije que me iba con ella y dejamos a María Rita en su desmadre. Tomamos un camión por Insurgentes y antes de que Laura se bajara, Ángela le preguntó de trancazo: Oye, ¿no te da una hueva horrible eso de casarte con el Dani? Laura no le contestó. Yo sentí vergüenza. No supe de dónde había salido eso, fue muy agresivo.

XVIII

¿Dónde estoy, quién eres?, pregunta eso que es Pino pero no es Pino. Le obedece cuando Arturo le pide que baje la voz para no despertar a doña Francis. Su voz es suave, sus maneras torpes, se le ve angustiado. Le dice: Pino, ¿por qué te pusiste la pulsera en Veracruz? El ser mira la pulsera y contesta: Es mi pulsera, todo lo demás no soy yo, ¿cómo me llamaste? Pino. No, soy Nina, Nina, no Pina. Y le cuenta que el diablo la llevó al infierno, todo se quemó. Arturo le aclara que éste no es el infierno: Estabas en la Cineteca Nacional, allá encontré tu pulsera. La transformación sigue mirando a su alrededor, descubre en la penumbra las fotos de artistas, las camisetas brillantes, la estampa de San Judas Tadeo, todas las cosas que guarda en su cuarto el Pino original. ¿No es el infierno?, no parece. Arturo le repite que no, no es el infierno. Le explica que le puso la pulsera a Pino, su primo. Es mi pulsera, dice el ser. ¿Y por qué hiciste eso?, qué cruel eres. Quería saber qué fue lo que pasó. El ser guarda silencio. Después le cuenta que estaban en la sala con una amiga suya, se interrumpió la función y les pidieron que salieran, de repente vio al demonio. Más bien me vio, él me vio. Salió fuego de la pantalla, sentí que a mis pies algo se arrastraba, algo pesado que no me dejaba avanzar, un animal. Me sacudí, me liberé

154

del lastre, quedé descalza. Todos nos atropellamos en medio de la humareda hacia la salida de emergencia. Me di cuenta, allá afuera, de que había dejado mis zapatos. Voltea a ver a Arturo: ¿Y ahora qué voy a hacer?, ya no soy nada.

Arturo se asusta, a lo mejor Pino tiene doble personalidad. Le toma la mano y le empieza a desabrochar la pulsera; el ser, o Pina, como oyó que se llamaba, retira el brazo y lo mira con una fijeza extraña. No se deja, trata de volverse a abrochar la prenda, pero no puede hacerlo con una sola mano. Te juro que no estoy loca, te lo juro, le pide, no te asustes. Por lo menos déjame contarte, ayúdame, no seas malo, creo que Ángela se quemó, me quemé con Ángela, ¿ves? Me quedé afuera, déjame contarte. Y le extiende coqueta la muñeca con la pulserita a medio poner. Arturo está a punto de volvérsela a abrochar, seducido por la insistencia de esa mirada que pertenece a otra persona. No cabe duda de que somos una mirada, piensa, no más que eso. De repente escucha los pasos de doña Francis, que se ha levantado al baño. Después, después, te prometo que después seguimos, susurra muy apurado. Arrebata la pulsera y la echa a la cajita. Pino se desvanece y enseguida despierta de nuevo, inquieto: Arturo, ¿qué haces aquí? Estabas roncando y vine a moverte, perdón si te desperté. Arturo se levanta rápido y se apresura a su cuarto. Escucha de camino que doña Francis jala la cadena del excusado y hace como que no oye a Pino decirle desde su cama: Oye, pero yo no ronco, te lo juro, nunca he roncado.

Cuando se despierta, se siente muy confundido, no sabe si lo que vivió fue un sueño o una alucinación. Guarda la caja con la pulserita en el fondo de su librero: quizá más adelante se anime a volvérsela a poner a Pino. Ángela, Ángela, ¿quién será esa Ángela? Le tendría que contar lo que ha pasado, convencerlo de alguna manera, preguntarle qué le pasa cuando habla así. Igual no fue de verdad, igual Pino es un súper actor, o una súper actriz y nada más me está cabuleando desde el principio. Se mete a bañar y desde la regadera escucha la voz de doña Francis y después la de Pino armando un gran relajo, lo cual lo inquieta. Cuando baja a desayunar, ya vestido, Pino le suelta a boca de jarro: ¿Qué crees?, nos dieron trabajo en el cine. ¿En serio?, pregunta, tratando de fingir entusiasmo. ¿Dónde o cómo o qué? Me acaba de llamar Suzuki, uno de nuestros clientes trabaja en una productora y nos recomendó como equipo para una película; tenemos cita a las diez. Doña Francis le extiende un vaso de jugo de naranja. Se ve radiante. A diferencia de la noche anterior, Pino se levanta de la mesa con gran energía, se peina el copete mirándose en el espejo del comedor: Tengo que rebajarme las patillas, Suzuki dice que parezco político y eso ni madres, todo menos eso. Luego sube las escaleras de dos en dos: Voy a ganar la apuesta de tu juego y ser la llama de tu fuego, fuego, fuego.

¿Ya ves?, le dice doña Francis, el destino siempre guarda cosas que nos sorprenden; hacemos nuestras cuentas y nuestros planes para la semana, hasta para el mes, y de un día para el otro nuestra vida cambia completamente, para bien o para mal. ¿Te imaginas a Pino peinando a las estrellas de las películas? Es lo que siempre ha querido, pero no conocía a nadie, no tenía manera de conectarse con esa clase de gente, y mira ahora, se les apareció un ángel en el salón. Bueno, tía, tanto como un ángel no, era un cliente. ¿Pero es que no te das cuenta, Arturo? Son ángeles, ángeles que se personifican en cualquiera que conoces, eso es lo que cambia el destino. Si no los oyes, no te das cuenta, imagínate que Suzuki piensa que ese cliente está loco y no lo toma en cuenta, todo habría cambiado.

La tía le sirve café de olla, a Arturo no le gusta, pero se aguanta. Ella sigue en el tema: Nada más que no se pongan a cantar en la productora, para que los tomen en serio. Porque esas gentes son serias, ¿no? A su manera, quiero decir, en lo que hacen. Arturo le responde que supone que sí. ¿Y le pagarán bien?, pregunta. Seguro, exclamó doña Francis, imagínate si esos artistas ganan un dineral, pues los que los peinan también, seguro. Hasta un coche se podrán comprar, les hará mucha falta para llevar la maleta con todas las cosas. Y luego no filman las películas en la ciudad, se van al campo y a otros lugares, a la playa por ejemplo, ¿te imaginas? O viajando por el mundo, por las grandes capitales... La mente de la tía Francis no para, está feliz, soñando con un futuro para Pino y Suzuki que, de alguna manera, la incluye. Cuando habla de Pino recorriendo los grandes estudios, Arturo no puede evitar imaginarla a ella, con la peluca güera que Pino le peina para que la luzca en las fiestas, y el batón de flores. Le da risa y a la vez ternura, todo junto. Al rato sale Pino vestido de pantalón blanco, camisa estampada y el pelo hacia atrás pegado con brillantina: ¿qué les parece?, me veo como de *El padrino*, ¿a poco no? Lo cierto es que en medio de tanto entusiasmo, la noticia del posible cambio de trabajo de Arturo no luce, le falta glamour. Su vida no es para nada interesante.

Como a las diez de la mañana se sale al teléfono de la esquina de Laroche para hablarle a Rubén. ¿Por qué me despiertas, güey?, le pregunta su cuate. Tengo muchas cosas que contarte, le dice, pero antes quiero saber si eso del trabajo que me dijiste va en serio. Rubén ya no se acuerda, hay que refrescarle un poco la memoria. Al final le dice que se vean en la Facultad, a la hora en que da la clase este profesor, como a la una, para que lo conozca. No sé cómo me saldré de los laboratorios, le dice, pero allá estaré. De regreso encuentra que la fila para sacar la sangre ha aumentado; para escaparse, no se le ocurre otra cosa que decir que su papá tuvo un accidente y tiene que salir corriendo a Xalapa. Se pone muy nervioso por estar mintiendo y porque no sabe si será su último día en Laroche, tanto que el doctor Bueno interpreta esos nervios como verdadera angustia por el accidente de su padre. ¿Necesitas ayuda?, le pregunta, con tono paternal y sinceramente preocupado. No, no, dice Arturo, tengo que tomar el primer autobús. El doctor Bueno le dice que no se preocupe, que le llame para contarle qué pasó, que se vaya con cuidado. La gente que espera en fila protesta. Toñita les dice que el doctor Bueno los atenderá; el doctor Bueno es buenísimo, insiste. Con la temblorina que se traía el muchacho, no quieren ustedes que les saque sangre, los dejará llenos de moretones.

XIX

Me bajé del camión enfrente de Los Infiernos, un bar que habían abierto sobre la avenida desde hacía tiempo, donde tocaba el grupo Acerina y su Danzonera, que mamá decía era muy tradicional. Me crucé la calle para ir a mi casa y de repente, en la esquina, se me apareció Felipe. Bueno, no se apareció pero ahí estaba parado con su traje azul, siempre bien vestido y peinado. Y por mis rumbos, era lo más extraño. ¡Ángela!, me llamó, ¿qué haciendo por aquí? Le dije que vivía cerca, en un depa con mis compañeras de la universidad; desde que Ángela estaba conmigo, las mentiras me salían muy bien, sin ningún esfuerzo. ¿Y tú? Esperándote nada más, me contestó como de broma.

En ese momento sentí terror porque me di cuenta de que Felipe me seguía; por eso me había dejado el coche en Fuego 20. ¿Sería un hombre medio perverso o Victoria lo había mandado a vigilarme luego de enterarse de que había pasado la noche con su hijo? Él siguió como si nada; me preguntó si conocía ese cabaret ¿Cómo crees?, le contesté, una cosa es que me quede cerca y otra que me meta a bailar danzones cada que paso por aquí. Uy, me contestó, pues te pierdes de algo bueno. Vente, te invito a conocer Los Infiernos, vamos a tomar algo y ya te regresas a tu casita con tus amiguitas.

Estoy muy desvelada, le expliqué, aunque eso él ya lo sabía; necesito dormir. Además, mira cómo estoy vestida, justifiqué, aterrada de que me descubriera, pensando en que para nada traía mi disfraz de Ángela Miranda. Y eso qué importa, un traguito y duermes como los ángeles, Ángela. Ay, Dios, ¿con quiénes me había ido a meter? Seguro que Felipe me había seguido todo el día; ya había visto a mis amigas, a mi mamá, seguro me iba a pasar algo espantoso. Traté de escaparme, pero él no me dejó otra que aceptar. O más bien la que aceptó fue Ángela. Encantada de poder salir y ser ella misma, se abrió paso con estilo entre las puertas que simulaban llamas y buscamos una mesa en la oscuridad. Un grupo compacto de burócratas bailaba en la pista al son de unos viejitos que tocaban danzones. Yo estaba medio mareada por las cubas que habíamos tomado con Patricio, así que pedí una coca, pero Felipe cambió la orden. Tráiganos dos copas de vino, le dijo al mesero y le dio un billete de cincuenta pesos. No te espantes, me dijo sonriendo, aquí sólo vienen oficinistas y niños de esos que quieren hacer la revolución y se juntan con el pueblo, pero en la colonia Del Valle. Nos echamos a reír; pensé que algunos compañeros de la universidad eran así y a María Rita le daba por épocas, iba a las manifestaciones y esas cosas. Yo la verdad me sentía lejana de todo eso, pero el chiste de Felipe a Ángela le encantó.

Los ojos de Felipe se veían distintos a las otras veces, con la luz le iban cambiando y nunca sabía de qué color eran exactamente. Ahora parecían dos cavernas abiertas entre las luces rojas y amarillas del lugar. Sólo esperé que no fuera vino Sangre de Cristo el que nos trajo el mesero, pues era horrible, muy ácido; pero éste no estaba tan mal, era casi negro y algo amargo. Vamos a brindar, Angelita, por tu futuro. Ya habíamos brindado en el Prendes el día anterior, ¿otra vez?

¿Cuál futuro?, le pregunté yo. Felipe soltó una risotada y me acarició el pelo.

Pero Ángela, que había estado mirándole de reojo el trasero a un mulato que bailaba en la pista y tramaba alguna manera de llamar su atención, parecía saber muy bien de qué se trataba. Por mi futuro, respondió sonriendo desvergonzada, y levantó la copa. Dice César Augusto que eres una fiera, lo dejaste noqueado, con ganas de más, le susurró Felipe. ¿Te contó?, preguntó Ángela en voz muy baja. Cómo crees, a Felipe Modeoni no le cuentan las cosas, yo lo sé todo de mis amigas y así las cuido. Mostró una sonrisa blanquísima, impecable, que contrastaba con la oscuridad de sus ojos. No pude evitarlo, siguió, pasándonos un dedo por el cuello, andaba por ahí, lo supe, me di cuenta, el viento me lo sopló. Te llevé tu cochecito para que no te enfriaras de regreso a tu casa. Espero que el amigo de César sea discreto, comentó Ángela, como de paso, como si no le importara mucho que César Augusto platicara lo que hizo con ella. Felipe nos tomó de la mano. Está padre, ¿no?, ¿no eres feliz así? No pensabas que te podrías ligar a un chavo de ese calibre, ahora imagínate todo lo que podrás hacer en Calipén. Yo sudé frío, pero Ángela sonrió pensando en todo lo que podría hacer en esa tierra que sonaba tan promisoria para sus ambiciones.

Sabes que eres bien transparente, dijo Felipe, me caes muy bien. ¿Qué te gustaría, qué quieres en la vida? Era buena pregunta. Dejé que la lambiscona de Ángela contestara: Viajar por el mundo, vivir intensamente, conocer personas interesantes, hacer algo importante. Pura cosa rimbombante quería ella. Uy, con Victoria de la Loza, nada de eso te va a faltar, se ve que te quieren bien; nada más sé discreta y ve paso a paso. Y ahora los ojos muy oscuros y brillantes, como si alguien más mirara desde muy adentro de ellos: Yo te ayudo, me encanta ayudar a las muchachas lindas como tú, y es gratis; bueno, sólo tienes que bailar conmigo, si lo deseas. Y de nuevo la sonrisa blanca.

Felipe extendió su mano de dedos tan largos y finos, y muy caballerosamente me sacó a bailar. Desde el primer día que entraste a Fuego 20 me gustaste, Ángela; te has ido desenvolviendo muy bien, eres muy inteligente pero un poco atrabancada, ¿no? Eso me comentó el doctor Palma y yo, viendo cómo se encantó contigo doña Victoria, pensé que podías necesitar mi ayuda. Así que ya ves, aquí estamos tú y yo, yo les echo la mano a todas. Me pregunté qué hubiera pasado si el primer día le hubiera dado un beso en el jacuzzi, ese día su olor me detuvo, pero a Ángela la excitaba mucho, se dejaba llevar por los brazos de Felipe, que nos sostenían con fuerza por la cintura, mientras sus dedos se iban separando para acariciar más debajo de la espalda. Poco a poco, el danzón se comenzó a convertir en una especie de vals. Mecida en sus brazos, me quedé mirándolo dar vueltas con Ángela por la pista que se había vuelto roja, roja y casi negra, como el vino que nos sirvió el mesero. Los músicos habían rejuvenecido y se veían elegantísimos ahora, como si fuera una fiesta. Sus cuerpos musculosos brillaban con el sudor del esfuerzo que hacían con sus instrumentos y ahora no era Felipe, sino César Augusto el que se apretaba contra mí, mientras nos mordía el cuello, nos acariciaba y nos decía palabras de entrega: Soy tuyo, haré lo que quieras, te llevaré donde me pidas. Yo, Saturnina, me sentía más que espantada, perdida en un planeta frío y solitario, pero Ángela estaba feliz; a nuestro alrededor mucha gente elegante aplaudía, estábamos en un lugar parecido en su espacio a Fuego 20, pero mucho más grande, un palacio de mármol rodeado por el mar y la noche estrellada. En un momento busqué besar a César, pero me encontré a Ángela abrazada a un tronco oscuro, una especie de sexo convertido en hombre que emanaba un calor excesivo, asfixiante, acompañado del olor ahumado de Felipe que nos obligó a las dos a detenernos y a mí a abrir los ojos.

En la pista seguía la gente bailando danzón como si nada y un hombre le metía mano a una mujer por abajo de la blusa sin que nadie pareciera notarlo. Todo más o menos normal.

Nos sentamos a nuestra mesa. El cabello, que había traído todo el día amarrado en una cola, se me había soltado, me sentía distinta. Y eso que no estaba disfrazada, pero por lo visto Ángela no necesitaba ya disfraz, salía en cualquier momento y con su actitud, estoy segura, me cambiaba el aspecto. Le pregunté a Felipe: ¿qué me pusiste en la copa? Y ella añadió: No estaba mal… Ángela tenía ganas, energía y curiosidad de seguir la farra con este tipo, pero yo guardaba algo de voluntad. Agarré mi bolsa de golpe. Me tengo que ir, de verdad me tengo que ir. Y no me esperé a que contestara, ni mucho menos a que le trajeran la cuenta. Salí corriendo de Los Infiernos y seguro que estuve tropezándome por las calles. Cuando logré llegar a la casa, aspiré profundo y entré caminando tiesa, tiesa, esperando no encontrarme con mamá. Y no me la encontré porque estaba roncando como siempre. Me dejé caer en la cama y ahí quedé hasta el día siguiente.

Mamá había dejado una nota en la cocina: "Ya me voy a trabajar y ni te despertaste, nos vemos después". Andaba muy activa, la pastillita y el amor hacían milagros, por lo visto. Yo me paré completamente zombi y me serví un cereal. Eran ya como las once de la mañana. Afuera estaba lloviendo y me sentía confusa. ¿Qué iba a hacer? La verdad era que ya no importaba mucho lo que yo pensara o decidiera: era Ángela la que tenía sus necesidades y le estorbaba lo que Saturnina quisiera. No te debiste escapar así ayer, me dijo ella en la regadera, pareces loca. Loca tú, le contesté, quién sabe qué cosas andas alucinando. En vez de lloriquear tanto por Rafa, deberías estar feliz de que se abrió un camino padre en tu vida, ¿no crees? Un misterio. ¿No te emocionan los misterios? Además, no pasó nada con este cuate ni con el otro, fueron sólo tus fantasías calenturientas, no pasa nada, hombre, ya bájale a tu radio. No, le respondí, fueron tus fantasías, Ángela. Discutimos un poco más y nos secamos. Ángela quería ropa, mucha ropa bonita para irse a Calipén con Victoria y apantallarla con su buen gusto. Yo le decía que no pensaba ir ni loca; ¿qué tal si Felipe ya le había dicho lo de César Augusto y sólo haríamos el ridículo? ¿A qué íbamos con esa señora, quién era en realidad? Además ya no teníamos lana, muy poquita. Mamá me dejaba dinero todos los días en la mesa de la cocina. Me había dado chance de firmar en su cuenta para cobrar cheques, pero yo era muy respetuosa con eso.

¿Y la lana de los ahorros, la lana de Rafa?, preguntó Ángela, ay, no te hagas la pobre. Un piquito que nos había quedado luego de pagar el departamento nuevo. Lo usamos para cambiarnos de casa y lo que sobró lo guardábamos por si acaso. La verdad, mamá ni se enteraba de lo que había en esa cuenta. Bueno, le dije, sacamos una lanita, pero no mucha. Necesito unos pantalones.

Ángela se empeñó en ir a Liverpool y nos gastamos los pocos ahorros que quedaban. Ella estaba harta de que la vistiera según mi poca imaginación me lo permitía. Yo tengo mi carácter, me dijo, no te creas que me puedes traer así como así, como naca: en realidad, hay mucho más de mí en ti de lo que crees, yo también soy una persona educada. Y se encontró unas cosas recargadísimas pero más o menos padres dentro de lo que se podía conseguir en México, y carísimas; más bisutería y maquillaje, un perfume, zapatos. Al final me compró mis jeans en la tienda de Levi's, de tubo y para usar con tacones. Esos que quieres parecen globos, me regañó. De camino a la casa pasamos por una librería: ahí Ángela no tenía mucho que decir, ¿o sí? A mí me había gustado mucho la novela de Stendhal, me quería comprar otra cosa, algo nuevo. A Victoria le va a gustar verme interesada en los clásicos, me dijo Ángela. A mí me interesa la lectura, le respondí, sinceramente. Pero no vamos a leer a Calipén, contestó. ¿Y a qué vamos entonces?, le pregunté. Ángela se quedó en silencio, por suerte. Sus ganas de ir a Calipén eran como un afán abstracto, como una ilusión de vivir quién sabe qué, eso que le prometía Felipe en el fondo, volver a ver a César Augusto, seguir a Victoria y conquistar quién sabe qué cosas, el poder perdido de Triunfo de la Loza. ¿Sería cierto que estaban encantados con ella? Pero si Victoria estaba peleada con César Augusto, ¿cómo lo iba a llevar? No sabía. Felipe, de alguna manera, le había dado a entender a Ángela que le convenía mucho ir a Calipén y ella lo creía ciegamente. Debía ser un pueblo espantoso, con ese nombre, pensé, muy distinto de Oaxaca, por ejemplo, o de Veracruz. Regresamos a la casa y empacamos la ropa en una maleta. Después me puse a buscar un libro en el librero de la sala, en la colección de clásicos empastados en cuero que había dejado mi papá y que eran para nosotros una especie de adorno. Ángela escogió *La divina comedia*, pero antes de que empezáramos a leer encendió el radio y puso música clásica que me arrulló. Fue así como Ángela se quedó dormida toda la tarde, ronroneando como gato, mientras yo avanzaba del brazo de Virgilio por los aterradores círculos del Infierno.

Cuando mamá regresó por la tarde, Ángela se despertó y le dijo que había regresado a la universidad y que saldría por un par de semanas a tomar un seminario de altares barrocos en Calipén. Mamá le contestó: ¿Te vas con Rodolfo, no? No te hagas, además en Calipén no hay nada de eso. ¿Cómo sabes?, le preguntó Ángela, ni que hubieras estudiado tanto. Mamá se ofendió. Haz lo que quieras, contestó, derrumbándose en el sillón. Total, yo aquí me encargo de todo, como siempre. Te entregué mi vida, renuncié a todo por cuidarte y éste es el pago que recibo.

Esperaba que en algún momento mamá me dijera eso, pero no pensé que fuera tan pronto. Ya me iba a sentir mal, culpable y furiosa, todo a la vez, pero Ángela la abrazó cariñosamente: Ay, mamá, no te pongas así, tú sabes que yo te quiero mucho, tú misma me dijiste que tengo que hacer algo con mi vida, te juro que sí regresé a la universidad. Bueno, a los locales que abrieron, ya ves que es un lío, pero ayer me acerqué a preguntar; salió lo de este curso y así me encarrilo otra vez, vas a ver. ¿Y Rodolfo? La verdad, me quiero alejar un poco de él, no estoy segura, mamá, creo que tenías razón. Ella estaba preocupada: ¿De verdad no hiciste eso con él? No hice nada, mamá, te lo juro. Me dio risa que le llamara "eso" al sexo. Llegaré sabia y limpia al matrimonio, te lo prometo. Era una hipócrita esta Ángela. Pero me caía tan mal esa obsesión de mamá, que no intervine. Mamá pareció tranquilizarse, hasta un poco de risa le dio todo el asunto, a lo mejor pensaba que yo era en verdad idiota, lo cual no me sorprendió.

No tardó en llamarme Felipe a la mañana siguiente para decirme que antes de salir a Calipén tenía una cita muy especial esa tarde. Te va a gustar, él me rogó que te dijera que no faltes. Pensé en resistirme, pero Ángela estaba decidida. En efecto, frente a las escaleras del Sanborns de San Ángel nos esperaba el convertible de César Augusto. Ya ni le pregunté por qué le había encargado a Felipe llamarme, de sólo vernos no pudimos dejar las manos quietas. Me sentía a la vez, junto con Ángela, en el quinto cielo. Qué lindo era, qué guapo, qué suave, qué bueno estaba, con qué ojos desnudaba mis más profundos deseos, mi ternura, mi admiración por Rafa que se olvidaba con él, se sanaba, se hacía a un lado. No sé por qué me traes así, añadió César Augusto, he pasado estos días queriendo verte todo el tiempo, desde la otra vez. Sí, contesté, yo igual, y recordé las palabras de Felipe en Los Infiernos: Lo dejaste noqueado, con ganas de más. Yo pensaba en cómo preguntarle qué había pasado esa vez que estuvimos en su casa, si me quedé dormida, si lo del animal fue un sueño. Pero Ángela no me dejó; de alguna manera se daba cuenta de que, cualquier cosa que hubiera pasado, César Augusto la vivía como en otra dimensión a la que ella se incorporaba gustosa. Y si fue verdad, ¿qué?, me respondió por adentro, ¿no te gustó? Para entonces, César Augusto ya nos estaba mordiendo el cuello y le proponía que se fueran a algún lugar. ¿A tu casa otra vez?, preguntó Ángela, pero no está tu mamá, ¿no? Él pareció despertar: No, dijo, no está, y eso qué importa.

Esa noche regresamos a Fuego 20, que de nuevo estaba oscura y desierta. Me acordé de César y Sheila corriendo por las escaleras aquella vez, sin que les importara la plétora de señoras en el hall, o de Ángela en el sueño, subiendo desnuda para mirarse en el espejo. Yo quería ver su cuarto, buscar al animalito en la pecera, pero César me detuvo a la mitad. ¿Ya has probado una cama de agua? Se siente chidísimo. Entonces desvió el trayecto a la recámara de Victoria de la Loza, esa que me había mostrado Felipe la primera vez, con el jacuzzi y todo. Y puso la música aquella. Ya ni supe qué pasaba: Ángela, él y yo navegamos entre las sábanas de seda; por momentos mi alma se salía para quedar encerrada en una pecera con un animal que me miraba, se enroscaba y me sacaba la lengua. Después era Ángela por completo otra vez, que le decía sí, más, más, feliz en el colchón como en una balsa en medio del mar. Después reímos y jugamos. Cuando se reía, César Augusto echaba la cabeza hacia atrás y mostraba su largo cuello con la manzana de Adán, tenía la piel aceitunada, ni blanca, ni morena, y sus ojos parecían soñar todo el tiempo en algún lugar lejano. Esa noche nos amamos con locura después en el jacuzzi, aspiramos cocaína y quién sabe qué más. Me sentí enamoradísima, dispuesta a lo que fuera por él. Ángela, por el contrario, parecía disfrutar el hecho de que él se apasionara por ella. Desnudos sobre la piel de venado que Victoria ponía en la cama para no enfriarse los pies, planeamos huir juntos desde Calipén, aprovechando la invitación de Victoria a Ángela. ¿Por qué me invitó?, le pregunté, ¿no es raro? Él nos miró con sus ojos soñadores. ¿Por qué va a ser raro?, yo también te estoy invitando. Victoria quería que su hijo llevara a Estados Unidos un cheque para que lo depositara en una cuenta a su nombre. Vente conmigo, me dijo, te alcanzo en Calipén, nos seguimos hasta los yunaites, sacamos la lana y nos vamos a una comuna en Oregon. Tengo unos amigos que conocí en Marruecos. Hay un gurú increíble, podemos meditar, cambiar todos los estados de conciencia, llegar a un plano superior, levitar. ¿Te imaginas levitar por el mundo, cargarnos de energía positiva así, cabrón? Suena padre, comentó Ángela hipócritamente. Yo me sentí un poco desilusionada también. Estaría increíble, dijimos, aunque no sabíamos de qué estaba hablando. ¿Pero y tu mamá qué pensará?, le pregunté yo, precavida, mientras

Ángela me daba un codazo despectivo. No sé, qué tal que ya no regresamos nunca, contestó César. Eso a Ángela le gustó, no regresar nunca. Ya no regresar en mucho tiempo, dejar en México a Saturnina y sus cuitas de niña tonta. Pero quizá no con este chavo. Empezamos a escuchar la música y por alguna razón supe que mi coche estaría afuera, esperando. Ángela todavía quería quedarse y probar unas pastillas que César estaba sacando de un cajón, pero yo me negué: me dieron ganas de llegar a tiempo a mi casa una vez más. César se quedó dormido o perdido quién sabe dónde; me vestí. De camino a la escalera, quise desviarme un momento hacia su recámara, buscar al animal, pero escuché un ruido afuera, en el jardín. Bajé corriendo. Abajo, en la mesa del hall, estaban de nuevo las llaves de mi coche y por el ventanal alcanzaba a distinguir una sombra que fumaba en el jardín. Era Felipe, que le hacía a Ángela la V de la victoria, más oscuro que la oscuridad misma, pero yo vi sus ojos relumbrar como una fogata en medio del bosque. Cuando llegamos a la casa lo había pensado un poco más y le dije a Ángela: No vamos a ir a Calipén, no vamos a ir a Estados Unidos, vamos a desaparecer de la vida de estas gentes. Entonces ella me golpeó durísimo, tanto que sentí un desgarre por dentro: Ya cállate, me ordenó, ya cállate.

XX

Rubén no está en la explanada de la Facultad donde quedaron de verse. Arturo se desespera; es como si Rubén se le escapara todo el tiempo, como si una de sus ocupaciones fuera perseguir a Rubén, averiguar dónde anda, qué está haciendo, esa libertad de la que tanto presume Rubén y que Arturo no acaba de entender para qué la quiere exactamente, en qué ocupa su tiempo que ve a tantas gentes y se entera de tantas cosas, eso que a él le provoca una mezcla de admiración y envidia. Decide entrar y averiguar por su lado dónde se puede ver al profesor Garmendia para preguntarle por el puesto, de parte de Rubén. Le señalan un salón en el primer piso y recorre una Facultad llena de chavos y chavas, muchos de morral y pelo largo, que se le hacen un poco quedados en años anteriores. Se siente bastante raro de saltar así como así de los laboratorios Laroche a un medio más intelectual y político, pero a la vez le atrae, como que su vida tendrá más sentido. Piensa que lo que hizo con Pino y la pulserita es una especie de perversidad. Es tan raro que aquel ser hable de la Cineteca, de la pantalla en llamas. Claro que Pino estaba al tanto de todas sus preocupaciones, todos los detalles que compartió con doña Francis cuando creía que Rubén estaba en la sala del cine: a lo mejor Pino hace esa actuación para relacionarse de alguna manera con él, como los juegos que inventaban de niños en los que uno hacía de doctor y examinaba a los otros, allá en Xalapa, o donde competían por ver quién orinaba más lejos, esos juegos equívocos que servían para explorarse, para afirmarse también. Es una locura, pero a la vez sucede en otro plano, ambos pueden fingir que fue un sueño, que no ocurrió. ¿Será? De repente se le cruza por la mente la posibilidad de que Pino, gracias a su nueva vida en la farándula, abandone el juego recién comenzado. A fin de cuentas, él prometió que le dejaría seguir contando, que le volvería a poner la pulsera. ¿Se lo prometió a Pino en serio?

Quién sabe qué estoy pensando, se dice, mientras mira los carteles y letreros pegados en los pizarrones de los pasillos que hablan de la huelga de los refrescos Pascual, de conferencias, protestas, cursos especiales; me servirá mucho conseguir un trabajo más serio, preocuparme por cosas más importantes, como Rubén. Y continúa el camino hasta el cubículo del profesor Garmendia, de donde sale una potente humareda olorosa a Delicados sin filtro. Garmendia está rodeado de alumnos que le preguntan una cosa y otra sobre clases y calificaciones, y Arturo no sabe qué hacer. Se mete al cubículo y espera pacientemente a que terminen los otros, todos apiñonados en el cuarto diminuto atestado de libros y papeles. De repente Garmendia se pone de pie y zanja la plática. Ustedes saben que soy bien barco, dice, así que ya no me joroben, me entregan un trabajo final y ya está. Los chavos se levantan también y Arturo se queda rezagado en la puerta, sin saber qué hacer, hasta que aborda directamente al profesor. ¿Tú también quieres la nota?, le pregunta él, ya la tienes, eso a mí me vale madres, lo importante es que se interesen por nuestra realidad, que estudien, que investiguen, que sean crí-ti-cos. Le asusta que Garmendia hable con palabrotas, algo que ningún maestro de Medicina haría, por lo menos los que le tocaron en su paso por esa Facultad. Arturo menciona a Rubén, le dice que anda buscando trabajo y Rubén le dijo que necesitaba a alguien en su casa. ¿Estás en la Facultad?, le pregunta éste, no te había visto. Vengo de oyente, como Rubén, le miente, este mismo año me pienso inscribir. ¿Y qué sabes de archivos tú? No mucho, responde, pero aprendo rápido, me apasiona leer. ¿Leer qué?, le pregunta. A Arturo se le adelgaza la voz: Novelas, literatura. Garmendia tuerce la boca. ¿Pero sabes inyectar? Arturo asiente. Garmendia lo despide con unas palmadas distantes en el hombro. Si ves a Rubén, dile que me busque, que no sea cabrón. No le dice más, ni sí, ni no, y Arturo se siente poco menos que una basura: ¿cómo se le ocurrió ir directamente con Garmendia?, ¿para qué mintió diciendo que se quería inscribir a la Facultad?, ¿de veras se quiere inscribir en esa Facultad? Apresura el paso para que el sentimiento de ridículo no lo aplaste. Al salir a la explanada se encuentra a Rubén, que apenas llegó. Acabo de regarla, lo saluda, creo que Garmendia no me dará la chamba. Cómo no, si está refácil, le contesta Rubén, cualquier estudiante de cualquier cosa lo podría ayudar, es nada más ponerle en orden sus papeles. Vuelven a entrar juntos y, ya protegido tras la espalda de su amigo, Arturo se fija en las muchachas, esas que leen a Marx o a Kundera o a García Márquez, aunque de todos ellos él no ha leído más que al último, y piensa que, si viniera de oyente con su amigo, en una de ésas y hasta ligaría con alguna. Se ven guapas, con sus blusas bordadas y sus camisetas, de hecho hay una medio güera a la que se queda mirando, hasta que Rubén le da un codazo. Despierta, bato, vamos a convencer al profe. Garmendia está en un salón pontificando sobre la sociología del cómic y a Arturo se le hace padre, los alumnos se ven felices. Se quedan un rato escuchando la clase y al final se acercan al profesor. Hola, Ricardo, éste es mi amigo Arturo, el que te dije que te podría ayudar. Ah, sí, ya me buscó, responde Garmendia, está bien. ¿Sabes dónde está avenida Revolución?, le pregunta a Arturo. Le da una dirección y le pide que se presente todas las mañanas de 9 a 2. Mañana te veo allá. Rubén le agradece y se van como si nada. Se ve que es muy cuate tuyo, comenta Arturo impresionado. Ni tanto, nomás le gusta cuando los chavos le hablan de tú. Oye, ¿pero no prefiere a alguien de la Facultad?, me preguntó si era alumno... Rubén se voltea a verlo: Muchos no pueden, no tienen tiempo o de plano les da cosa inyectar o no saben hacerlo. Además, añade Rubén como si nada, el profe no puede pagar mucho, pero te va a gustar, está interesante, tiene un montón de libros y cosas padres, lo de su mamá es cualquier cosa. Tú querías dejar de sacar sangre, ¿no? Además, yo te recomiendo, ¿qué más necesitas?

Arturo se queda pensando en cómo será su vida ahora; necesita llamar al doctor Bueno y avisarle que ya no va a ir a trabajar. Le agrada la idea de no tener que confrontar a nadie, simplemente explicar que tiene que cuidar a su papá y salirse. El problema es que la paga del profesor Garmendia no es ni la mitad de lo que gana en el laboratorio, que ya de por sí es poco. No hay cuete, le dice Rubén, yo te consigo chambitas, hombre. ¿Chambitas de qué? De traductor, por ejemplo, ¿no hablas inglés?, ahí está. O me suples en las fotos. En realidad habla poco inglés, pero le da vergüenza confesárselo a Rubén. Arturo piensa en el enojo de su papá si se entera de que no sólo dejó Medicina, sino que además va a estudiar Ciencias Políticas o Letras quizá y le da mucho gusto.

Ya que me va a odiar, que me odie bien y con razones, le confiesa a Rubén. Eso, chingao, le dice el otro, vamos a celebrar tu libertad, tú eres mucho más que una pinche jeringa, primero tienes que saber qué quieres, ¿no? Se van a comer unos tacos y Rubén le habla a Nora para ir todos al cine. Por fin me la vas a presentar, le dice Arturo, sintiendo que por alguna razón Rubén no quiere ir solo con él. Va a traer a una amiga, le avisa Rubén mientras cuelga el auricular del teléfono público en avenida Coyoacán. Ahora nos hubiéramos podido ir a la Cineteca, le dice Rubén, ya ves cómo son las cosas, qué impresionante.

Deciden ir a ver una gringada para distraerse, divertirse nada más y seguir festejando eso que llaman la liberación de Arturo. Se encuentran con las muchachas en una esquina de Insurgentes y se van a tomar café antes de la película que es en el cine Manacar. Arturo se da cuenta de lo deslumbrado que está Rubén con Nora, la chica a la que conoció en Cuernavaca, que incluso se pone nervioso de presentarlo. Es una chava medio fresa, se nota por su ropa, su timidez cubierta de naturalidad, estilo y buenas maneras. No es lo que se diga muy guapa, pero tiene algo, además de que le pone una atención a Rubén que raya en la admiración. Rubén no para de hablar y teorizar sobre todo lo que puede, como si su obligación fuera impresionarla. La amiga es Fabi, Fabiola, a quien Arturo nota aburrida todo el tiempo, mirando para otros lados como si no pudiera ocultar el desprecio. Quizá es por la tez morena, piensa él, será que no soy de su clase.

Nora y Fabiola acaban de entrar a estudiar Letras Inglesas, son como de otro planeta. El papá de Nora es un empresario de lana, su hermano trabaja en Relaciones Exteriores. En cambio, el de Fabiola es periodista dizque muy de avanzada.

Conocieron a Rubén hace poco. Están hablando de las elecciones que se avecinan y que ganará como siempre el PRI, de libros, películas y lo que sea; Rubén no para de hablar y acapara toda la atención. Nora lo escucha extasiada, Fabiola y Arturo se aburren, incómodos, como público cautivo. De repente, como si se acordara de que su amigo existe y tiene que quedar bien, como cediéndole cinco minutos de la pista de baile, Rubén le dice: Oye Arturo, cuéntales todo lo que has visto de la Cineteca. Y a Nora: Este pobre Arturo quedó alucinado, pensó que ya me había chamuscado ese día y hasta se le apareció un fantasma en Veracruz, o fue tu primo ¿no? Arturo palidece, pensaba que Rubén lo había olvidado y siente vergüenza. Son babosadas de borracho, hombre, nada importante, no le hagan caso. Mejor nos apuramos, ya va a empezar la función.

XXI

Ángela llegó a Fuego 20 con la maleta y el pasaporte listo para salir a los Estados Unidos en cuanto César Augusto pasara por ella a Calipén; Saturnina le había advertido que ese pasaporte –con la visa que lucía en tinta de colores la palabra "*indefinetely*"– no correspondía a su nombre, pero a Ángela eso no le importó: cómo no, soy Saturnina de los Ángeles, o sea Ángela, ahí estoy. Ya le diré a César a la mera hora, le dará risa seguro, me querrá más, le parecerá una superpuntada, a él no le importan esas cosas, seguro Felipe nos ayudará. Hizo el conteo mental de la ropa, aretes y perfumes guardados, mientras se despedía de Graciela: Te hablo llegando a Calipén, te aviso en qué hotel estoy y todo. Es una excursión súper organizada, no hay ningún problema, voy con un grupo de la universidad, nos llevan en autobús. A María Rita y a Laura, Ángela les había dicho por teléfono la misma mentira, sólo que María Rita se olió algo raro: Se me hace que te andas escapando con el Rodolfo, le dijo medio en broma, no dejes de avisarme. Y no olvides que tenemos pendiente el viaje a Las Vegas. La noche en que se quedaron bailando en el bar de la Zona Rosa, María Rita consiguió que Patricio le prometiera la dirección de Sandra, la mujer misteriosa. Ángela decidió que, cuando llegara a

Estados Unidos, le llamaría a su amiga para pedírsela: en una de ésas lograba convencer a César Augusto de desviar la ruta, eso si se iba con él porque después de todo, la verdad, lo del ashram le daba mucha flojera.

Victoria de la Loza no podía vivir sin comitiva y ahí estaba a la entrada de la casa, junto a dos grandes camionetas de pasajeros, un grupo de personas, entre las que reconoció a Sonia Grijalba, quien la llamó sacudiendo la manga de su vestido camisero. Qué bueno que viniste, Ángela, estábamos diciendo que una más y seremos trece a la mesa, pero ésas son supersticiones tontas. Un chofer tomó su maleta y mientras la guardaba en la parte trasera de uno de los vehículos, los contó mentalmente. Eran once, nada más. Ángela buscó a Felipe con la vista adentro de la casa; no se atrevía a entrar ella sola si todos estaban en la calle esperando a Victoria. Se preguntó si ésta sabría algo de sus visitas con César Augusto, si habría quedado alguna huella y si alguien la habría limpiado. Se imaginó que sí, que Felipe lo habría hecho; era muy intrigante todo el asunto. Conocer Calipén y sus monumentos no le interesaba en lo más mínimo, ni los antojitos, pero le emocionaba dejar la ciudad. Tendría que quedarse unos cuantos días en ese pueblo, con esas gentes y esperar a que pasara por ella César Augusto y se escaparan lejos, a la aventura. Qué padre estaría todo. No pensaba mucho en lo que podría suceder, sino en las delicias por venir; el hecho de que fuera algo distinto, escondido, le hacía sentir gran excitación. Buscaba a Felipe para celebrar un poco la complicidad –le había gustado muchísimo lo del baile en Los Infiernos y lo que le dio a tomar, ¿qué sería?– cuando vio a toda esa gente, ese salón en medio de la noche junto al mar, como la premonición de algo posible. ¿Dónde estaba?

Felipe no apareció. Bajó, sí, Victoria, muy arreglada con un vestido de lino color mamey y un rebozo de seda muy fino. Algunas iban por el estilo; otras más serias, de traje sastre. El doctor y el hombre chupado, que se acercaron a saludarla, vestían de guayabera. ¿Ya está mejor de su mano?, le preguntó el médico, y al mostrársela exclamó: Ni una señal, qué capacidad de cicatrización, increíble. Ángela sintió un poco de repulsión cuando el doctor Palma le tomó la mano y se la sobó, pero sonrió. El hombre chupado –Parménides Botello, cronista– le mostró unos dientes picudos llenos de nicotina y le preguntó qué pensaba de esta aventura con doña Victoria de la Loza. En realidad, Ángela no pensaba mucho, sólo sentía ganas de cosas deliciosas o excitantes o inquietantes. La salvó de tener que responder la llegada de Victoria, que saludó a todo el mundo de beso, uno por uno, y a Ángela con especial gusto. Qué bueno que te animas a venir con nosotros, no te vas a arrepentir, insistió. Subieron todas a las camionetas y le tocó sentarse entre Brenda y Chachis Lozoya, la tabasqueña repleta de carnes, que con dificultades se ceñía un traje sastre de color rosa mexicano. Comenzaron los gritos y el parloteo de exultantes cotorras. Aunque no era para nada como ellas, señoras de otro mundo y otra generación, le empezó a atraer el olor agresivo de sus perfumes, la seguridad, la sensación de que cada una de ellas comandaba en su casa y en sus actividades a un pequeño ejército. Sintió el deseo de también tener el suyo cuando fuera mayor y hubiera cumplido sus sueños, no se imaginaba cuáles. Pensó en Rafa y sus posibles desmanes. En realidad, a diferencia de Saturnina, ella sí lo podía entender, no era tan difícil. ¿Para qué era la vida, sino para vivirla? ¿Para qué eran las oportunidades, sino para tomar lo que cada una ofrecía? Le gustaba la idea de Rafa apostando todo para ganarlo todo. ¿Acaso no era así el mundo?, ¿acaso no había del otro lado de la frontera ropa y joyas y aparatos electrónicos y perfumes y museos con maravillas y whisky y drogas nuevas y viajes y discos y libros que en México eran imposibles de conseguir, y experiencias de otro tipo, de otro nivel? La verdad, entendía perfecto que Rafa se brincara ciertas reglas y que en algún momento se le hubiera ido la mano, a cualquiera le podía pasar; de alguna manera, él le había enseñado a gozar de los viajes, de la vida bonita, del arte y las cosas buenas, eso era lo importante. Le había enseñado que ella tenía un lugar distinto en el mundo y ahora por fin se lanzaba en busca de ese lugar. La propia Victoria ponía el ejemplo al regresar a su lugar de origen para tomar lo que le correspondía, algo así como su feudo, y hacer cosas sin darse golpes de pecho como otros. Ella lo entendía bien. Saturnina no –Saturnina por lo general no entendía nada–, pero Ángela claro que sí, no era tan difícil, era cosa de no ser cobarde a la hora de vivir, agarrar el toro por los cuernos, todas esas cosas que decía la gente y que en el fondo eran tan ciertas. Y sobre todo atreverse y largarse lejos a llevar su propia vida, como había hecho Rafa. Se imaginó la flojera que le debía de dar a su tío cada que regresaba con ella y su mamá como una pesada obligación, y ellas de inocentes pensando que le daba un gustazo verlas. No, seguro se aburría horrores con su hermana y su sobrina. O a lo mejor eran su única debilidad, frente a una vida distinta que ella estaba ahora en posibilidad de conocer.

Saturnina le hubiera recordado que a Rafa llegó un tipo a matarlo, pero quién sabe dónde estaba Saturnina; quizá en una maleta, amontonada entre la ropa interior de encaje negro y los perfumes, con los labios cosidos por la propia Ángela con hilo azul. Saturnina había metido a Dante en una enorme bolsa de vinil morado, pues los versos le llamaron la atención, pero Ángela estaba pensando en dejarlo por ahí; no le gustaba leer porque se mareaba. Además Chachis Lozoya no dejaba de hacerle el panegírico de Victoria, mientras la camioneta enfilaba por el viaducto hacia el aeropuerto. A Saturnina se le olvidaba todo lo que le decían, pero Ángela sí sabía usar las palabras de los otros y ponía atención para recordarlas. Desde que falleció su esposo, no sabes el cambio que vivió Victoria, comenzó la mujer de traje rosa mexicano y enormes pulseras, yo la conozco desde que éramos jovencitas. Primero estuvo perdida en el abismo del dolor –y aquí la Chachis abrió los brazos como si el abismo fuera su enorme busto–; tuvo que pasar un tiempo refugiada en un convento, escribiendo poesía mística, hasta que conoció a Felipe y se levantó. Los brazos también se levantaron. Para todas ha sido como un cohete, hemos ido para arriba, para arriba. Primero Victoria formó la Asociación que se convirtió en el Patronato y ahora es la Fundación Triunfo 70 que tú ya cambiaste a Victoria 80. Ángela asintió, pretendiendo que sabía perfectamente de qué estaba hablando. En Calipén se va a poner muy bueno, porque en provincia hay una verdadera sed de todas esas cosas, qué digo sed, es una sequía. Me dicen que te interesa el aspecto cultural, la pintura, los museos. Ángela no tuvo ni que asentir. Está chévere, porque allá vamos a tener clases de todas las manifestaciones artísticas, empezando por la danza regional, la oratoria. ¿Y usted también participará?, preguntó Ángela mientras se la imaginaba taconeando vestida de holanes. Claro, asintió Chachis abanicándose con todo y que se sentía un frío espantoso en la camioneta, yo participo en todo.

La plática continuó hasta llegar al aeropuerto, donde Ángela vivió un momento de debilidad al acordarse de todas las veces que había caminado orgullosa por los pasillos del brazo de Rafa en su uniforme, seguidos por el copiloto Mantarraya y las azafatas con sus gorritos rosa mexicano. Ella era una niña elegante, siempre lo fue, envidiada por todos. La gente los miraba con admiración y enternecimiento y no podía menos que sentirse en la cima del mundo. Se vio trasladada a aquellos días y no tuvo tiempo de preocuparse por su identidad, pues ahí junto al mostrador de Aeronaves Mexicanas estaba Felipe, acompañado por dos guaruras de traje, con los pases de abordar. El suyo decía "Ángela Miranda". ¿Cómo lo había sacado? En realidad, pensó Ángela, Felipe es capaz de todo, para él cambiar un nombre debe de ser una minucia.

No tenían nada de qué preocuparse y, en lo que salía el avión, pasaron a tomarse un café. Por los ventanales del restaurant del aeropuerto se veían los aviones aterrizando y despegando, un espectáculo que de chica siempre la cautivó. Vio al personal de Aeronaves Mexicanas recorrer los pasillos del aeropuerto y estuvo muy segura de que nadie la iba a reconocer; se sintió feliz y escuchó de lejos las explicaciones de Victoria sobre cómo había vencido el miedo a volar después de lo de su esposo. Durante unos años viajaba por tierra a todos lados y hasta me fui a Europa en barco, ya se imaginarán, pero Felipe me enseñó un ritual con unas plumas de ave y lo hicimos, ¿verdad doctor? El doctor Palma asintió. Y ahora ustedes son mi escudo protector. Hubo un momento en el que Victoria se dirigió a ella, le preguntó si no había tenido problemas en la universidad para hacer el viaje. Todas voltearon a verla y en sus miradas encontró una variedad de sentimientos de ternura, envidia, desprecio y deseo que la encandiló. No, ya pedí permiso. Ay, qué tierna, exclamó Adelaida Reyes, todavía va a la escuela. Yo la dejé hace millones de siglos, pero en la vida una siempre está aprendiendo.

Ya en el avión le tocó sentarse junto a Brenda, la más joven a excepción de ella misma, con la que había conversado en la reunión de casa de Victoria. Ésta abundó en lo padrísimo que era formar parte de este círculo. Yo dejé a mi esposo encargado de los chavitos y no he tenido problemas, porque tengo unas amigas que no vieras la que se les arma en su casa. Su esposo había trabajado en Petróleos Mexicanos hasta que se accidentó. Le falta media pierna, ahora sí que se quedó con la pata quebrada y en casa, ¿verdad? No, no es cierto, pobrecito, ni te creas, tenemos tres muchachas y el chofer. Entre el ruido de las turbinas, Ángela se enteró de que el impulso que Victoria sentía era el de su esposo fallecido. Sí, dijo Brenda muy seria, Victoria dice que gracias a Felipe se comunica con su esposo y él le sugiere –no le dicta, ¿verdad?, porque parece que el señor siempre fue muy respetuoso– proyectos para hacer realidad el Calipén que soñaron juntos cuando él iba a ser gobernador. A Ángela le gustó la idea. ¿De verdad? ¿El que murió en el avión? Ese mismo, respondió su compañera de asiento, mientras lanzaba una mirada nerviosa a la ventanilla y le convidaba de sus pastillas de menta. Tan seria que se veía Victoria de la Loza, ya había pensado cosas un poco raras de ella, pero no que tuviera contacto con los espíritus. ¿Y tú qué piensas de eso?, le preguntó a Brenda malignamente. Ésta bajó la voz. Mira, tú sabes que estas cosas son más bien simbólicas, en una onda medio psicoanalítica, o sea, yo me doy cuenta de que es como un impulso, ¿verdad?, para hacer las cosas que ella necesita, porque tiene la energía de veinte gobernadores ella sola. Pero es una manera de lograr que la respeten, como que se rodea un poco de esta leyenda para protegerse.

Ángela veía por detrás del asiento el alto chongo de Victoria agitarse mientras conversaba con las demás; ¿cómo habría sido el accidente de Triunfo de la Loza? Le dijo a Brenda: Yo era una niña cuando sucedió. Pues yo casi, le contestó ella molesta, ni que fuera mucho más grande que tú. Pero me acuerdo de todo el lío, además de que aquí lo hemos comentado: no era avión, era avioneta. Volaba por la Cresta del Gallo, esas cuatro montañas en fila que rodean Calipén. Sí has estado, ¿no? Ángela dijo que sí. Raro, porque ese piloto era el que siempre trasladaba al gobernador y era muy cuidadoso. Dicen que la avioneta se quedó dando vueltas y vueltas alrededor de Calipén, como esos avioncitos de las ferias. Y que de repente se desapareció. Yo creo que se cayó, ¿no?, es lo lógico, pero la gente lo dice como para dar a entender que Calipén tiene una vibra bien especial, es una onda subconsciente. Ni siquiera había niebla, en esa época Calipén es muy caluroso, sube una especie de bochorno, tanto como niebla, no. Oye, Ángela, ¿y tú tienes novio?

Ángela estiró el cuello buscando a Felipe entre los pasajeros, pero no lo vio. Brenda parecía inquieta y no paraba de hablar porque, le confesó convidándole un cigarro, esto de volar me pone muy nerviosa. El Instituto de Altos Estudios Calipenses se va a especializar en las doctrinas sociales, ¿sabías? Victoria tiene todo el apoyo para hacer lo que ella quiera allá. ¿Y las actividades culturales?, preguntó Ángela. Ah, sí, los concursos de piano. A Ángela le dio risa pensar que cada quien tenía una idea distinta de lo que se iba a hacer en Calipén, quizá ni Victoria misma lo sabía.

El avión fue descendiendo mientras Brenda le exponía sus opiniones sobre la justicia social, un tema que por lo visto a ella le interesaba mucho y sobre el que no paraba de hablar, mientras le sudaban las manos del terror cuando el avión brincaba al pasar por una bolsa de aire. Le contó a grandes rasgos sobre un programa de reparto de despensas y cuadernos escolares que a Ángela no le interesaba nada, pero procuró mostrar gran entusiasmo, hasta que por la ventanilla alcanzaron a ver Calipén: la catedral, la plaza mayor, las casas de arcilla azulosa que embellecían el centro, rodeado ya de edificios modernos, almacenes y tiendas grandes. El aeropuerto estaba como a media hora de la ciudad. El piloto bajó pésimo, rebotando dos o tres veces en la pista, algo que Rafa jamás hubiera hecho: sus compañeros le llamaban "el suavecito" por lo bien que aterrizaba. Algunas señoras se espantaron, pero ella no tenía ningún miedo a los aviones, casi sentía que podría aprender a manejar uno, si quisiera.

Hacía un fresco agradable y mucho viento, el aire olía a azahar, le gustó. El grupo caminó por la pista y Ángela con ellos, poniéndose los lentes oscuros. Le dieron unas tremendas ganas de acostarse al sol y broncearse, quizá tomarse unos martinis con Felipe y comentarle que Licha Morales traía el fondo colgando por fuera de la falda, o preguntarle por qué Paquita Duero no dejaba de revisar una especie de guion que traía, o por qué el doctor volteaba hacia atrás todo el tiempo, como si alguien los persiguiera, o por qué Victoria tomaba a la Chachis Lozoya por la cintura con un afecto como de primas o hermanas y recostaba el chongo en su hombro, cómo Sonia se había tomado una pastillita (¿sería la misma de su mamá?) durante el vuelo, cómo se le notaba a Brenda el coraje de ya no ser la más joven, cómo no tenía ni la más remota idea de qué hacía ahí. ¿Le contaría de su plan con César Augusto?, ¿lo sabría Felipe? Decidió guardárselo, no fuera a ser, aunque Felipe parecía saberlo todo.

Se alojaron lejos del centro, en una vieja casona propiedad de la familia de Victoria por el lado materno. A Ángela le tocó una habitación entre muchas otras que daban a un corredor con macetones. Un mozo le llevó su maleta y se quedó un rato sentada en la cama escuchando chirriar los resortes y escudriñando las vigas del techo, en busca de mariposas negras. Encontró una araña muy gorda y sintió un escalofrío. Si las busco, las encuentro, pensó; así pasa con todas las calamidades, ya no las voy a buscar. En un librero empotrado en la pared reposaban algunos libros, entre ellos dos firmados por Victoria de la Loza: *Revelaciones en poesía* y *Ángel Santacruz, retablista calipense*. Recordó que en su primer encuentro Victoria le había mencionado a Santacruz. Hojeó los poemas, que le parecieron muy cursis, y se vistió.

De nuevo el alegre grupo en el comedor y Victoria a la cabecera de la mesa, exultante. Les informo que ésta es comida de trabajo, porque hoy en la noche tenemos una conferencia en la Galería de Arte Calipense, eso te va a interesar, Ángela. Pero mañana es el gran día: primero, los honores a la estatua remozada de Triunfo y después la inauguración del Instituto de Altos Estudios, todo con la presencia del gobernador. Luego iremos a comer con él y con todo su gabinete. Pasaron la comida y la sobremesa planeando algo así como un grupo que trabajaba en diferentes áreas para transformar Calipén y más tarde, ¿por qué no?, el país. La mesa se llenó de tazas, vasos y licores digestivos. Cada quien proponía una cosa distinta o se iba por las ramas, como cuando empezaron a planificar la reconstrucción de una capilla y momentos después ya estaban organizando la inauguración de una cafetería.

Ángela no entendía nada, pero cuando le preguntó Victoria qué proponía en el campo de las artes, Felipe se adelantó y dijo que se le ocurría que había que traer personalidades del extranjero, organizar conferencias y montar grandes exposiciones. Esas tres cosas le parecieron adecuadas a Ángela, lo que dirían esas maestras de la universidad que traían invitados a dar charlas, luego de las cuales ofrecían canapés. Se acordó de que Rafa le había hablado en su penúltima visita (la última fue cuando murió) de un museo nuevo en París, el Pompidou, la cosa más moderna de la tierra, un museo con todas las tuberías de fuera, y no tuvo empacho en proponer: ¿Por qué no construir un museo supercontemporáneo aquí en Calipén para que vengan a admirarlo de todo el país? Hay que traer ciclos de cine europeo, como en la Cineteca. Que Calipén sea como una especie de ciudad de las artes. Pero antes hay que ensalzar debidamente lo nuestro, acotó Carly Mendoza, calipense de origen, como ella decía. No vas a traer algo de París sin que México conozca nuestros bailes. A Victoria le pareció muy bien que una muchacha tan joven tuviera esas visiones y se entusiasmó: Bueno, no hay tanto dinero, pero tienes razón. Carly dio un respingo. Claro que hay que pensar que la sociedad calipense es muy conservadora, continuó Victoria, poco a poco podemos ir abriendo espacios, de eso se trata. Y le dijo que debía ir a todos los rincones del estado, conocer, empaparse del alma regional para saber cómo modernizarla sin violentarla. Rosas de fuego, citó Ángela y Victoria sonrió, complacida. Eso debemos hacer ahora, decidió. Vamos a pasar unos días sentando nuestros reales en Calipén, construyendo un futuro para la ciudad. Quiero que cada una, dentro de su especialidad, haga propuestas. Divino, exclamaron algunas, genial. Quiero que tú, le dijo Victoria a Ángela, me digas lo que ven los jóvenes, lo que buscan los jóvenes. A Brenda le cayó en el hígado escucharlo, pero las otras felicitaron mucho a Ángela por su arrojo y sus ideas. Yo a tu edad no hablaba así, ¿eh?, le comentó Adelaida Reyes, y eso que era maestra normalista y andaba por los pueblos perdidos de Dios enseñando a los niños, era muy lanzada. Ahí luego te contaré mis aventuras.

Descansaron un rato y en la noche fueron a una conferencia sobre el caballo percherón calipense a la que iba a asistir el gobernador. Ángela se puso un vestido largo de manta que encontró en el ropero sin pensarlo mucho, como si fuera la Bella en el palacio de la Bestia. Todas le dijeron que se veía encantadora pero nadie le preguntó por el vestido. El gobernador llegó unos minutos con su comitiva, saludó a Victoria en medio de otras personas y se fue. La conferencia estuvo tediosa: resultó que había toda una escuela de retrato del caballo calipense, y el conferencista –un hombre bajo de estatura, vestido de gamuza– acusaba a quienes no respetaban la estampa original del percherón local, cuya principal característica eran las patas más gruesas. Se las afinan por seguir la moda de Europa, comentó indignado. Después pasó a leer unos cuantos poemas sobre el caballo calipense, entre ellos uno de Victoria de la Loza, a la que de nuevo tendremos aquí entre nosotros a la cabeza del Instituto de Altos Estudios que dará mayor realce a nuestra ya de por sí notoria cultura local.

Hubo aplausos, besos, música de violines y guitarrón, y bebidas espirituosas. Menos mal que no nos ofrecieron "lava hirviente", que así le llamaban al aguardiente local, le susurró Amalia, aquí la usan para destapar caños. Ángela se limitó a sonreír y admirar las pinturas, pero notó varios pares de ojos puestos en ella, entre los que se encontraban los de Felipe, siempre atrás de Victoria, quien no dejaba de comportarse como una reina desterrada tomando posesión de sus antiguas tierras, la afrenta y el dominio en los ojos, esa pequeña inseguridad y a la vez el anhelo de ser toda ella, toda Victoria, una victoria absoluta sobre quienes siempre combatieron a su esposo, y quizá tuvieron que ver en su desaparición misteriosa. A diferencia de lo que hubiera hecho Saturnina por apatía o timidez, Ángela se mantuvo siempre cerca de los principales: sonrió, festejó y comentó sin dejar de observar a su nueva mentora, quien la incluía en sus pláticas, la presentaba y la presumía como descubrimiento, ante la molestia de Brenda que se pretendía vocera y *public relations*, pero ahora no encontraba con quién hablar.

Regresaron tarde y, ya en su habitación, Ángela se sacó el vestido frente a un espejo grande a los pies de la cama. Atrás de ella sintió por fin los ojos del ayudante, chofer, asesor y quién sabe qué más, los cuales la espiaban entre las cortinas del ventanal. Saturnina hubiera sentido terror, para Ángela, en cambio, fue una emoción enorme; esos ojos le recordaban el animalito en la recámara de César Augusto, su presencia amenazante y extraña, que le provocaba un raro placer. Desnuda, apagó la luz y se cubrió con un sarape; luego le abrió la puerta y lo jaló hacia su cama. Vas muy rápido, susurró él, muy rápido. Ella le desabrochó los pantalones. Me prende la velocidad, respondió, ¿a ti no?

XXII

Pino está muy emocionado, pues lo admitieron para trabajar en la película: Es de ciencia ficción, dice, Suzuki y yo somos los asistentes del estilista. Vamos a inventar unos peinados y unos maquillajes futuristas, todo plateado. Voy a practicar contigo, le avisa a su mamá con el guion en la mano, pero no te preocupes, te verás súper, hasta más flaca. Y si me dan chance, te llevo a visitar el set. Doña Francis se pone de lo más contenta. ¿Y qué vas a hacer con el salón estos días, Pino?, le pregunta Arturo. Yuriko, la hermanita de Suzuki, se queda a cargo. No se ve muy apta, pero doña Francis la estará vigilando. ¿Suzuki y Yuriko son japonesas?, pregunta Arturo con mala leche mientras desayuna sus picadas con salsa roja y plátanos fritos. Ay, no, le contesta Pino, se llaman Susana y Yolanda, pero la verdad sí parecen japonesitas, ¿a poco no? Chaparritas y de ojo jalado. Arturo siente que la envidia le punza el estómago: quisiera estar igual de contento por la novedad en su vida, pero no le sale. Pino por lo menos tiene muy clara su vocación. Él no y además es temeroso. Dejar el mundo de las batas blancas, ese que debería heredar de su padre, le da sincero terror. Doña Francis nota su desasosiego y trata de animarlo: Vas a ver que ese nuevo trabajo estará muy bien, Arturo, alégrate. Además, te van a pagar mejor, ¿no? Eso le dijo Arturo, que le iban a pagar mejor, para justificar un poco el cambio y no preocuparla. Apenas le va a alcanzar para la renta y algo de comida, muy apretado, ya ni siquiera para pagar el cine. Suena el timbre: es Suzuki que pasa por Pino en su vieja combi, los dos se van alborotadísimos. Arturo empaca su bata blanca en el portafolio de siempre, con la idea de que el polvo le puede arruinar la ropa, aunque bien sabe que es por otras razones, porque le da seguridad.

Voy a necesitar que inyectes a mi mamá todas las mañanas, en cuanto llegues, le dice a Arturo el profesor Garmendia al abrirle la puerta de su casa en Mixcoac. Luego te pones a ordenar estas carpetas por año, no está difícil. A las dos en punto, le pones la otra inyección, le avisas a la muchacha y te vas. Arturo se siente un extraño pero a la vez se emociona cuando ve todos los libros del profesor Garmendia, que son muchísimos y ocupan toda la casa. Se da cuenta de que lo han contratado como enfermero de día, pues en la tarde, le dice la muchacha, llega una enfermera. Enfermero-archivista, no le disgusta tanto. A fin de cuentas, se puede poner la bata como en los laboratorios Laroche y no sentirse tan disfrazado. No sabe si andar entre los libros con la bata, quizá no.

La muchacha lo conduce al piso superior, donde está la señora Herminia, una ancianita sentada en una silla de ruedas que mira fijamente hacia adelante. No puede moverse ni hablar, a Arturo le da mucha pena. Se ve muy dulce. La muchacha le cuenta que la inyección la calma y le quita los dolores que siente. No se puede quejar, pobrecita, pero te entiende perfecto lo que le digas. Buenos días, señora Garmendia, yo soy Arturo y le voy a poner su inyección. Le pregunta cómo amaneció, si descansó bien. Como si fuera un médico, le dice las mismas palabras tranquilizadoras que aprendió en los laboratorios y la inyecta en la vena, limpiamente. La señora cierra los ojos durante el piquete, lo que le hace pensar que siente dolor, pobrecita. Un piquetito, le dice, se va a sentir mejor. La vuelve a colocar de cara a la ventana, como estaba cuando subió. La muchacha toma la bandeja de donde le estuvo dando el desayuno a la señora y le indica a Arturo que ya puede bajar. Él se despide cortésmente y se dirige al estudio donde el profesor Garmendia ha dejado una pila enorme de carpetas llenas de recortes de periódicos. Dos gatos atigrados lo vigilan desde un estante en el que alguien les ha acomodado un almohadón.

No es tan fácil eso de archivar; algunas carpetas no traen el año indicado y hay que leer el contenido para darse una idea. Arturo pensaba terminar pronto y aprovechar para echarle un ojo a la biblioteca del profesor, pero no lo logra. Se interesa por las noticias que están ahí recortadas: huelgas y conflictos laborales, discursos de funcionarios, pero también noticias de la farándula y de la nota roja, todo subrayado y con anotaciones de Garmendia. Se esmera y trata de ordenarlos mes por mes, se siente tan absorbido por ese mundo desplegado ante sus ojos en tantísimas carpetas que cuando la muchacha lo interrumpe casi pega un grito. ¿No me ayuda con la señora Garmendia? Sí, claro. Baja y entre los dos cargan a la señora Herminia al baño. Realmente no se puede mover, es como un mueble con su bata azul claro y su mirada fija, siempre al frente, como si no viera en realidad. Arturo piensa en doña Francis y se aterra de imaginar que le pasara algo así, tan viva que está su tía a diferencia de esta pobre mujer. Se regresa al estudio y continúa con el trabajo de ordenar los recortes por fechas, feliz de la vida, especialmente los policiacos, que lo impresionan y a la vez le atraen, le recuerdan su obsesión con el incendio. En una sección del librero, el profesor Garmendia tiene una colección de autores mexicanos que él no ha leído: Martín Luis Guzmán, Salazar Mallén, le falta echarle un ojo a Agustín Yáñez. Luego ve un libro que se le antojó y no ha podido leer aún: *Palinuro de México*. A lo mejor si se apura con los fólders podría irlo leyendo a cachos. Otra vez lo interrumpe la muchacha para que le ponga una inyección más a doña Herminia y la tercera vez, cuando le pide que la vigile un rato en lo que va al mercado, él se sube un fólder que dice "1951" y lo lee ahí durante un buen rato. Le gusta la calma, el olor de la casa que es un olor a libros, a muebles barnizados. La casa de doña Francis huele invariablemente a comida y a spray para el cabello, esta casa no. Otro mundo.

Cuando el profesor regresa de la Universidad, Arturo sigue ahí. ¿Qué pasó? Ya son las 2:15. Arturo se disculpa, inyecta a la señora y sale esperando que Garmendia no tome en cuenta su distracción. Lo cohíbe un poco la mirada severa del maestro, aunque sabe, por lo que vio en la Facultad, que esa seriedad es también un poco en broma, pero él no le entiende bien. Con el tiempo, espera, lo hará. Al salir se da cuenta de que tiene toda la tarde libre, ¿y ahora qué hará con todo ese tiempo? Por lo pronto toma un autobús a la colonia Roma y llega a comer con doña Francis; será su manera de disimular que no le alcanza. Ella se pone de lo más contenta: Siempre como sola, Pino se lleva su comida o se la lleva Suzuki en una carrera. Le pregunta cómo le fue en el trabajo y Arturo le cuenta de la señora enferma, el despacho invadido por pilas de libros y revistas, los pósters de pinturas modernas y películas pegados en las paredes, los gatos que no dejaron de observarlo en posición de esfinges, como si lo estuvieran vigilando. Doña Francis se espanta: ¿No prefieres el laboratorio?, criatura, ese lugar debe ser un horror. A mí me gustó mucho, se defiende él. Bueno, todo sea por el dinero, claro, se ataja ella a sí misma, y el horario. Si supiera que el sueldo está de la chingada, piensa Arturo, pero le responde: Claro que sí, y le da un beso cariñoso. A cambio ella le sirve el mejor arroz con leche que ha probado en su vida. Después de comer, Arturo sube a su habitación y cierra la puerta. Se acuesta y mira al techo pensando en lo fácil que ha sido cambiar de vida, por lo menos en el trabajo, pero aún le falta la otra. Se le ocurre que llamará a Fabiola, la amiga con la que salió en compañía de Rubén y Nora. Al principio se sintió rechazado, pero después de la película las cosas mejoraron notablemente: fueron a cenar tacos y ella hasta se rio de algún chiste que Arturo hizo en voz baja, haciendo eco a la interminable plática de Rubén, burlándose un poco de su amigo. A cambio, Rubén se puso medio pesado, volvió a sacar el tema de la pulserita: no en mala onda pero sí, bueno, él eso sintió, como que se lucía a costa de Arturo, y ellas, especialmente Fabiola, no le siguieron el juego.

Estira el brazo y busca la cajita donde guardó la pulsera; espera que ni Pino ni doña Francis la hayan tomado. Ahí está. Sigue teniendo dudas: ¿será posible? Quizá se la podría dar a Fabiola, sería un buen pretexto... Puras fantasías. La sujeta colgando de su dedo y mira las piedras de vidrio de colores al trasluz; luego mete la mano en el pantalón. A esta hora siempre siente ganas. Vigila que la puerta esté cerrada con seguro y pone en la grabadora un cassette de jazz que Rubén le pasó. Le sube al volumen; no es que haga tanta falta disimular a esa hora, pues doña Francis está abajo viendo la telenovela de las cuatro, pero de todos modos.

Cuando termina se siente más despejado. Decide llamar a Laroche y decirle al doctor Bueno que ya no volverá. Contesta Lupe, lo cual se le hace raro. Después le pasa al doctor. Esto es una catástrofe, exclama Bueno, ayer Toñita se encontró un pedazo de botella de refresco en un taco de canasta. Ya se había comido tres y no sabemos si tragó vidrio, la tienen en observación en el IMSS. A Arturo le da pena darle la noticia de su renuncia definitiva, con esa calamidad. ¿Y cómo va tu papá?, le pregunta Bueno. Está muy delicado, responde Arturo, creo que me debo quedar aquí en Xalapa unos días más. Híjole, pues ojalá y no sean muchos, aquí estamos cortos de personal. Entiendo, doctor, disculpe.

XXIII

Eran ya como las cuatro de la mañana y se escuchaban los primeros gallos despistados. Felipe lanzaba volutas de humo, fumando recostado en el regazo de Ángela. Ella acariciaba su cabello negro y lustroso como si fuera un perro enorme. Pues sí, le decía él, tengo muchos hijos, una familia en la colonia Obrera, otra en la Roma, una más en Madrid y otra en Amecameca. Otra aquí en Calipén –movió la cabeza y Ángela sintió la caricia del cabello y el mentón rasposo revolverse abajo de su ombligo–, otra en la frontera, en Juárez, una en Los Ángeles, en Las Vegas, muchas más. Y eso sin contar la de ahí de donde soy, mi primera señora, la original. Ángela le preguntó de dónde y él nada más peló los dientes. Del meritito infierno, le contestó, goloso, hundiendo la cara por el cuerpo de la muchacha. Ángela soltó una risotada de satisfacción. Desde luego que esto de Felipe no era nada, una especie de entretenimiento, de quemarse por gusto. Felipe parecía tomarlo así también. Una amistad, un aprendizaje, una complicidad que a ratos venía y a ratos se alejaba, como él, que según con quién estaba parecía un achichincle vil, un secretario, de repente un ejecutivo, luego un confidente, un cómplice, luego quién sabe, igual un ser muy poderoso, el que movía todos los hilos, de repente un criado insignificante, el último de los hombres. La repulsión inicial que había sentido por su olor se iba convirtiendo en un gusto perverso que ahora se le antojaba todo el tiempo. Era moreno y duro, las encías y los labios pálidos, los dientes perfectos. Hubiera podido hablar a través de su boca siempre, tal placer le procuraba. Y ese calor febril en la piel casi le producía alucinaciones. Sígueme contando, le pidió, mientras él se le subía encima y volvía a empezar, cómo le haces con todos tus hijos, tu trabajo, tus mujeres, doña Victoria, las otras, a qué horas atiendes a todos. Voy uno por uno, una por una, jadeaba él, el tiempo se hace largo, largo. Trabajo mucho para mantenerlos a todos calientitos, vendo y compro lo que se deje. ¿Y ellas no se enojan?, preguntó Ángela mientras se convulsionaban de placer. Él estaba con los ojos en blanco y no respondió. Al fondo se escuchó el maullido prolongado de unos gatos.

Por las mañanas, Calipén era como todas las ciudades de provincia: alrededor de la plaza se apiñaban las zapaterías, las heladerías, el calor y el humo de unos autobuses ruinosos. Algunos edificios que en su época fueron importantes estaban envejecidos gracias a las marquesinas de plástico anaranjado que coronaban las tiendas, y en ciertas callecitas unos hippies pasados de moda vendían artesanías. En el tradicional café El Iris peroraban ancianas glorias locales que se levantaron a saludar a Victoria con gran entusiasmo cuando pasó por ahí enfrente, acompañada de su guardia pretoriana, como le había dado por llamar al grupo, de camino a la inauguración de la estatua de Triunfo de la Loza. Ángela miraba todo con interés morboso. Se sentía fuera de lugar, como si acompañara a unas señoras en expedición de limpieza por una casa muy polvosa y desordenada para convertirla en el gran palacio en el que ella podría reinar.

La estatua de Triunfo, a un lado del Palacio Municipal, lucía su bronce bien tallado en un nuevo y moderno pedestal con forma de pirámide al que se le habían adosado, cubiertas de bronce también, las alas de la avioneta encontradas tras su desaparición. Triunfo de la Loza alzaba los ojos al cielo y levantaba el brazo en un gesto que, le dijo Felipe, era en él característico. La rescataron del jardín Borde, un parquecillo perdido en uno de los extremos de Calipén donde había pasado todo el quinquenio anterior abandonada entre hierbajos y vagabundos. De hecho, se le había caído la cabeza, añadió Felipe, y ni quien se molestara en recogerla. Ahora Triunfo lucía de nuevo su cabeza en el mismísimo centro de Calipén. Victoria la contempló arrobada y se le salieron las lágrimas; Ángela la escuchó murmurar: Te lo prometí, Triunfo, aquí estás de vuelta, tal como te prometí. El agrónomo Arroyo llegó acompañado de un enorme aparato de guaruras y personalidades calipenses de toda índole, en el que se mezclaban glorias locales y funcionarios indistinguibles. Abrazó a Victoria con mucho sentimiento y –Ángela pudo escucharlo, pues estaba muy cerca– la llamó tía Vicky: Tía Vicky, siéntete como en casa, ya lo sabes. Agrónomo, es un honor, le respondió Victoria, y le hizo un cariño en la mejilla. El gobernador era, desde luego, mucho más joven, aunque la gordura le daba el peso de alguien de mayor edad. Era redondo y blanco como un copo de algodón, pero bien asentado. Ángela sintió gusto de estar junto a él, de alguna manera protegida.

La ceremonia fue muy sentida. Hubo unas palabras de Arroyo sobre su tío Triunfo y más tarde –la gran sorpresa– apareció Felipe con varias coronas funerarias cuyos motivos bordados con flores eran pequeñas avionetas, una tras otra, describiendo un círculo, y las palabras "Sigues aquí, Triunfo, hasta siempre" y "Triunfo de la Loza fuerza de Calipén". Todos aplaudieron y se abrazaron. Ángela vio cómo Victoria le ponía una mano en el hombro a Felipe y murmuraba: Gracias, gracias, para luego retirarla como si le ardiera. Felipe sonrió y apreció junto con ella la mirada de Triunfo que pareció agradecerles a su vez desde su pedestal.

Los grupos se fueron mezclando. El orador del caballo percherón se le acercó a Ángela. La vi anoche en la conferencia, ¿le gustó? Muy interesante, respondió ella, apreciando el corbatín tricolor que conservaba el hombre como parte de su traje. Tenía el bigote amarillento de tanto fumar. ¿Es usted de la capital?, le preguntó él. Sí, ahí nací, pero Calipén me fascina, respondió ella sonriendo aunque el hombre le pareciera desagradable, es como un tesoro escondido. Ajá, exclamó el hombre, sin saber qué decir. Bueno, no tan escondido, aventuró, el estado es bastante grande, ¿no? Ángela asintió y trató de alejarse con discreción hacia el círculo de Victoria que exclamó: ¡Aquí estabas!, y la presentó con una serie de señores, quienes la saludaron de mano, uno por uno. Mi asesora en arte clásico, decía Victoria, no sabía ella si de broma o en serio. Ángela se lució agradeciéndole a Victoria haberle dado esa gran oportunidad. Después el diablo habló adentro de ella: No sabe Victoria cómo admiro su poesía, ahora que tuve la suerte de conocerla la he estado leyendo y de verdad no tengo palabras de la admiración. Los ojos de Victoria brillaron. A la memoria de Ángela acudieron algunos versos del poema sobre el caballo que había escuchado la noche anterior: las ancas poderosas, la cerviz pensadora/ corcel calipense, que vuelas en la aurora. Es hermosísimo, acotó, se imagina uno perfectamente al caballo corriendo por una pradera, así con las crines al viento. También tú eres poeta, Ángela, declaró Victoria, se ve que tienes sensibilidad para la poesía. El hombre del bigote amarillo se había colado en el círculo selecto. Licenciada, dijo dirigiéndose a Victoria pero con la mirada puesta en Ángela, yo quisiera invitarlas a usted y a las encantadoras damas que la acompañan a una cabalgata y una comida en la hacienda. Por supuesto, Ramón, le contestó Victoria con cierta molestia inocultable. Sí montas, ¿verdad, Ángela? Claro, respondió ella que sólo había montado ponis de Chapultepec. No lo pudo evitar. Confió en que, así como le salían esos versos y esos elogios impensados, de igual manera lograría no caerse de un caballo. Y si no, Felipe podría enseñarle.

Más tarde fueron al caserón donde se abriría el Instituto, que por el momento no tenía ni programa, ni maestros, ni nada –convocaremos a los mejores maestros en las diversas disciplinas, había declarado Victoria, lo más granado de la intelectualidad calipense encontrará aquí la tierra que abonar con su semilla–, pero se veía precioso, recién pintado, los pisos de barro pulido, los salones de techos altos con oscuras vigas en las que se disimulaban unas polillas enormes. Es como una casa por habitar, como un cuerpo al que le pondrás el alma, le dijo a Victoria en un arranque lírico. Ésta le preguntaba sobre esto y aquello, y Ángela seguía respondiendo gracias a la deslenguada máquina interior que se había ido apoderando de ella. En el fondo no le importaba mucho la reacción que podía causar, más bien se divertía; ¿de dónde salían esas cosas? ¿Sería Felipe, siempre a distancia prudente, afanado en tareas verdaderamente diversas, como coordinar el transporte del grupo, responder una entrevista sobre Victoria a *El Sol de Calipén* y repartir vasos de agua de jamaica, siempre sonriente, siempre eficaz, quien le iba dictando semejantes estupideces? Sólo así, pensaría Ángela más tarde, mientras retocaba su peinado para la famosa comida con el gobernador y se engolosinaba con el libro de los retablos de Ángel Santacruz, en especial el de "Santa Climenea admirando las heridas de unos pobres" y "San Sebastián gozando del martirio"; si no, de dónde.

La inauguración fue breve. Hubo otro discurso del agrónomo Arroyo, el cual salió volando, se dijo, a una feria del cerdo y la res, y un breve brindis donde Ángela alcanzó a ver al doctor Palma echar unas gotitas en la copa de Victoria, antes de permitirle tomarla. La comida fue en un hotel, el nuevo Hilton calipense, construido a todo lujo a las afueras de la ciudad. Regresaron brevemente a refrescarse a la casona y Ángela encontró de nuevo ropa en el armario de su habitación, un traje sastre de una tela muy elegante, con bordados en color oro y una blusa de seda. Le pareció como de señora, pero aun así se lo puso. Le quedaba muy bien, era como de esas modelos de revista vieja, quizá lo que hubiera usado Victoria en otra edad. Al verla, las señoras del grupo hicieron grandes aspavientos y la chulearon todo el camino; el cronista y el doctor le abrieron paso como a una reina. Empezó a sentir de parte de Brenda cierta tirantez, producto, pensó, de que ésta había sido antes la más joven. La simpatía de Victoria por Ángela no había pasado desapercibida y provocaba celos entre las colaboradoras y amigas de más tiempo, como la Chachis Lozoya cuyo asiento en la camioneta principal, casi siempre muy cerca de Victoria, fue ocupado por la joven. Cuéntame qué estás leyendo ahora, le preguntó a ésta, disfrutando el fresco perfume que se había puesto. Había empezado *La divina comedia*, comenzó Ángela dándose importancia, pero estoy fascinada con tu libro de Ángel Santacruz: qué personaje maravilloso, qué pintor exquisito. Victoria asintió complacida: Tienes que ir a ver los retablos; no están en la catedral, por supuesto, sino en una iglesia más chiquita, la de Santa Climenea, a las afueras. Bueno, las afueras es un decir. La verdad, para ser sinceros, das tres pasos y ya te saliste de Calipén. Ay, no es cierto, la reconvino Ángela; Calipén me parece grandioso.

En cuanto llegaron las camionetas al hotel con todo el grupo, los asistentes del gobernador, que ya los esperaban, los condujeron a un salón decorado con papagayos enormes. Felipe los recibió y los pasó a las mesas; Ángela vio su nombre en una tarjetita que señalaba su lugar, cerca de los principales. El gobernador se hizo esperar unos quince minutos; luego llegó acompañado de su comitiva, junto con las personalidades que habían estado en la inauguración y su esposa, una mujer de gran melena rubia. Victoria salió a su encuentro como transida; él la abrazó de nuevo con gran calidez y la volvió a llamar tía Vicky. A algunas de las presentes se les salió una lágrima. Ángela volteó intrigada a ver a Parménides Botello, quien le susurró: Victoria llevaba tanto sin poder regresar bien a Calipén, imagínate lo que todo esto significa para ella. ¿Cómo bien?, preguntó Ángela, ¿no había regresado? No así, no por todo lo alto. Los que estaban antes le daban miedo, cómo no temerles luego de lo que pasó con su esposo.

Victoria los fue presentando y Ángela no tuvo empacho en adelantarse y lanzar su sonrisa más radiante a esos hombres de camisola de lino azul calipense y grandes lentes oscuros. Ocuparon sus lugares en las mesas. Victoria, el gobernador, su señora y sus secretarios se sentaron con el doctor Palma, Carly, Parménides y Sonia. Ángela estaba muy cerca, junto a Chachis Lozoya que le dijo poco diplomáticamente: Qué raro que pusieron aquí tu tarjetita, tú estabas en la mesa del rincón. Ángela no se inmutó. Pues aquí estoy, ya ves, contestó mordisqueando un totopo con frijoles refritos, mientras Felipe, de pie junto a la puerta, le cerraba un ojo. Durante la comida se dedicó a repartir sonrisas a una serie de señores y a observar a Victoria. Le parecía fascinante cómo se movía, cómo le hablaba al oído a su sobrino el gobernador, cómo soltaba de repente una risa, un gesto, después la mirada seria de quien piensa en temas muy trascendentales, al punto de que su peinado alto y recogido semejaba, por momentos, la peluca de un jurisconsulto. Era una mujer de poder, destinada a lo grande, y eso le agradó a Ángela. ¿Cómo se llegaba a ser alguien así? Desde luego muchos estudios, contacto con las altas esferas, fuerza de carácter para imponerse a tanto macho, empezando por su esposo, imaginó. ¿Y qué más? Quizá, pensó saboreando los tamales calipenses de conejo en adobo de pasilla que dieron de entremés, un poco de maldad disfrazada de bondad, por ejemplo; ansia de poder revestida de amor por el servicio o búsqueda de la venganza disimulada en el afán por la justicia. Siguió sonriéndole al aire y saboreando su cerveza mientras Chachis lanzaba frases y guiños a otros invitados, demostrando que conocía a todo Calipén, como ella misma decía. Por no dejar, presentaba siempre a Ángela, pero ésta se daba cuenta de que había algo forzado, lleno de resentimiento, en sus palabras. Por ejemplo decía: Te presento a Ángela, la nueva adquisición de Victoria; o Ésta es Ángela Miranda, está aprendiendo mucho con nosotras. Y en algún momento incluso le soltó un codazo en la nariz que Ángela no supo si se debía a su gestualidad grandilocuente o a las ganas de afearla. Mientras, Ángela seguía observando a Victoria, fascinada; cómo cuando la conversación se tornaba incómoda o difícil –fue el caso de la mención de un acueducto que su esposo dejó a medias y el dinero para terminarlo desapareció–, dejaba de estar ahí. Comentaba sobre una planta, un guiso, un pariente de alguien. Sólo parecía estar en lo que valía la pena, en lo que importaba de verdad: Aquí en Calipén, decía, tenemos una capacidad humana impresionante, el asunto es reunirla, concentrarla alrededor de un liderazgo fuerte; una tarea de verdaderos titanes, coronó mirando a su sobrino con cara de a ver si me alcanzas. Fue una tarde de mucho aprendizaje y también algo de aburrimiento. Terminada la comida, subieron de nuevo a las camionetas. Todas las mujeres, excepto Victoria que parecía flotar en el ambiente con su delgadez, se sentían empachadas, infladas, con urgencia de recostarse un rato. Ángela no. Hubiera podido seguir comiendo postres como si nada. Y no engordo nadita, le comentó a la Chachis para molestarla.

En vez de recostarse, se quitó esa ropa tan estorbosa, se puso unos jeans y se fue a caminar por los jardines de la vieja hacienda que se extendían a lo largo de muchas hectáreas hacia el cerro. Hacía un calor sofocante, casi angustioso. De unos árboles altísimos colgaban mangos muy pequeños; un pájaro carpintero con su copete rojo se posó en un ramal. Al día siguiente saldría con la cámara y tomaría fotos. Ángela recordó cómo, a la hora de los flanes de sabores y el café, algunos señores se le acercaron y le hicieron preguntas que ella contestó con mentiras escandalosas, por ejemplo, diciendo que su abuelo era de Calipén y había peleado en la Revolución hasta morir decapitado por bandidos; o que había pasado parte de la infancia en un internado en Sevilla. No tenía idea de por qué decía esas cosas; miraba la cara de interés de sus interlocutores y se seguía de largo con más gusto aún. ¿Qué haría si la cachaban? Justificarse con una mentira mayor, así era como se salía del asunto. ¿Cuándo se detendría? No tenía idea. Si sigo así, pensó, pronto no me acordaré de quién soy. En realidad, ya no se acordaba.

Siguió caminando hasta una parte del casco que se encontraba medio derruida: unos cuantos muros de piedra alzados entre las matas y los huizaches. Se sentó por ahí, a la espera de algo que, intuía, iba a pasar. Y en efecto, apareció Felipe a caballo. Montaba uno negro, de ojos de loco; traía sujeto de la brida otro más claro. ¿Ya ves?, le dijo ella, adiviné que vendrías. Pues claro, respondió él, así son estas cosas. Vente, mamacita, súbete acá. Saltó ágilmente con su traje de caballerango y la tomó de la mano para ayudarla a treparle a la yegua clara. Se llamaba Faustina. ¿Y el negro? Demonio. La yegua trotó enseguida, siguiendo al Demonio como una dócil esposa. Ángela sentía la piel caliente del animal bajo los muslos, los apretó y echó el cuerpo para adelante muy confianzuda. Cabalgó toda la tarde detrás de Felipe y su Demonio como poseída; nunca lo podía alcanzar y él no se detenía en ninguna parte. El paisaje de Calipén cambiaba ante sus ojos: a ratos avanzaban en medio de una ladera suave, pespunteada de nopales; a ratos trepaban por un cerro escarpado o cruzaban maizales. Al final llegaron al río Calipense, donde dejaron que los caballos tomaran agua; los amarraron y se escondieron detrás de unos árboles para sacarse las ropas y refrescarse el sudor. Felipe hervía. Ángela quiso tocarlo, pero no soportó el calor de su cuerpo; se echó a correr hacia el agua y él la siguió: desde ahí lo vio lanzarse en medio de una nube de vapor que lo invadió todo como la niebla, mientras lo sentía enroscarse alrededor de sus piernas cual suave serpiente. ¿De qué me quería acordar?, ¿en qué estaba pensando?, se preguntó después; mientras flotaba de muertito por el río y Felipe cabalgaba de regreso a la casa. En el cielo las nubes se arremolinaban y no la dejaban pensar.

XXIV

Arturo regresa en la noche de Ciencias Políticas. En lo que se abren las inscripciones, toma dos materias: Comunicación e Historia de México. No le acaban de parecer interesantes; en realidad, lo mejor son las pláticas en los pasillos, la gente, el ambiente. Hay una especie de urgencia en el aire, de cambios, de cultura, de todo lo que viene de afuera y en México no hay. Le han dicho que la Facultad está un poco menos politizada que a comienzos de los setenta y desde luego, que en el 68: muchos chavos encuentran rápido chamba con funcionarios y se van a cambiar el sistema "desde adentro", por lo menos eso le contó Rubén, que está en todo y que, como quien no quiere la cosa, insiste en hacerle sentir a Arturo que está poco comprometido, poco enterado. Por ejemplo tanto azote por la Cineteca y ni siquiera sabía bien todo lo que se perdió, todas las películas y los libros y hasta los dibujos de Eisenstein. Los muertos me importaron mucho, le dice Arturo, me impresionó, me pareció aterrador, casi me cago del terror, la verdad. Pues sí, los muertos, pero las películas, la cultura, la memoria, le dice Rubén, además, ¿sabes cuántos muertos se carga el gobierno en este pinche país y nunca pasa nada? Si te preocupa tanto eso, averigua lo que les hacen a los guerrilleros, lo que pasó en el 68. Este país son sus muertos, pero muchas otras cosas también. Pobre gente que fue al cine, pero no son los muertos más terribles. Ahora sí que tuvieron mala suerte. Piensas como socorrista, tienes que leer más, no sólo literatura. Arturo se ofende: ¿Y qué tienen de malo los socorristas?, ojalá y no nos toque juntos un temblor, cabrón.

Se ha ido alejando un poco de su amigo en estas semanas; ya no lo ve tan seguido. Eso sí, ya salió unas cuantas veces con Fabiola, las suficientes para considerar que medio andan juntos; fueron al teatro, se besaron, la acarició, casi se acuesta con ella en casa de sus papás en Mixcoac, pero a la mera hora llegaron y tuvo que escaparse por una ventana. Estaba feliz, lo de la prostituta en el puerto lo tenía medio inseguro respecto a sus capacidades. No tiene dinero, pero Fabiola es hija de familia y le invitó la cena las veces que salieron; a Arturo le da pena, se siente un mantenido, se pregunta qué diría su papá si se enterara, aunque a ella no parece importarle. Lo trata con una especie de condescendencia porque es moreno, él se da cuenta, porque parece más pobre y entonces ella se siente bien de hacerle el favor. Igual no se va a negar, le gusta. Por otro lado, no sabe cómo decirle a doña Francis que a muy duras penas le está alcanzando para la renta, tendrá que recordarle a Rubén que le consiga otra chamba o buscarse él otra cosa, quizá con el papá de Fabiola. O tal vez debería regresar a su trabajo en los laboratorios, pero algo lo tiene atado ahora a la casa del profesor Garmendia: se le ocurrió ponerle un día la pulserita a doña Herminia, aprovechando que la muchacha salió al mercado como siempre y lo dejó cuidándola.

Primero volvió a dejarse llevar con Pino, una noche que su primo volvió de la película muy alborotado: él y Suzuki dejaron en el comedor unos trajes verdes muy brillantes y pegados al cuerpo como mallas, que les habían dado a guardar los de la producción –iban a salir de extras en una escena–, y cuando doña Francis y Arturo fueron a ver de qué se trataba, los agarraron de conejillos de Indias. Hoy sí los tenemos que peinar, lo siento, dijo Suzuki, que casi nunca hablaba y ahora estaba muy locuaz. Algo traían los dos, estaban muy simpáticos y encantadores. Arturo sospechó que traían algo encima, pero no olían a alcohol y la mota no lo ponía a uno así; pensó en la cocaína, pero se le hizo algo lejano, carísimo para Pino. Ni siquiera tenían los ojos rojos. Suzuki, como siempre, iba maquillada de japonesita, los labios muy rojos, los ojos muy negros. Sacaron sus estuches llenos de cepillos, sprays, pinturas y todo tipo de artículos de belleza. Suzuki iba a peinar a doña Francis, pero Pino le dijo: No, no, mi mamá es sagrada, sólo yo la peino; tú arréglale el pelo a mi primo, mira la greña que trae. Luego se puso a cantar: Y hasta en el mismo temor que le tienes a este amor, te pareces mucho a mí. Suzuki soltó una carcajada. Deberían acompañarnos luego, Arturo, vamos a bailar. Depende de cómo nos dejes, bromeó doña Francis.

Sin embargo, al final no fueron a ninguna parte porque tenían llamado a las cinco de la mañana. La tía Francis les preparó enfrijoladas y Arturo quedó como Miguel Bosé, con todo y su indomable pelo negro y rizado, que Suzuki alisó con la pistola. Te ves guapísimo, le dijeron todos. Arturo se estudió en el espejo del comedor y vio que, en efecto, se veía bastante bien, aunque desde luego que ese copete no se lo peinaría como ahora sino más sencillo. Sintió las miradas de deseo en su cara, las de Pino y Suzuki y la suya propia, hasta la de doña Francis, y se dio cuenta de que en realidad nunca se había considerado guapo, pero sí lo era. Eso lo turbó. Doña Francis también estaba espectacular, con el cabello largo y alisado como

Daniela Romo, si bien con mucho más volumen corporal: Así voy a peinar a las extraterrestres, toditas como Daniela. Después de la cena, sirvieron unas cubas y pusieron música; Arturo sacó a bailar a su tía. Te quité fácil veinte años, dijo Pino, siempre te recoges el pelo para ponerte encima la peluca y mira nada más qué bonito lo tienes. Daban vueltas y vueltas los cuatro bailando en el espacio libre que quedaba entre la sala y el comedor. Arturo sintió que Suzuki se le pegaba demasiado. Al final, ella se fue en su Combi y todos subieron a acostarse.

Arturo se había bebido como cinco cubas sin darse mucha cuenta. Ya en la madrugada, medio borracho, volvió a visitar el cuarto de su primo con la intención de ponerle la pulsera. Pino dormía desnudo y parecía estar soñando cosas muy agradables a juzgar por la sonrisa que bailaba en su rostro a la luz de los postes que se filtraba por la ventana y las exclamaciones de ya, oye, con que parecía estar rechazando de juego a alguien imaginario que lo seducía. Las sábanas lo tapaban apenas y su cuerpo de niño brillaba en la penumbra. Entre los pliegues asomaba el pene de buen tamaño, bien levantado. Arturo se acercó a su primo, llevado por una especie de fascinación, con la intención aparente de ponerle la pulsera, pero concentrado en el órgano tremendo que al parecer lo estaba llamando. De repente se detuvo: ¿qué estaba haciendo?, ¿se había vuelto loco? Se imaginó a su tía poniendo el grito en el cielo y a Pino agarrándolo a golpes. Se escabulló a su cuarto antes de que Pino se despertara y después de masturbarse hasta quedar agotado decidió que probaría lo de la pulsera con otra persona.

Estuvo pensando quién podría ser, hasta que regresó al trabajo y vio a la señora Herminia, que a fin de cuentas no se podía mover. El resultado fue aterrador: la señora Herminia, que nunca habla, abrió la boca y expelió una voz que no podría ser la suya. De nuevo la voz que hablaba del incendio, de la gente, del humo y de que dejó a Ángela. O sea que no era un juego de Pino, la voz existía de verdad. No me puedo mover, siguió la voz, y luego: Por favor abrázame. Arturo le tuvo que aclarar que la señora Herminia sufría de parálisis. De hecho, no puede hablar, esto es de lo más raro. Sí puede, respondió la voz, sólo que no quiere. Por favor abrázame, tengo miedo. Arturo abrazó temblando a la señora Herminia y le pidió a la voz que se tranquilizara y le contara quién era, qué le había pasado. La voz pareció emocionarse, de los ojos de la señora Herminia salieron un par de lágrimas. Después dijo: Mi tío Rafa pilotaba aviones y yo lo admiraba como a nadie. Y continuó relatando una historia muy extraña pero que a Arturo le interesó y por poquito no oye la puerta a la llegada de la muchacha. En ese instante le pidió silencio a la voz y le quitó la pulsera. El corazón le latía muy fuerte. Los dos gatos habían entrado y estaban escuchando también, al parecer muy atentos, cada uno en una mesa de noche como si fueran lámparas. Arturo le acarició el pelo a la señora Herminia, que pareció despertar y, como siempre, se mantuvo callada, mirando hacia adelante. Se quedó dormida, señora Herminia, le voy a poner su inyección, le dijo Arturo, y salió de prisa a encerrarse en el estudio para ordenar los fólders del profesor.

Durante varios días ha estado conversando con la voz que vive en la pulsera: es una muchacha que se llama Saturnina, bastante imprudente e impulsiva, todo lo contrario de él, a quien le cuesta tanto avanzar. No puede escuchar mucho rato, sólo lo que tarda la sirvienta en regresar del mercado, pero es bastante para quedarse alucinado, sumido en ese mundo. Si todos los muertos de los accidentes flotaran por ahí y pudieran contarnos su historia, siempre sabríamos qué sucedió. Claro que sería una pesadilla, el aire lleno de voces flotantes y parlantes, los asesinados señalando a sus asesinos. ¿Y tu cuerpo?, le pregunta un día, ¿no estará en el hospital Rubén Leñero con Ángela? Yo creo que se chamuscó, le respondió Saturnina. Al principio le preguntó si quería que buscara a la tal Ángela, pero cuando se da cuenta de la naturaleza de Ángela, se aterra: quizá es mejor que se haya quemado, le dice, aunque se haya llevado tu cuerpo, ¿no crees? No me importaría tanto, pero este que me pones no funciona. Arturo piensa: menos mal. ¿Y si éste es un espíritu chocarrero y malvado, de los que le hablaban en Veracruz, que sólo quiere hacer daño?, ¿y si él se está volviendo loco?, ¿y si la pulsera tiene algo, una droga extraña que entra por la piel y hace que la gente invente esa historia?, ¿y si es un caso de posesión satánica? Le quita la pulsera y se promete que no se la volverá a poner a nadie. Antes de hacerlo escucha que Nina le dice: Sólo quiero volver a ser yo, con todo y mi dolor.

XXV

¿Qué hiciste ayer?, le preguntó Victoria en el desayuno, dos días después. Me fui al mercado de artesanías, le respondió Ángela, qué finos son esos cielos de barro azul, con los santos, los pájaros y los árboles revoloteando alrededor, como los milagros y los retablos de Ángel Santacruz. Tienes razón, aclaró Victoria, son un ejemplo de sincretismo maravilloso; yo en casa tengo dos cielos enormes de ésos, de barro azul con repujados de oro, divinos. ¿No los viste cuando tomaste las fotografías en Fuego? Uno está en mi recámara y el otro en el estudio. Claro, respondió Ángela, son preciosos. No había reparado en ellos, desde luego; no cuando estuvo con César Augusto en la cama de agua; quizá Saturnina se acordaría, pero no quería saber nada de ella. Ángela siguió con lo suyo: ¿y si organizamos una enorme exposición de figuras de barro azul en el Instituto? Podemos buscar a los mejores artesanos, seguro que tú los conoces. Ay, Ángela, eso se ha hecho mil veces. Bueno, ¿pero y si toda la fachada del Instituto es un cielo de barro azul? Eso tiene más sentido, dijo Victoria, sería muy lindo, como un símbolo de Calipén.

Las conversaciones con Victoria solían tener esa tónica; Ángela soltaba una ocurrencia cualquiera y doña Victoria agradecía la inspiración porque, según comentaba después, le encantaba la frescura, el desenfado. Hay que tener muy presentes a los jóvenes, saber cómo piensan, imaginar las cosas como ellos hacen. A fin de cuentas son el futuro, ¿no? Ya iban algunas mañanas que conversaban así durante el desayuno. Victoria le preguntaba a Ángela qué había hecho, dónde había estado, y Ángela le respondía cualquier cosa. Victoria se reía y volteaba a ver al resto del grupo como pidiendo su complicidad; a algunas les costaba más que a otras sonreír en correspondencia. Después le pedía que la acompañara a esto o lo otro: a ver a unas amistades, a conocer las obras del acueducto, a platicar con su prima, la madre del gobernador, o a misa de doce. Le pedía al doctor Palma que le aplicara también a Ángela sus inyecciones energéticas y su terapia de hojas y piedras en la espalda. También fueron a ver los retablos de la iglesia de Santa Climenea. En realidad, Ángela pasaba el resto del día flojeando en su habitación, leyendo la vida de Ángel Santacruz o caminando por el campo. Felipe se apartaba de sus muchas ocupaciones para buscarla; le avisaba cuando tenía que presentarse en alguna comida o cena, cuando la buscaban para ir a algún lugar. Le aconsejaba cómo aprovecharse, acercarse a los mejor situados, hablar con Parménides y enterarse bien de todas las historias de Calipén. Si quieres llegar lejos, pon de tu parte, no todo lo haré yo.

Al día siguiente, mientras tomaban café con leche en El Lirio, el cronista le contó una historia: Ese señor Vidrio, el del caballo calipense, el que huele tanto a cigarro, Victoria no lo quiere nada. Es del otro grupo que manda aquí, gobernaron en los treinta luego de la Revolución. Sus hijos esperaron a que muriera Triunfo de la Loza para adueñarse de todo, pero no duraron mucho, el poder central decide todo acá. ¿Y quiénes son?, ¿sigue aquí esa gente? Los principales no, contestó Parménides, ésos se fueron a los Estados Unidos. Queda gente insignificante que no puede hacer nada y nomás tiran veneno, como Vidrio, pero Victoria los detesta. ¿Bueno, pero Triunfo de la Loza murió o desapareció?, preguntó Ángela. Parménides peló los dientes: Hay quien dice que lo vio caer; entre ellos el propio Vidrio, imagínate si habrá que creerles. Anduvo diciendo que la cabina con los cuerpos de Triunfo y el piloto cayó al fondo de un pozo en sus terrenos, pero se los comieron las pirañas. Hay pirañas en Calipén, más de las que imaginas, entre ellas Vidrio. Pero yo no le creo nada, ni Victoria, ni el gobernador, ni Felipe. Ir a buscar al pozo que él señala es como darle la razón. Triunfo desapareció y puede volver, es lo que los asusta, ¿verdad?

¿Y cómo era Triunfo?, preguntó Ángela con fingida inocencia, me hubiera gustado conocerlo. Fue un gran hombre, nos distinguió a muchos con la delicadeza de su amistad: atento, valiente, generoso. Eso sí, era muy temerario, se subía en cualquier transporte, presumía de haber recorrido hasta el último rincón de Calipén en coche, en burro, en lo que se dejara, se trepaba en cualquier cosa con tal de conocer y apropiarse de su querida tierra. El cronista mordió una rosca de pan dulce y llenó su plato de migas. Aquí entre nos, Victoria aceptó lo de la cabalgata porque no le queda de otra, tiene que hacer las paces con todo mundo, es lo que le pidió su sobrino el gobernador, pero de que se le atraganta, se le atraganta.

Más tarde, en uno de sus paseos, Ángela se acercó a la carretera. Sabía que esperaba algo, pero ya no recordaba bien qué. Se quedó pensando, sentada en una roca, qué significaba lo de que "hubo quien lo vio caer". ¿Sería la historia de Triunfo girando y girando en la avioneta alrededor de la Cresta del

Gallo un modo de perpetuarlo? Quizá. ¿Y qué podría hacer ella para satisfacer el odio de Victoria por este señor Vidrio que ponía en duda su leyenda y ganársela por completo? Por la vía pasaba un niño descalzo con dos burros cargados de alfalfa. De repente sintió la presencia de Felipe, que llegaba a buscarla. Y tú que conoces todo de Victoria, le dijo sin voltear a verlo, ¿eres su guarura, su confidente, su amante? Felipe se agachó a su lado, la agarró de la cintura. Yo seré todo eso para ti, ya sabes que me gustas mucho, mucho. De repente, el olor a dulce quemado le disgustó. Me siento mareada, vámonos, le dijo levantándose y echándose a correr hacia la casa. A su espalda escuchó el motor de un auto que pasaba zumbando; volteó rápidamente y ya no lo alcanzó a distinguir bien. El auto se veía ya muy lejos y se perdió detrás de un cerro. Felipe venía detrás de ella. Iba como a doscientos, qué bárbaro, exclamó él; se va a matar.

Ángela le hizo caso a Felipe. Le fue preguntando cosas a Victoria, por ejemplo, sobre él mismo. ¿De dónde sacaste a Felipe?, le inquirió el día en que fueron a recorrer el antiguo hospital de locas, convertido en un edificio de gobierno lleno de escritorios y burócratas deprimidos. Es súper eficaz, me sorprende cómo está en todo, no se le va una. Ah, sí, respondió Victoria algo molesta, me lo heredó mi marido; es muy eficaz, como tú dices. Desde que escucho sus consejos, la vida me ha sonreído no sabes cómo. La verdad dependo demasiado de él, pero hasta ahora no he encontrado a alguien que se ocupe de tantas cosas al mismo tiempo. También paró la oreja el día en que Paquita Duero, quien quería traer a su hijo a acompañarla, le preguntó a Victoria por César Augusto. ¿Y tu hijo no viene contigo en estos viajes a ver a su familia? Quedó de alcanzarme, le respondió doña Victoria, pero ya ves cómo son los jóvenes ahora. Desde luego, no son como Ángela, que es una muchacha seria; él anda en sus asuntos, pero pronto se irá a estudiar administración a Estados Unidos. Para Ángela, el nombre César Augusto le parecía algo muy lejano, a duras penas se acordaba de unos planes que habían hecho, ¿ella?, ¿Saturnina? Ahora le gustaba Calipén, sus campos, sus calles. Quería apropiarse de él igual que Triunfo de la Loza.

Victoria, Carly, Amalia, Sonia, Brenda, la Chachis y las otras andaban siempre en reuniones que llamaban de trabajo, en las que leían, discutían sobre el futuro de la niñez mexicana, la filosofía o la atención a los ancianos. Ella iba a las reuniones y se aburría muchísimo, no lograba interesarse; a cambio, ella les hacía las propuestas que Felipe le susurraba a veces: carnavales, festivales infantiles, el Monumento a la Libertad y la Justicia, un concierto por el Calipén del futuro y aunque ellas la tomaban muy en serio, sentía que le faltaba algo, que su ambición, aunque Calipén se encontrara a sus pies, era del tamaño de un precipicio. Igual se le pasaba el desasosiego con los regalos que recibía tanto de Victoria como de otras personas. Por ejemplo, Victoria le obsequió un par de hermosos vestidos con bordados y unas chalinas, así como aretes de plata y oro, enormes, según esto para que la acompañara a unos brindis y la apoyara en las relaciones públicas. Una noche la acompañó a cenar con un prometedor industrial calipense, un señor bastante guapo que hablaba con gran interés de vacas y maquinaria para producir lácteos. A la hora de los postres, Victoria se sintió mal y se regresó a su casa, dejando a Ángela con el hombre, que según esto estaba casado. Al final, él le quiso meter mano; a Ángela le dio asco pero no se pudo escapar hasta que no le dio a entender de alguna manera que accedería después.

Le hubiera gustado ser como Ángel Santacruz, pintor del Virreinato, favorito del virrey y del obispado de Calipén, quien vivió entre algodones y terciopelos, mimado por la corte y pintando miles de santos y retablos por encargo, hasta que se descubrió que se burlaba de duques y condes travistiéndolos en sus cuadros, sin que se terminaran de dar cuenta porque no concebían posible que San Pedro, por ejemplo, ocultara bajo sus barbas las facciones de la condesa de Miraflores o que detrás del manto que cubría buena parte de la faz de la Virgen se encontrase el rostro de Sebastián Sagaste, ministro de Carlos III. Fue el retrato de Santa Teresa con el rostro del obispo de Calipén, papada y verruga sobre la nariz incluidas, el que hizo que estallara el escándalo. Santacruz fue condenado a la hoguera por la Inquisición y se ordenó que sus cuadros ardieran junto con él. Sin embargo, muchas personas, quizá por la belleza conmovedora de los retratos, que en su palidez y alargamiento recordaban un poco al Greco, o bien porque el tenerlos y contemplarlos les proporcionaba el gusto secreto de burlarse de sus enemigos, los conservaron bien ocultos. Con el tiempo se fue olvidando a quiénes habían travestido los cuadros de Santacruz o si acaso habían travestido a alguien, y sus santos pululaban por todo Calipén (cualquier calipense acomodado tiene cuando menos un Santacruz para venderlo por si se ofrece, se decía), incluidas algunas iglesias de párrocos despistados.

Claro, le encantaría ser como ese pintor antes de ser descubierto y chamuscado por la Inquisición, si bien en el libro de Victoria se mencionaba una versión de la historia en la que Santacruz habría escapado vestido de mujer, como era de esperarse, y terminado sus días en un convento de monjas tuberculosas, pero era muy poco probable. La historia le gustaba tanto que incluso se llevaba el libro a sus paseos campiranos, los cuales empezaban a disminuir, requerida por distintas personalidades –así les llamaba Felipe, que junto con sus perversiones tenía su lado solemne– para comer, pasear, conocer una fuente, una capilla o unos portales o, peor aún, avisar a las mujeres del grupo que Victoria no podría llegar a acompañarlas y anotar ahí, para Parménides, lo que se decía y discutía. Una secretaria particular de lujo, con derecho a voto y palabra en las reuniones. Feliz de la vida, Ángela subía y subía en la estimación de Victoria y los calipenses. ¿Hasta dónde podría llegar?

Yo, Saturnina, me había quedado adentro de la maleta de Ángela, en la parte superior del clóset, junto a las cobijas. La veía abrir y cerrar la puerta del armario y sacar las ropas y los regalos que le dejaba Felipe cuando se salía a sus caminatas. Pero un día decidí regresarme a México, si bien no tenía modo de llevarme a la pesada de Ángela. Si le hubiera dicho que nos fuéramos, si le recordaba a mamá, a nuestras amigas, me iba a mandar a volar, ni siquiera me escuchaba. Ya ni pensaba en César Augusto y eso que era la razón de todo este desmadre. Y no logré que le llamara a mamá, ni que le enviara un telegrama para decirle que estaba bien. Mamá debía estar súper preocupada, no me extrañaría que me hubiera reportado como desaparecida o algo peor, asesinada. Me la pasaba pensando en esas cosas, cada vez más horribles, con la ansiedad del amor y del miedo, hasta que un día probé a salir yo sola de la maleta y lo logré. Mucho más fácil de lo que suponía; a fin de cuentas, me movía mucho mejor sin mi cara, mi nariz de mosca, los ojos chiquitos, la estatura, el pelo enmarañado, esos atributos con los que Ángela seducía ahora a tanta gente.

Así, nadie me vio cuando tomé el avión de regreso a la Ciudad de México. De hecho, nadie me vio nunca. Los asientos estaban todos ocupados, de modo que me metí a la cabina del piloto y me instalé en un rincón. ¡Cómo disfruté viendo al guapo capitán y al copiloto, ocupados en el despegue! No era fácil salir de Calipén, pues había que librar las montañas de la Cresta del Gallo, ésas donde se había estrellado la avioneta de Triunfo de la Loza. Por supuesto que un piloto profesional de Aeronaves Mexicanas podía hacer esa y otras maniobras sin equivocarse. Estabilizado el avión, pusieron el piloto automático y encendieron un cigarrillo. El capitán se reclinó hacia atrás en su asiento, justo como hacía Rafa cuando llegaba a los diez mil pies de altura. En alguna ocasión, cuando yo era muy chiquita, me sentó en sus rodillas y jugamos a que yo manejara el avión. ¿Y si me le sentaba tantito en el regazo a ese capitán? Total, ni me iba a ver, ni a sentir. Cuando me acerqué para subirme en sus piernas le vi bien el rostro: era Manuel, el hermano de Pablo Santana. Comentaba con el copiloto sobre las dificultades para salir de la Cresta del Gallo. No te creas, todavía me pone de nervios. El copiloto se sonrió; lo hiciste muy bien, mano, no te preocupes. Es más, ya es hora. Llamó a la azafata tocando un botón y ésta entró con una charolita y dos vasos de whisky. Salud, Manuel. Salud, respondió éste. Qué guapo se veía. Lamenté que la bruta de Ángela no estuviera aquí; se lo hubiera ligado. ¿Cómo no me di cuenta cuando fuimos a esa reunión familiar? No se le notaba mucho; además, estaba muy enojado esa vez. Lo que hizo Rafa no estuvo bien, pero tampoco estuvo bien que llegara el otro a armarle la bronca en un décimo piso. Bueno, ¿qué podía yo pensar? Le pasé un dedo por la nariz y los labios al piloto y él ni en cuenta, creía que eso dulcecito y fuerte en su boca era su whisky, pero en realidad era yo.

La invisibilidad no me ahorraba el traslado en taxis, ni caminar. Luego de bajar del avión tuve que seguir a una mujer que iba más o menos a mi colonia y sentarme junto al chofer. Caminé desde Félix Cuevas hasta la casa, y cuando llegué me di cuenta de que mamá no estaría ahí, sino en su oficina. Ni siquiera podía entrar al departamento, así que tomé un delfín y me fui a la oficina de boletos de Aeronaves Mexicanas. No me costó nada acomodarme entre un montón de pasajeros acalorados para llegar a Insurgentes y Reforma, aunque alcanzaba a oler el sudor y el cansancio de todos.

Mamá estaba de pie detrás del mostrador, expidiendo un boleto a Miami para un señor de camisa floreada. Me metí por detrás de la mesa y pude ver que los zapatos le molestaban horrible. Cambiaba de apoyo de derecha a izquierda y en un momento hasta se descalzó. La impaciencia se le notaba sólo en los pies, porque en la cara tenía una sonrisa perfecta. Esperé a que terminara aunque era absurdo, pues de todos modos no podría hablar con ella; no me iba a ver, así que me resigné a escudriñarla, esperando descubrir en su ánimo, en sus palabras, la tristeza o la preocupación por mí, pero se veía de lo más tranquila, fuera del dolor de pies. Por lo visto no le había asustado que me desapareciera yo por tantos días sin llamarle ni escribirle; ¿seríamos todos los hijos tan ingratos o tan ilusos como para suponer que éramos el centro de las vidas de nuestros padres? La recordé quitando las fotos de Rafa de la sala, desilusionada de él; quizá también me había olvidado. Me senté en la salita de espera que había a la entrada, enfurruñada, esperando a que saliera y nos fuéramos a la casa como en otras ocasiones. Me pregunté cómo iría su relación con el jefe; la verdad había muy poco chance de que él dejara a Olivia por mi mamá. Me dio una mezcla de pena y enojo muy difícil, especialmente para mi estado invisible. El cliente salió con su boleto en el bolsillo de la camisa y mamá se fue a sentar a su escritorio al fondo, con Olivia y Patricio. Yo tenía ganas de llorar, pero se me quitaron cuando vi el desfile de los que salían: primero el señor Alderete, que se despidió apresuradamente; después Olivia, seguramente a alcanzarlo; luego Patricio pasó frente a mí. Lo vi cruzar Reforma con descuido y meterse al café donde habíamos estado con él hacía unas semanas Laura, María Rita y yo. ¿Se reuniría con ellas?, ¿les habría dado por irse de reventón sin mí? Y yo metida en un armario en Calipén.

Finalmente salió mamá, con cara de desánimo. Ahí me di cuenta de que lo del señor Alderete no marchaba bien. Para mi sorpresa, mamá caminó hacia el Maverick que tenía estacionado a unas cuadras. Me alegró que lo estuviera usando, aunque no recordaba que manejara muy bien.

XXVI

La verdad es que ha avanzado poco con los fólders del profesor, es como si viviera una alucinación. A duras penas atiende a lo que le dice Rubén, a los ratos que pasa con Fabiola. Supone también que a Garmendia no le importa tanto que ordene sus materiales, como que cuide a su mamá, pues nunca le dice nada: él mismo se pone a trabajar con sus fólders y silba La Internacional. Arturo se despide y regresa al día siguiente a hacer lo mismo, pero esto no tarda en acabarse, pues un día lo descubre la muchacha: es de esperarse, tantos días platicando con una fantasma, tiene que llegar el momento en que se le vaya el santo al cielo. Doña Herminia, con su gesto pasmado, contando que estaba acostándose con un tipo, el agua hirviendo del puro contacto de su cuerpo duro y negro, Arturo con ojos como platos, entre excitado, muerto del terror y de la risa. Ni cuenta se da y cuando vuelve el rostro ahí está Rosita, con la botella de limpiador para los muebles de madera, el trapo y la cara de que no lo puede creer. Está hablando doña Herminia, exclama al fin, ¿cómo le hizo, joven? Hay que llamar a don Ricardo. Sí, sí, le dice Arturo, corre, llámalo a su cubículo. En lo que Rosita vuela escaleras abajo, Arturo le quita la pulsera. Pónsela a alguien más, susurra Saturnina antes de que lo haga, a alguien de nuestra edad, ándale, no me dejes aquí, y le lanza una mirada que quiere ser seductora, pero en doña Herminia queda espantosa.

Garmendia llega media hora después. Ya le llamó al doctor, que viene también para la casa. El profesor se encuentra con la siguiente escena en la recámara: doña Herminia mira al frente y Rosita le pregunta: Señora, ¿cómo se siente, señora?, hábleme doña Herminia. Doña Herminia está, como siempre, en perfectos silencio e inmovilidad. Arturo hace como que la examina, pero se le nota el nerviosismo. ¿Qué pasó, mamá?, pregunta Garmendia cariñosamente, mientras se acerca a doña Herminia y le acaricia la cabellera. ¿Cómo estás? Rosita le cuenta que entró y la encontró hablando con Arturo. ¿Qué decía?, pregunta el profesor. Me contaba una historia, responde Arturo. ¿Así de la nada te contó una historia?, ¿y qué historia? Algo de un río, contesta Rosita, cuando entré le decía algo de un río, que estaba caliente el río. Garmendia observa profundamente a su madre, parece muy conmovido. Es el río de su infancia, dice, ella nació en un pueblito de Chiapas, junto al Suchiate. Hacía un calorón allá. ¿Te acuerdas, mamá? Doña Herminia sigue mirando al frente. ¿Y cómo fue?, ¿de repente se puso a hablar, así como así? Sí, miente Arturo, le iba a poner su inyección y se puso a contarme. No se la pusiste, ¿verdad? No, la verdad no. Mejor, concluye Garmendia, ahora que llegue el doctor Canseco nos dirá qué hacer.

Arturo responde un interrogatorio parecido por parte del mencionado doctor, que tarda mucho en llegar. Se siente muy extraño, aunque por otro lado tiene una certeza definitiva que lo tranquiliza y lo aterra a la vez: si Rosita oyó la voz, para nada son sus alucinaciones. En efecto, en esa pulsera vive alguien, esa voz, una muchacha que murió en el incendio.

Definitivamente tiene que compartirlo con alguien, porque no lo va a poder cargar solo. Con Rubén sería horrible, luego de sus primeras burlas. Con Fabiola no lleva tanto tiempo, le falta confianza.

Tía, le quiero contar algo. Doña Francis deja los platos en la cocina, mueve su larga melena para atrás como le enseñó Pino y se sienta a la mesa del comedor, frente a su sobrino. Dime, corazón, ¿quieres algo de beber? Acaban de merendar unos buñuelos con muchísima miel y café con leche. Se antoja, desde luego, un traguito de ron y Arturo se levanta a servir dos vasos. Me dijo que el tío era Rosacruz, ¿verdad?, que la visitaba. ¿Usted cree en todo eso? Doña Francis enciende un cigarro y lanza el humo hacia la lámpara de cristales de colores: Si supieras las cosas que he visto, no me lo preguntarías. Arturo se acaba su ron y se sirve otro para darse ánimo. Es que yo he estado viendo algo, más bien oyendo. La tía lo ve con interés profundo, casi con gusto, como si hubiera encontrado un cómplice: ¿De veras?, cuéntame hijo, con confianza.

Se siente un loco mientras le habla de la pulsera y la voz que sale de las personas que la usan. Nunca le dice que se la puso a Pino, por supuesto; le cuenta que la encontró en las ruinas del incendio, que se la probó a doña Herminia porque le quería hacer un regalo y se llevó esa sorpresa de que se puso a hablar y a contar esa historia. La tía tiene los ojos como platos: ¿Pero cómo se te ocurre hacer eso con la señora?, pobrecita, quién sabe que espíritu es ése. No, no, tía, le quité la pulserita y se le salió, se lo juro. Arturo se termina el segundo ron; lo mareado no le impide seguir sintiéndose como si estuviera loco, y el hecho de que la tía se espante tampoco ayuda. A lo mejor no le cree. ¿Y sí te has sentido bien en ese trabajo?, me dijiste que era un lugar raro. No, tía, para nada. Los gatos esos, me dijiste, y todo lleno de pergaminos. No, tía, son libros normales, archivos, periódicos. Quién sabe qué se está imaginando la tía, algo así como la cueva de la bruja. A ver, pues, muéstrame la pulserita. Suben a la recámara de Arturo; está en el cajón del buró, guardada en un estuche de lentes adonde ahora la puso para que nadie la cogiera. La tía mira las piedras, los dos ojos, un poco desilusionada: No es una joya fina y la verdad con esos ojos da miedo. Ay, no, tía, es una artesanía, tiene hasta una parte de cuerito tejido, mire. ¿Y por qué se la querías regalar a esa pobre señora?, quién sabe cómo sobrevivió al incendio, exclama ella con disgusto. Si me la hubieras dado a mí, te mato. Arturo recuerda lo que le dijo el fantasma: Corrió, corrió, corrió, eso me dijo, yo creo que se le pegó al espíritu la pulserita, no sé. Le cuenta el cuento del tío aviador, la casa en el Pedregal. La tía escucha, paciente. ¿Y no te ha pedido nada? ¿Nada? Sí, el ánima, ¿te pidió algo? No sé qué quiere en realidad.

Doña Francis le pide que esperen a que ella hable con una persona de Tlacotalpan que los puede ayudar, una amiga muy querida, ya sabes, que entiende de estas cosas. Mientras, pone la caja con la pulsera en su altar a la Virgen de la Candelaria y le prende dos veladoras para que los proteja. No la vayas a agarrar otra vez, Arturo, y ahora vamos a tomar el último de la noche, porque me pusiste muy nerviosa. Todo un hombre, como tú, y metido en estas cosas. Bajan al comedor de nuevo y encienden la televisión. Tratan de ver una película mexicana que pasa el canal 4, pero ninguno atiende a la pantalla. Se acaban las copas y se van a dormir. Ya no escucha a qué hora regresa Pino.

Le cuesta trabajo volver a inyectar a doña Herminia al día siguiente. Sí habla, dijo la voz, pero no quiere. ¿Cómo se ha sentido, señora?, le pregunta. Y como de chiste: Ya sabemos que no quiere hablar, pero sí puede. Doña Herminia voltea a verlo con dureza. Bueno, si no quiere, no quiere, no se preocupe. El asunto ha sido un shock para Garmendia; la tarde anterior, le contó Rosita, se la pasó rogándole a su mamá que volviera a hablar, sacó todos los álbumes de fotos de la familia, hasta lloró. En la tarde me pidió su botella de vodka y se encerró en el estudio, ni siquiera fue a trabajar, todavía está en su habitación. Arturo cacha en los ojos de Herminia un relámpago de fastidio. ¿Desde cuándo está así la señora? Uy, joven, yo no sé, yo así la conocí. Los dos, sin darse cuenta, mientras hablan acarician el pelo de Herminia, que tiene a los dos gatos dormidos en el regazo, como si fuera otro animalito. Arturo se dispone a salir del cuarto para hacer su trabajo de archivo y nota que doña Herminia mira el bolsillo de donde sacaba la cajita con la pulsera. Ya no la traigo, le susurra, mi tía me lo prohibió.

XXVII

Mamá casi me deja afuera con lo rápido que entró y cerró la puerta de la casa, quizá porque ahora que estaba sola se sentía vulnerable a los asaltos. Manejaba pésimo, casi me choca el Maverick en el puente de Insurgentes. Yo estaba segura de que sentiría mi presencia invisible, pero ella actuaba como si de verdad no hubiera nadie. De hecho, en cuanto entró corrió al baño y dejó la puerta abierta. Para no tener que verla haciendo pipí, revisé la sala, el comedor, las recámaras; todo estaba igual, y eso que ya habían pasado como tres semanas desde que Ángela y yo nos fuimos a Calipén. No tenían por qué cambiar las cosas; aun así me sentía intrigada. Mamá salió del baño tarareando un bolero: y hoy resulta, que no soy de la estatura de tu vida, pero casi, casi, casi se te olvida, decía. Se preparó unas quesadillas y se sentó a comerlas en la mesita de la cocina. Yo me senté frente a ella, queriendo acompañarla, aunque más parecía que ella me estaba acompañando a mí, de lo desamparada que me estaba sintiendo viéndola tan sola. Junto al azucarero, pegado a la pared de mosaico rosa, había un montoncito de papeles: las cuentas y las cartas por leer que poníamos siempre ahí. Mamá estudió su cuenta de la tarjeta Liverpool, a la que siempre le debía. Después desdobló otra cartita y la leyó con atención. Decía: Llegamos perfecto. Calipén precioso. Te aviso regreso. Floreros barro azul padrísimos. Beso. Saturnina. Casi pude oler a Felipe mientras mandaba ese telegrama. No podía ser otro, de verdad que se ocupaba de todo, era alucinante. Me tranquilicé de saber que mamá no estaba preocupada por mí. También me gustó que lo leyera mientras comía: eso quería decir que me extrañaba. Si me llegaba a escapar a Estados Unidos con César Augusto, no descuidaría avisarle, por lo menos tenerla al tanto, que supiera que la tomaba en cuenta. A Ángela se le podía olvidar nuestro plan, pero a mí no. Después de su merienda, mamá estuvo hojeando la revista *Kena*, tumbada en la cama mientras veía televisión. Yo me acosté junto a ella; desde niña me gustaba oler su pelo y su perfume, que iba cambiando por temporadas, pues no había dejado de ser coqueta y menos ahora que tenía ilusiones con el jefe. Me preguntaba a qué horas saldría, o si me tendría que quedar encerrada en la casa hasta el día siguiente, pues mi transparencia no me permitía ni abrir puertas ni traspasarlas. No era como la de las películas, era como si a mi cuerpo le faltara densidad. Mamá se quedó pensando algo; luego se puso triste y se le salió un lagrimón que le descorrió el rimmel. Se tuvo que parar al baño, del que salió desmaquillada. Abrió el armario y cogió la bolsa para la tintorería; menos mal, empezaba a sentir angustia de no poder salir. Aproveché cuando abrió la puerta. Ya en el portal del edificio, le di un beso de despedida en la mejilla, pero tampoco se dio cuenta, como Manuel, el piloto.

En ese momento se me ocurrió que María Rita me hubiera ordenado seguirlo y tratar de escuchar sus conversaciones para averiguar algo sobre lo que había pasado entre Rafa y Pablo Santana en Las Vegas –con la otra mujer y la turista canadiense–, pero mi madre me tenía muy preocupada. No me hubiera podido quedar tranquila. Pensé en ir a la casa de esa familia, pero eso era como de novela de detectives y yo no era ningún detective; era una persona transparente y con muy poca densidad, me vencían el amor y un vago sentimiento del deber, a diferencia de Ángela, que se había apropiado de nuestro morbo y nuestra ambición. Parada en una esquina, me volví a sentir presa de la melancolía. Casi me espero a que mamá regresara de la tintorería para ir a tumbarme en mi cama. ¿Y si César Augusto nos mintió a Ángela y a mí cuando nos propuso escapar con el dinero de Victoria a Estados Unidos?, ¿fue toda su propuesta un pretexto para acostarse con Ángela? Como si se necesitaran pretextos para acostarse con Ángela, pensé con rencor, o para resistirse a César Augusto.

Estaba haciendo frío. Lo notaba por los abrigos y las chamarras que usaba la gente. Yo no sentía nada, no era nada y al mismo tiempo me sentía completa, era bastante extraño. La poca gente que andaba por la calle iba muy tapada, yo no tenía frío ni calor, ni hambre, igual que el día anterior. Me paré junto a una señora que esperaba el camión, haciendo ademán de agarrar su bolsa; no se dio cuenta, nadie se quejó, nadie me veía. Las cosas se me escapaban o más bien se defendían de mí. Y aun así, yo necesitaba consejo. ¿Y si lograba hacerme ver por María Rita? Podía subirme a un camión, aprovechar que las puertas se abrían y se cerraban. Más que transparente me sentía un fantasma, un alma en pena. Ya tampoco tenía claro qué día era, qué podría estar haciendo mi amiga. ¿A dónde la podría ir a buscar?, ¿esperarla quizá en su casa, en la facultad, pasar la tarde recorriendo la ciudad? Mamá era más o menos previsible, pero mis amigas tenían vidas complicadas.

Igual me animé a ir a su casa; María Rita vivía en Copilco, al fondo de la calle Comercio y Administración, en una casita. Su papá tenía una clínica para perros y gatos no lejos de ahí. En casa de María Rita había enormes pajareras en el patio y si yo recordaba algo de las pocas veces que había estado ahí era a la tía con su mandil cuidando las jaulas y tirándoles unos rollos interminables a unos gatos hambrientos. La sala olía mucho a gato. Por otro lado, yo sabía que el papá de María Rita estaba orgullosísimo de que ella estudiara Medicina, su propia vocación frustrada. Me subí a un camión que iba a Copilco y caminé. Cuando daba pasos, sentía que el aire me empujaba, casi casi que flotaba y podía volar, pero no estaba segura. Aunque fuera yo una persona transparente, volar por mis propios medios me daba terror, como en aquellos ataques que había sentido antes, hacía unos meses, cuando me senté frente al monumento a Obregón y aún no había aparecido Ángela. Qué distintas eran las cosas desde entonces. Hubo unos días en que sentí felicidad de haber entrado a Fuego 20. Ahora no entendía nada.

Llegué a la casa de María Rita justo a tiempo, cuando ella y Laura salían. Iban muy arregladas, como para una fiesta. Me les puse enfrente y saludé, pero ellas no me vieron. Mis amigas salieron a Copilco y pararon un taxi; me subí como pude, un poco encima de ellas y otro poco encima del taxista, pues era un Volkswagen sin el asiento de copiloto. Iban a la Zona Rosa y estaban muy entusiasmadas. Quedé con Patricio en la puerta, dijo María Rita, y va a haber una sorpresa. Laura preguntó cuál. Un señor que canta como Toña la Negra. ¿Vestido y todo? El taxista carraspeó. Mis amigas se dieron un codazo cómplice. No sabes lo feliz que me siento, dijo Laura, la verdad estaba asustada. Sí, caray, respondió María Rita, es que no son edades para casarse, mejor estudia o trabaja en algo. Mi papá necesita alguien que le ayude a bañar perros, ¿no se te antoja? A lo mejor, repitió Laura mecánicamente, pero se quedó como pensando. Igual me da pena por mi mamá y la mamá del Dani, él está feliz. ¿De plano? De plano, se va a Pamplona a estudiar. ¿Y no lo vas a extrañar? Laura meneó la cabeza. ¿Cómo crees? Ya estábamos hartos, la verdad; pensaba que tendría que dormir con Dani el resto de mi vida y me entró un susto espantoso. Pero no te creas, a él también. Quedé sorprendidísima; yo que pensaba que Laura era medio mosquita muerta y hasta le había dicho algo horrible, y ahora ella tronaba con el Dani. No, pues qué alucine. Hasta le pregunté: ¿Y todo lo que se gastaron en la fiesta, cómo lo van a recuperar? Seguro tus papás casi te matan. Olvidé que no me estaban escuchando. Siguieron hablando un buen rato y entendí o creí entender que Laura estaba viviendo en casa de María Rita, un poco como refugiada de su familia. Me pregunté qué pensaría doña Romina del asunto; a lo mejor ahora lo estaba consultando con sus gatos. También hablaron de mí, brevemente. ¿Has sabido algo de Nina?, preguntó Laura. No, pues sigue en Calipén, prometió escribir o llamar. Capaz que ya se encontró un galán por ahí. No me costaba nada obligar a Ángela a echar una llamadita, pensé, total. O la alcanzó Rodolfo… No, si yo vi a Rodolfo el otro día en el cine Manacar. Pues quién sabe en qué ande, últimamente estaba muy rara, zanjó María Rita.

El taxi se paró frente a una puerta metálica muy discreta; no había ni letrero ni nada. Bajé antes de que mis amigas lo hicieran y busqué a Patricio como si también me hubiera citado a mí. Era rarísimo andar de fiesta con gente que no me veía; aun así, me sentía integrada, parte del grupo, con todo y no poder saber cómo estaba yo vestida. Ellas se cerraron los abrigos y se pusieron a fumar; Laura se había enchinado el pelo y se veía muy chistosa; María Rita lo traía muy corto y se había puesto un saco como de hombre. Patricio apareció poco después, peinado con gel; se abrazaron con entusiasmo. ¿Listas?, dijo Patricio, van a ver qué maravilla de lugar. Tocó el timbre de la puerta metálica y le abrió una especie de portero de traje. Adentro estaba bastante oscuro, se escuchaba música. Me colé detrás de ellos tres. Un gran espejo en el pasillo iluminado con luz negra reflejaba apenas sus rostros, emblanquecía las sonrisas. Yo sonreí también al pasar, sin que el espejo me reflejara. Una multitud bailaba allá adentro; no era nada parecida a la que vi en Fuego 20. Eran, sobre todo, hombres y muy poquitas mujeres. Los hombres bailaban entre sí, bebían, fumaban; las mujeres platicaban al fondo. Patricio fue hacia la barra y lo seguimos, era la hora feliz y daban copas gratis. Evidentemente a mí no me tocó. Un chavo muy alto sacó a bailar a Patricio. Laura y María Rita, divertidas, se pusieron a moverse en medio de la gente.

Yo quería probar a ver si lograba verme y seguí al baño a un chavo guapísimo, güero, que se veía extranjero. Esperé a que hiciera pipí y se lavara las manos frente al espejo. Entonces lo abracé y le besé el cuello como un vampiro, y alcancé a ver su rostro mezclado con el mío. Él se sorprendió, pero en ese momento alguien más llegó por atrás de nosotros a abrazarlo también, un moreno potentísimo. Y ése sí que no era ningún fantasma. Me dieron ganas de mezclarme con ellos dos, no lo niego, pero sentí que me estaba metiendo en cosas muy ajenas. Así que salí del baño y busqué a mis amigas en medio de la multitud; ya no las distinguí porque habían apagado casi todas las luces; sólo había una luz roja al fondo, en medio del humo, los gritos, las risas y la música. ¿Dónde se habrían metido? Me rodeaban algunos rostros muy maquillados, como máscaras, que ya no sabía si eran de hombre o de mujer, sentía las manos que buscaban todos los cuerpos y todas las otras manos, pero no alcanzaba a tocar a nadie. Finalmente alcancé a ver a Laura, bailando sola en medio de los hombres, y a María Rita que platicaba al fondo con otras chavas. Me empecé a sentir perdida y busqué la salida. De repente, la música se detuvo y un reflector iluminó el centro de la pista, mientras se comenzaban a escuchar los compases de un bolero viejo. La gente iba abriendo paso a un travesti altísimo, con peluca y tacones, vestido de lentejuelas y bien embetunado, que se puso a cantar algo sobre un amor salvaje. Este amor salvaje, decía, es ansia fuerte y loca, de estrecharte en mis brazos y de morder tu boca con desesperación. Todos bailaban siguiendo la canción, encantados. A ésa siguió "Humo en tus ojos", que yo conocía porque la cantaba mamá: humo en los ojos, niebla de ausencia que con la magia de tu presencia se disipó. Me quedé suspendida, feliz; fue un momento mágico, maravilloso. Yo creo que no sentía esa felicidad desde que fui al cine con César Augusto, o antes aún, desde que Rafa me escogió como su pareja de baile en una fiesta de Aeronaves Mexicanas, cuando yo tenía trece años, y bailamos "*Raindrops keep falling on my head*".

Prácticamente estaba yo flotando, toda una fantasma en el centro de la pista, bailando a pocos centímetros de esa Toña la Negra que contoneaba las caderas con elegancia y le sonreía a la gente. Y aunque yo podía ver perfectamente que debajo del maquillaje y la lentejuela había un señor más bien gordo, mal rasurado y con papada, me pareció bellísimo con su chongo gigante, una especie de escultura viviente y sobre todo muy antigua; algo que pasaba entre la humanidad desde hacía siglos, en las catacumbas romanas, en los templos, en las ciudades medievales. Como asomarse no sólo al otro sexo, sino a otro tiempo y a otros lados. Cuando terminó el show, muchos lo rodearon para felicitarlo y lo abrazaban, lo tocaban, se tomaban fotos con él. Yo me colé en todas; quizá cuando las revelaron apareció mi figura sonriente y como diluida al lado de Toña, tapando al fotografiado, ojalá. Mucha gente se fue después de eso; mis amigas se pusieron a bailar con un grupo de gentes y Patricio se besaba con el güero del baño en un rincón. Dichoso él, pensé.

Quería desesperadamente que alguien me viera, y entonces se me ocurrió que a lo mejor podía buscar a César Augusto y pegar mi rostro contra el suyo. ¿Sucedería el milagro? Eso, si no había salido ya para Calipén. Había descubierto que podía flotar, que no era tan necesario tomar transportes públicos, y floté por Insurgentes hasta el Pedregal.

XXVIII

Fue a comer una vez a casa de Fabiola junto con Rubén y Nora. A la siguiente, de pura casualidad porque siempre come en el trabajo, estuvo el papá de su amiga y Nora no llegó. Raymundo Ávila escribe en la reciente revista *Proceso*, es un hombre íntegro y combativo, según descripción de Rubén. El padre les planteó una especie de cuestionario inverso: ¿Ustedes no son hijos de empresarios, verdad? No, señor. Qué bueno, me hubiera molestado mucho que Fabiola se juntara con esos juniors nefastos. A la hora del café, Rubén sacó de su morral de cuero un texto que había escrito con la esperanza de que se lo publicaran en la revista sobre los entretelones de la política en México. Ávila le echó una ojeada, le dijo que no estaba mal, Rubén le hizo preguntas sobre sus propios artículos, lo alabó, le dijo que nunca había leído un texto que lo iluminara tanto sobre la manipulación mediática y el poder en la prensa gobiernista como el que don Raymundo había publicado hacía quince días. El padre quedó muy complacido, al final Rubén consiguió que lo invitara a trabajar en la revista como asistente de uno de los equipos de reporteros. Tienes experiencia en foto y escribes, está perfecto. Así te vas empapando del oficio, le dijo, búscame el lunes.

Arturo se sorprende de la facilidad con que Rubén consigue las cosas, la simpatía, la labia. En esa comida él quiso mencionar el incendio de la Cineteca y elogiar el número de *Proceso* que le mostró el propio Rubén, pero éste se puso a hablar de otras cosas encima de su voz. En realidad, el papá de Fabiola no pareció darse cuenta bien a bien de cuál de los dos era el novio o el amante de su hija; dio por sentado que era Rubén, pero ella le sobaba la pierna a Arturo por debajo de la mesa.

Conforme pasan los días, deja de ir a la Facultad de Ciencias Políticas a la salida del trabajo; entre el fantasma parlante que emana de la pulsera y la relación con Fabiola, que lo invita de aquí a allá, su vida se enrarece de una manera más similar a sus gustos literarios, dando brincos de libro en libro: por haber leído a Juan Vicente Melo, ahora está con los cuentos de Inés Arredondo y no dejará de conseguir el *Palinuro* de Del Paso, aunque últimamente ya no le alcanza para comprarlos. Un día en que Fabiola y él están acostados en el césped del Audiorama, en el Parque Hundido, le explica a Fabiola sus problemas económicos desde que va a casa del profesor Garmendia, temeroso de que ella lo mande a volar. Pero ella es una niña bien intelectual y encuentra edificante ayudar a este amigo-novio que parece pobre y ahora mismo ya lo es según confesión. ¿Y si regreso a los laboratorios? Pero imagínate, qué vas a hacer encerrado en ese lugar, tú eres otra clase de persona, Rito, no te apures, yo le pregunto a mi papá si hay algo en lo que te podamos echar la mano. Le dice Rito por Arturito. Tu papá dirá que lo creemos agencia de colocaciones. Fabiola se ríe: ¿por Rubén lo dices? Bueno, ya sabes cómo es Rubén. Yo ni siquiera escribo como él, ni sé nada de fotos. Algo te encontrará, no te preocupes.

Algunas tardes, aprovechan la calma en la casa Ávila para acostarse en su cuarto. Elda, la mamá de Fabiola, es una apacible ama de casa muy enfermiza. Sufre de terribles ataques epilépticos que se controlan con pastillas y mucha tranquilidad. Por eso, después de la comida, la vida entre esas paredes es sumamente silenciosa: la madre encerrada a piedra y lodo en su habitación, las muchachas recluidas en la zona de servicios. Nadie debe caminar, ni hablar, menos gritar. Para que Fabiola pueda tener un poco de vida, por lo menos escuchar música e invitar amigas, le dieron una habitación alejada de la casa, al otro extremo del jardín. Con el tiempo, las amigas se fueron convirtiendo en amigos, pero a los padres no les asusta: es una muchacha muy responsable, dicen siempre, de temperamento firme y conciencia social, saca puro diez en la carrera de Letras Inglesas, siempre avisa si va a llegar tarde, apoya a su papá en todo lo que le pida, incluyendo algunos cocteles cuando Elda está fuera de combate. Es una snob, piensa Arturo: no falta a cuanta muestra, estreno o inauguración de moda, igual que Rubén, al que parece conocer de tiempo atrás. No es de clase alta como Nora, la novia de Rubén, que vive en el Pedregal y es muy callada, pero es más culta. Les gusta pasarse novelas y hablar de ellas. Sobre la colcha de manta a rayas rosas y naranjas, Arturo le acaricia el pelo castaño y se pregunta por qué lo querrá a él, por qué la quiere él también si, fuera de su desparpajo, no acaba de tener nada especial, nada misterioso: es demasiado abierta, demasiado sincera en sus gustos. Incluso ya le ha dicho que tiene otros amigos como él, otras querencias. ¿Caprichos, serán? Fabiola se apodera de su cuerpo moreno con una extraña gula que lo asusta y lo enciende, todo al mismo tiempo: ¿hasta cuándo durará esto, hasta dónde llegaría Fabiola por él? Te quiero contar una historia, le dice, mientras descansan del amor pasándose el cigarro encendido. Ella se pone una enorme camiseta encima y se amarra el pelo. ¿A ver?

Entonces Arturo se anima por fin a platicarle del incendio, la desaparición de Rubén, su angustia, el regreso, la pulsera, la voz, la señora Herminia. Nunca se la volveré a poner, le dice, mi tía va a llamar a una bruja de Tlacotalpan y me prohibió volverla a tocar. Fabiola lo mira con recelo, no sabe si tomarlo en serio, en broma o ambas cosas. Me estás cabuleando, le dice, usando el lenguaje popular como lo suele hacer, como una impostura. Se ríe con la idea de la bruja de Tlacotalpan. Yo quiero ir también. Él le hace cosquillas, juegan. Deberías escribir tu cuento en alguna parte, aunque lo de la pulserita está medio ridículo. Es en serio, le dice, eso me pasó, Rubén se lo quiso contar a Nora y a ti, no lo dejé porque se burla. Bueno, lo de doña Herminia no lo sabe, es muy cuate del profe Garmendia, ya me entiendes, no le vayas a decir. Fabiola sigue tomándolo a broma. ¿Y la traes, la pulserita? No la trae. Te digo que le prometí a mi tía dejarla ahí en el altar. Ah, no, si no me la enseñas, no te creo. Te puedo enseñar otras cosas, le dice. Y vuelven a empezar. Con ella el sexo no parece terminarse nunca: ¿terminará con él? ¿seguirá con sus otros amigos? Pero al final ella insiste: Nunca me has invitado a tu casa, a conocer a tu tía, ándale, vamos. Arturo recela un poco; le parece que Fabiola es demasiado sofisticada para la vieja casa de su tía, el olor a guisado, la bata de flores, Pino y Suzuki y sus canciones, Pino y sus propias, extrañas dudas. No sé, otro día. Ay, ándale, si no, ¿cómo quieres que te crea? Pensarás que estoy loco, ¿no? Un poquito, a lo mejor. Ándale, de una vez, vamos. Hoy no tengo nada que hacer.

Salen de la habitación discretamente. Fabiola echa una ojeada a la casa, le pide a Arturo que espere ahí, va a avisarle a su mamá que regresa al rato, salen por una reja en la parte trasera de la casa. Rubén corta una camelia de un arbusto y se la da. Ella no sabe qué hacer con eso. Arturo tiene miedo porque se está enamorando de Fabiola y se siente en clara desventaja: si la casa de su tía la decepciona, se sentirá muy poco, muy mal. Sabrá que siempre estará Rubén trabajando con el padre, Rubén el guapo, el intelectual, el que sabe hablar, más cerca de Fabiola. Rubén que se las liga a todas y puede con todo.

XXIX

Floté por todo Insurgentes y subí por Copilco hacia Revolución, como si fuera en coche. Yo sabía que quizá iba a poder elevarme encima de los edificios, dar grandes saltos hacia la noche, pero todo eso me asustaba, me daba vértigo. Quizá a Ángela se le hubiera hecho muy divertido andar invisible por la ciudad, enterándose de toda clase de cosas; se hubiera metido en todos lados, empezando por las discotecas y los lugares llenos de gente, para tocarlos y sentirlos sin ser vista. Se hubiera divertido mucho. Pero yo no era así. Peor, me sentía mejor de ser invisible y no molestar, y me daba cuenta de que eso no estaba del todo bien. Quizá, a fin de cuentas, necesitaba a Ángela más de lo que pensaba.

Cuando llegué a Paseo del Pedregal, no se veía nada más que unos pocos coches que subían o bajaban raudos por la avenida. Sentí miedo de andar sola por la oscuridad, aun cuando nadie me viera, e instintivamente me pegaba a los muros y las rejas de las casas, hasta que di la vuelta en la calle de Fuego. Desde la esquina se oía una canción que había escuchado en la radio: los ojos de Bette Davis, proveniente de la casa de Victoria de la Loza. Esa canción me gustaba mucho. La puerta estaba abierta; había coches estacionados y gente platicando en la entrada con vasos en las manos. Se me antojó horrores un cigarro, y eso que era transparente y no necesitaba comer, beber, ni fumar. Hubiera querido vestir esas blusas tan padres, el pelo enchinado y recogido en peinados locochones, los maquillajes, y entrar y que los chavos me vieran, intrigarlos con mi aspecto. Me abrí paso sin ninguna dificultad, pues la gente no me sentía, y alcancé a ver a Florinda, que subía agobiada por una escalerita exterior, seguramente hacia su habitación. Había muchísima gente en la casa, las luces estaban apagadas y casi sentí que me mezclaba con el humo de los cigarrillos, la mota y la música a todo volumen. Había puros chavos de clase alta, con ropa padrísima de Estados Unidos, jeans de los que me traía Rafa y no se conseguían acá, unas greñas muy cuidadas, camisas abiertas, cadenas de oro. Y todos llevaban unas botas increíbles que debían costar una barbaridad. En medio del gentío alcancé a ver por fin a César Augusto hasta la madre, bailando con dos chavas al mismo tiempo, una adelante y otra atrás. ¿Sabes cuándo va a ir a buscar a Ángela a Calipén?, me pregunté, le pregunté a Ángela que no estaba ahí: nunca. Nunca.

Me sentí desilusionada. Ojalá y para desquitarme pudiera probar todas las drogas que repartían por ahí en el fondo de la sala unos cuates que daban un poco de miedo, pero ni siquiera me veían. Ya entendía por qué Victoria no tenía expectativas de ninguna clase con respecto a su hijo: era un reventado, no le importaba nada más que ponerse hasta atrás, y así se iba a quedar para siempre, ni siquiera había en esto algo bonito, creativo, como vi con el falso Toña la Negra. ¿Sería mi tío Rafa así, a fin de cuentas, un tipo sin oficio ni beneficio como decía mi abuela? Luego sonó la canción del último disco de John Lennon y la fiesta se prendió. Yo decidí vagar por la casa como alma en pena, a ver si lograba aparecerme y espantar a alguien. Era imposible, ni quien se fijara en mí, la transparente, el alma desechada. Subí las escaleras y vi que en todos los cuartos y los baños había gente platicando a gritos o fajando; en la cama de agua del cuarto de Victoria se agitaba y gemía un bulto formado por muchos más de dos. Entré al cuarto de César Augusto y aunque había una parejita en la cama, no me aguanté de mirar por fin la pecera: estaba vacía, el animalito no estaba. ¿Habría sido de verdad un sueño? La pareja me volteó a ver; me disculpé y me salí. La música bajó un poco de volumen y alguien gritó que las pizzas y los tacos de canasta habían llegado. Qué mal gusto, de veras, pensé. Pero entonces escuché una conversación, al fondo, en el baño afuera del cuarto. Me acerqué para oír mejor: Te juro que regresamos, decía una voz de hombre. La otra persona sollozaba, era una chica. El otro insistía: Son como tres meses, cuatro tal vez, bueno, cinco. Seis. Siete meses y ya estoy de vuelta, en serio. Ella sorbió la nariz. Apenas empezábamos, te vas a encontrar a alguien más. Me cae que no, ¿cómo crees?, acá nos vamos a ver. ¿De veras? Sí, pero no hay que estropear la despedida con estas cosas, son mala onda, mejor vente para acá, mamita. La pareja dejó de hablar, pero yo me intrigué: ¿entonces sí se iba a Estados Unidos? Justo había yo caído en la fiesta de despedida entonces. ¿Y César Augusto pasaría por Calipén con toda esta gente?

Abajo la concurrencia estaba cenando, todos apiñonados en la cocina. Ahora Florinda barría en la sala dos copas de cristal rojo que seguro eran de Victoria de la Loza y estaban hechas cachitos en el piso. César Augusto abrazaba a sus dos chavas y les prometía todo, nomás falta que las mandemos llamar, muchachas. Ellas se abrazaban a su vez y pegaban brinquitos de entusiasmo. Yo me volví a desilusionar, todo esto era demasiado para mí. ¿Total, qué onda conmigo y Ángela y él? Él se apartó y caminó hacia el baño de visitas; yo lo seguí pensando ésta es la mía y me metí rápido, antes de que cerrara la puerta. Esperé hasta que se lavó las manos y se puso a mirarse en el espejo, peinándose con los dedos. ¡Se veía tan guapo, tan encantador con esa cara de quien no mataba una mosca, tan sexy! Tenía yo un nudo en la garganta y no podía ni llorar, ni hablar. Entonces probé a hacer lo mismo que con el chavo de la discoteca, lo abracé con todas mis lágrimas, traté de acariciar su cuello, de darle besos, pero él no me veía, no me sentía. Me apreté muchísimo contra él, a ver si lograba meterme a su cuerpo y en un momento, lo juro porque de veras así fue, mi cara apareció reflejada, confundida con la suya. Fue un instante cortísimo, enseguida se pasó, como con el otro chavo, pero estuve casi segura de que me había visto porque se le cortó la respiración. Luego como que se dobló, se echó agua en la cara y sacudió la melena. Ay, cabrón, murmuró, mucha mota. Y se salió del baño.

Me impresioné tanto que no aproveché para salirme con él y estuve encerrada un rato tratando de verme en el espejo, hasta que alguien más llegó a abrir la puerta. No podía creer lo que había visto antes, nuestras caras superpuestas, como cuando uno tomaba una foto sobre la otra, una imagen de fantasmas. Me hubiera gustado traer la cámara en ese momento para demostrarme que había sido verdad. Busqué a César Augusto por toda la casa, hasta que me lo encontré en el estudio, sentado en el sofá de piel donde habíamos hecho el amor por lo menos en mi sueño, flanqueado por sus chavas que comían tacos de canasta. Él estaba pálido y le decía a otro tipo que le sobaba el pie a alguien más: Vi un fantasma, cabrón, me cae que vi un fantasma. El otro se reía y le pasaba un toque, pero él lo rechazó.

Así como me había sentado en el regazo del piloto, hice lo mismo con César Augusto, sin que me importaran ni sus chavas, ni el cigarro que estaba fumando, ni que le pasaran un vaso de whisky. ¿Me sintió encima de él? No lo sé, no estoy segura. Sé que cerró los ojos y dijo que estaba muy, muy cansado, que tenía sueño, agobio. Que las chavas hicieron a un lado sus platos y le dieron besos, pero él las apartó. Cuando se puso de pie, me tiró al suelo. Yo me levanté tras él y me le trepé de caballito, como hacía de niña con mi tío Rafa, sólo que ahora yo era mucho más grande. ¿Estaría contento, estaría molesto, furioso, si supiera que era yo la que me había colgado de sus espaldas? Se acercó a uno de los cuates que platicaban cerca de la puerta. Me voy a jetear un rato, no me siento bien. El otro le respondió: Yo ya casi me voy, güey, no te vayas a enfermar. Mañana salimos a fuerzas, allá nos están esperando. Aliviánate y no te atasques. César Augusto le dio un apretón de manos y se fue subiendo las escaleras; me apiadé y me bajé de sus espaldas, aunque no sabía qué tanto le pesaba en realidad. Lo seguí hasta su cuarto y me deslicé rápido hasta adentro. La pareja de hacía rato conversaba en la cama, fumando, a medio vestir. Él los corrió y cerró la puerta. Luego se sacó el cinturón y se dejó caer en la cama, pero de repente abrió los ojos, como si sintiera una presencia. Preguntó: Pinche Felipe, ¿dónde estás?, deja de fregar. No supe por qué, pero tuve miedo. Me acosté junto a César Augusto, lo abracé, le dije no es Felipe, soy yo, soy yo, Saturnina, acuérdate de mí. Pero él no se iba a acordar de mí, porque él sólo conocía a Ángela, la que estaba con su mamá en Calipén. E igual no respondió. Dio un largo suspiro y se fue durmiendo poco a poco. Yo lo acaricié y también me quedé dormida; ahí descubrí que las personas transparentes también se cansan, hacen el amor aunque sea como fantasmas y sueñan con animales.

Al rato abrí los ojos en medio de la oscuridad. César Augusto roncaba, afuera reinaba un silencio muy pesado. Me levanté y floté por la casa ya vacía.

Todo estaba en penumbra, ya no se oía música. Al fondo, en el estudio, se alcanzaba a ver una luz en un rincón y dos personas que cuchicheaban. Me acerqué con cuidado, después recordé que era transparente. Las personas en el fondo eran Florinda, la muchacha, y otra muchacha más, la que le ayudaba a servir. Estaban sentadas en el sofá de piel y se bebían los restos que quedaban en los vasos de la fiesta. Era como si los demás se hubieran esfumado. Una parte de la casa estaba recogida; en la otra abundaban los ceniceros llenos, la comida en el piso, las colillas. Ellas dos no parecían preocuparse por eso, platicando en un idioma desconocido. De repente las dos voltearon hacia mí. Ya se fueron todos, me explicó Florinda, ya no tienes que estar. Yo me quedé pasmada: ¿Tú sí me ves?, le pregunté. Florinda se levantó, caminó hacia la puerta del jardín y abrió. Pasa y no hagas daño, me dijo, persignándose.

Por fin estaba en ese jardín enorme, en la oscuridad parda de justo antes de amanecer. Al fondo alcanzaba a ver el bosque, ¿y detrás del bosque, qué podía haber, una barda de piedra? Me puse de puntas y floté, el jardín se terminó y me di cuenta de que el bosque no acababa nunca, seguía y seguía, un bosque misterioso, negro de criaturas y susurros. En el aire me rozaban las mariposas negras, el aletear de los búhos, la maleza tupida. De repente me atrevía a elevarme un poco más por encima de los árboles y lo que vi fue sorprendente: eran las luces de una ciudad, pero no las de la Ciudad de México, no, sino las de una ciudad pequeña, con las cúpulas de sus iglesias, sus techos de barro azul. Al fondo de Fuego 20, detrás del bosque, se encontraba Calipén.

Sentí bajo mis pies reflejos de agua y recordé las palabras de Victoria a Felipe la primera vez que estuve en Fuego 20: No olvides decirle del pozo. Era una poza grande, de brillos oscuros. Me senté junto al borde y esperé a que amaneciera. Cuando el sol estuvo en lo alto, a lo lejos, alcancé a ver en el fondo, muy en el fondo de aquella poza, una especie de crisálida enredada entre algas, una crisálida grande, de metal, quizá la cabina de una avioneta con los restos de sus tripulantes, quizá un animal enorme que en algún otro lugar acechaba a otra con sus dos ojitos brillantes, quizá mi tío Rafa y Pablo muertos, entrelazados. Me encontraba en un mundo paralelo, los mundos a los que tienen acceso las mitades de almas perdidas, y tuve tanto miedo que me quise tirar a la poza, pero la mitad de un alma no se ahoga, y grité y grité con desesperación pero no hubo quien me oyera. Cuando mucho, apareció una nube de mosquitos que me obligó a levantarme, aunque no hubiera cuerpo que picar, y con ese puro miedo me eché a correr, sin saber ya si lo hacía de camino a Fuego 20 o a Calipén. Recordé, dentro de lo poco que había alcanzado a leer de *La divina comedia*, antes de que Ángela lo botara por ahí, a aquellas almas que por no haber querido elegir obrar entre el bien y el mal, de manera egoísta, se quedaron en el limbo, eternamente perseguidas por avispas, y esas otras que vivían en los bordes del infierno, mirando a todos los castigados por la avaricia, la gula, la lujuria y los demás pecados. Había saltado páginas y había visto la parte en que aparece el diablo horrible de tres cabezas y de tres colores que me impresionó. Y mientras recordaba corría o volaba, no lo sé, ya no me acuerdo, mi cuerpo sumergido en una nube de mosquitos.

Entonces me desperté de repente en el ropero de la habitación de Ángela en Calipén, de donde quizá no había salido nunca. La puerta estaba abierta y me salí.

XXX

Se suben al Volkswagen rojo de Fabiola, regalo de su papá para apoyar su independencia y también para que lleve a su madre al médico o a sus reuniones de tejido. Ella enfila hacia la colonia Roma. Arturo se siente nervioso; es la primera amiga que le presentará a su tía después de tanto tiempo de vivir con ella, casi como si fuera una novia aunque Fabiola siempre se cuida de dejar claro que no lo es. Quiso llamar a doña Francis y avisarle, para que ella misma se sintiera más cómoda: no le gusta que las visitas la vean con la bata floreada, pero Fabiola no lo dejó. Ándale, vamos, le insistió, qué tanto quieres llamar. Fabiola parece ajena a sus tormentos, siempre siguiendo su curiosidad y sus intereses, ocupada en pasarse los altos y tocar el claxon o gritar a la menor provocación, igual que cuando van al cine, al teatro o a cualquier cosa divertida. Fabiola casi siempre acicateada por el morbo, el entusiasmo y también el aburrimiento. Si te inventaste lo de la pulserita, por lo menos conoceré tu casa, ¿no? Le pone la mano en la pierna, cerca de la bragueta: A menos que andes pensando en otra cosa. Cómo crees, le responde Arturo, no empieces.

La casa está lejos de Insurgentes, más hacia la Romita. Ocupa una esquina ruinosa junto a una miscelánea oscura, que huele a humedad y cascos de refresco, sumergida bajo dos grandes escalones. Ésta es la casa de mi tía, le dice Arturo, es chiquita. A dos cuadras se distingue el salón de Pino, la Estética D'Alberto. Pino en realidad se llama Alberto, pero nadie le dice así. Desde chiquito es Pino. Esa estética es de mi primo, le dice Arturo a Fabiola, cuando quieras te puedes cortar el pelo ahí. Fabiola la ve divertida mientras se estaciona: Qué cagado, dice. Él no entiende qué es lo cagado. Parece dominada por la curiosidad, como si estuviera jugando. Arturo quisiera seguirle la corriente como otras veces, pero no puede, se siente vulnerable, juzgado. Piensa que fue un error contar lo de la pulsera y ya no sabe qué hacer: su tía sí lo tomó en serio, con eso hubiera bastado, pero quería compartirlo con alguien de otro nivel, menos ignorante quizá, quería darle otro sentido, aunque no precisamente éste que lo vuelve ridículo.

Doña Francis está cocinando minilla y frijoles para la merienda porque van a venir Pino y Suzuki con unos muchachos de la filmación que quieren verlos hacer su número de Carmela y Rafael, un número que la pareja ha estado ensayando. Ay, Arturo, me hubieras avisado que traías visita, y una muchacha además, qué preciosa. ¿Cómo te llamas? Fabiola. Ven Fabiola, pues siéntate y te preparo un café. La tía está encantada: Nunca me ha presentado a ninguna novia desde que está aquí, ya era hora. Fabiola sonríe un poco incómoda. Arturo quisiera aclarar, pero va a salir peor. Se sientan a la mesa del comedor, aunque Fabiola no deja de echar ojeadas a la sala con el sillón rojo de terciopelo, a los techos altos con la pintura cayéndose, al cuarto de servicio que se sostiene con una viga. Doña Francis parece notarlo: No te fijes en la casa, está muy vieja. Yo quería poner una pensión, pero realmente no tengo espacio. Con lo que me da Arturo y lo que me ayuda Pino salgo adelante, no necesito más. Perdona la bata y el pelo que traigo; hoy no me dio tiempo ni de ponerme la peluca. Ahora me voy a arreglar para recibir a los muchachos, ¿quieren una rajita de flan?

Fabiola mira todo, piensa Arturo, como si estuviera en un museo. Está encantada, divertidísima con la tía. De todo responde: Qué maravilla. Dice que le encantan las ventanas, con sus marcos de madera que se hinchan en verano y es imposible cerrar bien. A mí no me inventas, niña, dice la tía sirviéndole el flan. Esto es una ruina, la cuido lo más que puedo, eso sí. El mantel de flores, la cortina, las carpetitas lo atestiguan. Bueno, está viejita, pero eso le da más onda, hasta podrían filmar películas aquí. Ay no, mi casa llena de extraños, no. Doña Francis mira a Arturo de reojo como si le pareciera que Fabiola está un poco loca. ¿Y cómo se conocieron ustedes? De la universidad, tía. Yo entiendo que Arturo quiere estudiar, dice ella, pero la verdad es que ese nuevo trabajo que tiene no me gusta nada. Estabas mejor en el laboratorio, hijo, aunque fuera menos dinero. Pero no me hubiera conocido, interrumpe Fabiola coqueta, ¿se imagina señora? Eso sí, ríe doña Francis. Fabiola le pregunta de dónde es su acento, hablan de Veracruz: Arturo debería llevarte a Xalapa, es muy bonito. Todos están distraídos, distendidos, hablando de la comida veracruzana, del mar. Yo me quisiera regresar pero todavía no, hasta que Pino esté mayor; me iría con Coco mi hermana; aquí entre nos, se acaba de casar y me escribió que no se lleva tan bien con el hombre, cambió mucho desde la boda. ¡Cómo!, exclama Arturo, tan ilusionada que se veía. Hablan de cosas de familia. Fabiola parece sentirse un poco al margen y se levanta al baño. No pregunta dónde está; va por la mitad de la escalera cuando doña Francis le aclara que hay un baño abajo. Pero bueno, también hay arriba, como quieras. Y mientras le cuenta la desgracia de Coco que ya se siente desilusionada –no era tan buen hombre, fíjate, ya le pegó y ahora resulta que tenía una muchacha en Alvarado que dice que es su esposa–, Arturo se imagina a Fabiola espiando su habitación.

Tarda un poco y cuando baja, se ve algo cambiada, muy seria, como si acabara de llegar. ¿Te sientes bien?, le pregunta Arturo. No mucho, responde, creo que me mareé. Ve a buscar alcohol, hijo, dale a oler un poco. No, no, dice Fabiola, mejor voy a tomar tantito aire. Y busca la puerta como si no supiera dónde está; en el camino, atrapa la bolsa que dejó sobre la mesa como si la robara y sale dando un portazo. Arturo y su tía están extrañados; vela a buscar, no vaya a ser que le pase algo, le dice doña Francis. Cuando Arturo sale, Fabiola va corriendo cerca de la otra esquina. Él la persigue y la alcanza a la vuelta de la cuadra, le agarra el brazo: trae la pulsera de Saturnina. Ahora no me la vas a quitar, le dice ésta y empieza a gritar. Arturo la suelta: Bueno, bueno, calma, la gente cree que te estoy haciendo algo. Pinche Fabiola, piensa Arturo, la curiosidad mató al gato. Seguro que ella misma se puso la pulsera y la otra saltó, se apoderó de un cuerpo joven, con movimiento, ni anquilosado como el de doña Herlinda, ni alcoholizado como el de Pino aquella noche. ¿A dónde vas?, ¿qué vas a hacer? No sé, dice Nina, me prometiste que me despertarías y no me has cumplido, no me volviste a despertar. Hasta ahora. Y esta vez no me lo quitas tan fácil. Luego hurga en la bolsa de Fabiola y encuentra la llave del coche: ¿Cuál es?, le grita, ¿cuál es el coche? Te digo si me dejas avisar a mi tía que estás bien. El rojo, ¿verdad? No hay otro en la cuadra. Nina-Fabiola corre a subirse al Volkswagen. Arturo teme que se escape sin él, por lo que sólo le grita a doña Francis desde la puerta que al rato vuelve, luego le explica. Le hubiera querido decir lo que ha pasado, pedirle ayuda a la tía, pero la chica ya prendió el motor y lo mira, retadora. Él jala la puerta del copiloto, está puesto el seguro. Ahora estoy a merced de ti, y no sé quién eres, piensa Arturo, forcejeando con la manija. Nina lo sigue viendo con un triunfo rabioso en los ojos: Soy un fantasma motorizado. Está padre, ¿no? Y se le escapa.

XXXI

Iban a caballo, recorriendo la hacienda de Ramón Vidrio, el hombre del bigote amarillento. Era enorme: un paisaje de sembradíos y claros verdes entre montes suaves, idílicos, detrás de los cuales se alcanzaba a ver la Cresta del Gallo. Si uno se animaba a recorrer unas dos horas en coche hacia el este, le dijeron, se podía llegar al mar. La comitiva a caballo estaba formada por algunos "invitados de lujo", como los nombró Vidrio; en total eran como doce personas, entre ellas algunos funcionarios del gobierno, un par de empresarios tapatíos que estaban de visita y Victoria de la Loza con Ángela, Sonia, Amalia, el doctor Palma, Parménides y por supuesto Felipe. Las demás se habían quedado en los jardines del casco de la hacienda disfrutando unos margaritas. El grupo de jinetes, al que seguían cuatro caballerangos más unos criados de a pie, se detuvo en un promontorio rodeado de cactos. Allá hacia la derecha, se puso a explicar Ramón Vidrio mientras sostenía un puro entre los dedos, hasta donde empieza esa cañada, tenemos los sembradíos de calabaza y jitomate; de este otro lado, el maíz, el frijol. Ese monte allá está sembrado de árboles frutales. ¿Y esos campos de flores?, preguntó Ángela, a la que parecía dirigirse el hombre cuando daba sus explicaciones, y de hecho en algún momento había tomado la rienda de su caballo para acercarlo al suyo. Margarita, amapola, cultivamos muchas. Qué bonitas, exclamó ella, con razón a Calipén lo llaman "el jardín mexicano". Amalia Robledo intervino para aclarar de dónde venía la expresión. Y procedió a dar una cátedra sobre la riqueza del agro calipense. Ramón Vidrio se bajó del caballo y todos lo imitaron. La doctora en Ciencias se acercó a unos arbustos de hojas muy grandes, que parecían manos: Hay que tener mucho cuidado con la mano negra, advirtió a sus compañeras y a los tapatíos. Si la tocas, te produce una hinchazón espantosa, se te hacen unas bolas moradas que tardan años en quitarse. Y sin embargo, bebida en té es buenísima para toda clase de dolores, ¿qué les parece la paradoja? Te mata y te cura, al mismo tiempo. Como el veneno de alacrán, dijo el doctor Palma. O como las mujeres, susurró uno de los funcionarios. Todas rieron; Amalia hizo como que no escuchaba y prosiguió su cátedra con otras plantas del lugar. Ramón Vidrio se impacientó y se acercó a Victoria, quien había guardado silencio en todo el paseo y no se veía contenta. ¿Te acuerdas cuando íbamos de niños a nadar al río?, le preguntó con una confianza un poco provocadora. Ella le respondió seca: La verdad no creo que me dejaran nadar en el agua helada. Victoria invitó a Ángela para que se acercara; eso lo hacía últimamente, cuando no quería conversar con una persona, pues Ángela hablaba de lo que fuera y resultaba muy atractiva para los señores, especialmente con los vestidos que aparecían diariamente en su ropero. Ramón le sonrió. Venga, Ángela, le voy a mostrar una cosa. Se apartaron un poco del grupo hacia un pequeño bosque de encinos y huizaches. Vidrio le siguió hablando de la vastedad de sus huertas y construcciones, mientras le lanzaba miradas nerviosas. Ángela comenzaba a confundirse entre el deseo de dominar esa infinidad y la repulsión que le causaba el bigote amarillo, el cual dejaba ver en ocasiones una dentadura del mismo color. Para disimular, ella misma encendió un cigarro. Cuánta paz se siente aquí, comentó, el aire huele delicioso, a hierbas, a perfume. Y dio una gran bocanada al Viceroy. En la noche es frío, comentó Vidrio, pero bien tapadito se disfruta mucho. ¿Ves esa capilla allá a la derecha? Lejos, ya de camino a la casa, se divisaba una construcción de piedra coronada de una cúpula azul y una cruz. Ahí está Lupita, mi esposa, dijo. No sabía que era viudo, respondió Ángela muy rápido. ¿Y tiene hijos? No los ha presentado. Vidrio meneó la cabeza. Nos agarró de sorpresa, ella casi tenía tu edad, un accidente muy feo… Y los ojos se le pusieron turbios. ¿Y a poco todos estos años ha estado solito? Él la miró de nuevo. Pero muy ocupado, soltó orgulloso, mira lo que he podido construir. Al principio, mis tierras eran apenas la tercera parte, ve ahora. Los dos se quedaron calibrando el paisaje; Ángela lo miraba como si lo fuera a comprar, con todo y Ramón Vidrio. De repente sintió que eso era lo que debía hacer, o quizá lo que esperaba Victoria que hiciera. Se imaginó recorriendo la propiedad a caballo todos los días, el cabello suelto, junto con Felipe, su cómplice, dueños de todo y cobijados por el poder de la familia De la Loza, Victoria y el agrónomo. Y en la capilla a lo lejos descansarían Lupita y, más pronto que tarde, el propio Ramón. Seguro que a Victoria le gustaría eso. Y después, quién sabe qué más posibilidades tendría. Ángela Vidrio, pensó, suena bien, mucho mejor que Miranda. Habría que armarlo todo bien, pasar por los dientes amarillos, unos meses nada más. De repente fue como si lo viera todo en un mapa, en el paisaje a sus pies, escrito entre las parcelas, los montes y los riachuelos. Estaba de pie junto al terrateniente, casi cobijada en su pecho, como si buscara su abrazo. Y él se sentía nervioso, era lo mejor. Entonces escucharon al grupo, un poco más cerca que antes, todos inclinados sobre un arbusto de bayas rojas. Ya encontraron la zarza morada, ven, te la voy a enseñar.

Cuando se acercaron, Felipe le echó unos ojos de fuego, o eso sintió Ángela. Luego le sonrió con complicidad. Vidrio completó la explicación sobre las bayas comenzada por uno de los funcionarios, diciendo que las de tonalidad casi negra, unas que lucían unas bonitas manchas amarillas como si fueran catarinas y por lo mismo se llamaban acalambradas, eran muy venenosas. Uy, pues estos campos son bien peligrosos, dijo Carly, sosteniéndose sobre la cabeza la pamela que se le caía todo el tiempo y la hacía ver medio ridícula. La comitiva retomó sus monturas, las señoras recibieron ayuda para subir a sus caballos y todos emprendieron el camino de regreso al casco de la hacienda.

En los jardines, la Chachis Lozoya y las demás seguían platicando animadamente. Se les habían subido los margaritas con todo y la abundante botana cuyos restos lucían sobre las mesas. ¡Por fin están de regreso!, exclamó con júbilo la decana Adelaida Reyes. Fíjense que Chachis nos ha hecho reír mucho, escribió una obra de teatro en verso, una parodia muy buena de una muchacha que … Chachis se levantó gritando ostensiblemente para acallar a su amiga. ¿Cómo les fue?, ¿qué vieron?, cuenten, cuenten. Victoria de la Loza tomó asiento como una reina entre sus cortesanas y pidió un tequila. Muchos fueron a refrescarse, pero Ángela se quedó junto a ella. Había descubierto las ventajas de la lealtad en su aspecto más exterior y le gustaba estar al pendiente de doña Victoria todo lo que pudiera, pues sabía que a ésta le agradaba y a las demás las sacaba de quicio. Me volví a encontrar con mis paisajes, dijo Victoria, los extrañaba mucho. Esta propiedad perteneció a los Pacheco, una rama de la familia de mi abuelo. Cuando era chiquita, me traían aquí de día de campo. Algo mencionó de eso don Ramón, ¿no?, exploró Carly imprudentemente, luego de beberse su margarita de un trago, de que nadaban en el río o algo así, ¿no? Sí, musitó Victoria, los Vidrio se hicieron dueños de todo esto cuando la Revolución, mucha gente perdió sus propiedades entonces, mis abuelos estaban fuera de México. Años después, nos invitaban a los nietos a visitar la hacienda. Pero en fin, qué les cuento, zanjó. Comemos y nos vamos de regreso, ¿no?

La comida fue extrañamente tensa, con todo y que la barbacoa era, a decir de la Chachis, un poema a la carne. Victoria pidió a Ángela que se sentara entre ella y Vidrio, y así no le quedó más que platicar con él de su solitaria vida, de la esposa muerta y enterrada, como si la opulencia de la propiedad arrebatada por sus antepasados a los de Victoria, así como el hecho de pertenecer al grupo acusado de desaparecer a Triunfo de la Loza, hubiera representado para él un castigo terrible. Eso pensó Ángela sin que el hombre lo dijera claramente, pero se sobreentendía. ¿Y no ha pensado en irse a vivir a otra parte, alcanzar a sus hermanos en la capital?, le preguntó Ángela con ingenuidad. Uno no deja el terruño, respondió Vidrio, más bien comparte lo bueno que tiene. Y los dientes amarillos se le mostraron en una sonrisa bastante patética y descubrió que el copete ranchero era un bisoñé con pasador y todo para sujetarlo a la patilla. Ángela encendió un cigarrillo después del postre y volteó la cara para no echarle el humo y también para no verlo más. Victoria, para ese momento, se había ido a sentar al otro extremo y platicaba animadamente con Chachis Lozoya. Detrás de la charla del grupo Atenea –nombre con que Victoria, en un rapto de inspiración, había bautizado a las mujeres un par de días atrás, cuando preparaban una antología de prosa poética–, Ángela alcanzó a ver a Felipe guiando a los meseros, que venían cargando un gran pastel y licores. Vidrio se puso de pie: con todos mis respetos y mi admiración a doña Victoria de la Loza, quiero que brindemos por su presencia tan indispensable aquí en Calipén y por la belleza de sus acompañantes. Se alzaron las copas y Adelaida Reyes pidió, antes de que se le subiera mucho la presión, que por favor Victoria recitara su poema "Inocente muchacha calipense". Victoria quería terminar con todo el trámite e irse de ahí, pero el destino parecía tenerla atrapada en ese espacio tan cargado de conflictos, de manera que se levantó y con gran energía acometió su modesta obra, como la había llamado:

Flor que en la llanura sueña
con el sol que la despertará cuando el gallo cante
Inocente muchacha, núbil, fresca…
verdes son tus manos y tus ojos de agua
en los que Calipén tiembla como el estanque
cuando lo cruza el lagarto…

A Victoria se le formó un nudo en la garganta y no pudo continuar, le dio un ataque de tos. Disimuló su turbación dando un sorbo a su copa y dijo: Estoy muy ronca, es el frío. Todos aplaudieron de cualquier manera y exclamaron qué bárbara, qué inspiración, tienes un don, Victoria, un don divino. Ya algunas habían pensado en declamar también, pero la salud de Victoria fue prioridad. Yo creo que doña Victoria tiene que descansar, dijo el doctor Palma. Felipe, quien había estado de pie detrás de ella, las manos tras la espalda y los ojos cerrados mientras ella recitaba, como una especie de escudero, corrió a disponer la partida de las camionetas. Ángela se puso de pie y los demás hicieron lo propio. Gracias, les susurró Victoria a sus acompañantes, no aguanto un minuto más aquí. La comitiva partió luego de dar la mano ceremoniosamente a Vidrio y a los funcionarios. Verdes son tus manos y tus ojos de agua, le dijo éste a Ángela cuando se despidieron, ojalá y regreses pronto. ¿Me permitirías volverte a invitar? Algo había pasado entre los dos, que ella no terminaba de entender, pero lo aceptaba con una curiosidad ya malévola, como si de ella no dependiera más que avanzar en un camino establecido que se le había revelado mientras miraba el paisaje frente a la tumba de Lupita. Claro, me encantará, respondió. Seguro que regresas acá sola, le susurró Felipe mientras caminaban hacia las camionetas, yo te traigo si necesitas. Y Ángela pensó en todo ese paisaje bajo sus pies y el plan que se le había formado en la cabeza mientras lo admiraba al lado del hombre del bigote (y los dientes) amarillos.

Esa noche Ángela soñó con la escena que había imaginado antes, en la que observaba junto a Felipe las vastísimas tierras de Vidrio, en medio de un ventarrón. Sonreían ambos muy exaltados mientras a lo lejos, en la capilla azul, se alcanzaban a ver dos tumbas. De repente, una presencia enlazaba su cintura por atrás: era Victoria, que también abrazaba a Felipe. Los tres se reconocían contentos, luego se besaban y acariciaban con pasión. En ésas estaban cuando Ángela descubría que a Victoria se le subía por los tobillos una serpiente de color rojo, provista de dos largos colmillos. Ángela le avisaba, trataba de señalársela y buscaba una rama para apartar a la serpiente, pero Felipe la alejaba de ahí. Entonces miraban juntos, mientras continuaban besándose, cómo la serpiente subía hasta el cuello de doña Victoria, ya desvanecida sobre un macizo de hortensias, y le encajaba los dientes.

Entonces abrió los ojos. Entre las sábanas se encontraba Felipe, manoseándola y acariciándola como solía hacer, con fuerza y enorme calentura. Le mordía el cuello como la serpiente a Victoria. Atrapada entre las brumas de aquel sueño y el escándalo de los grillos que invadía la noche afuera de su cuarto, Ángela se dejó hacer todo lo que quiso Felipe, si bien quedaba siempre adolorida, pero con la impresión de haber sentido a cambio gran placer y, a últimas fechas, haber cumplido con un trabajo. Como los gatos, lo hacemos como los gatos, le susurraba Felipe mordiéndola más, ahora en la nuca, ahora en todas partes, como el animalito de la pesadilla con César Augusto. Y el calor que despedían los cuerpos era inhumano, casi insoportable. Un poco más tarde, Felipe le preguntó si le gustaba Vidrio. ¿Se te antoja? Él no, respondió Ángela, él me da asco. Todo se puede aguantar si uno quiere, hasta te lo puedo volver más guapo. Ángela se le quedó mirando. ¿De veras? De veritas, contestó él, ¿o a poco soy guapo yo?

A la mañana siguiente resultó que Victoria había amanecido muy enferma. Se me hace que fue la barbacoa, anunció el doctor Palma en la mesa del desayuno, Adelaida también está en la cama, estuvo yendo al baño toda la noche. Su cuarto queda junto al mío y me paré a atenderla, les mandé traer un medicamento de la farmacia y se sienten mejor. Quizá no debió venir, musitó Amalia, a lo mejor todavía no es momento para que regrese a Calipén. Las otras –Carly, Chachis, Sonia, Licha, Brenda y Ángela– se le quedaron mirando intrigadas, pero contrariamente a su locuacidad, Amalia no añadió nada más. Tú conoces a Victoria desde hace mucho, ¿verdad?, le preguntó Sonia a Amalia. Desde la Normal, respondió ésta, nos hemos seguido toda la vida. ¡Qué bonito!, exclamó Chachis con su habitual sonrisa, dos amigas que se acompañan siempre, así deberían ser algunos matrimonios. Todas se rieron. Ángela permaneció en silencio, atrapada en una red de deseos y presentimientos, meneando con el tenedor los huevos del desayuno. Sentía frío, como una corriente que llegaba a sentarse junto a ella, como un fantasma. Era yo, Saturnina.

XXXII

Eso de despertar en otros lados, siempre con este cuate que me interrogaba, hablando como una muñequita, qué cosa extraña. Le explicaba que Ángela se quemó con mi cuerpo, que Felipe se la llevó a ella, pero no a mí. Ella fue la que se aferró y salió perdiendo. Y el cuate no entendía, nadie entendía. ¿Desde cuándo le prometí algo a Felipe? La verdad, ya no quería despertar. Me dije: si así va a ser cada vez, mejor que me desaparezca para siempre, preferible ser nada a ser un fantasma, una pesadilla.

Pero de repente me desperté y estaba haciendo pipí en un baño color de rosa, lleno de flores y tapetitos. La taza del escusado tenía cubierta de peluche. Traía una falda hindú, unas botas cafés, una blusita. Y me podía mover. Era güera, además. Me apoderé del cuerpo, me sentí joven, sana, bien, más alta que yo. La chava, arrinconada por ahí, no se lo esperó; un trancazo como los que me daba Ángela y quedó noqueada. Me miré al espejo, no estaba mal. Y me amarré muy bien la pulserita para que no se me cayera, la pulserita que me dio esa mujer en Todos Santos, como si se imaginara lo que me iba a pasar. Y abrí la puerta despacio para ver quién estaba afuera, a dónde había ido a parar esta vez. Escuché abajo la voz del chavo, de Arturo, y la de una señora. Me imaginé que era algo así como una amiga suya, no sabía bien. Estaba desorientada, pero pensé que debía salir lo más rápido posible, buscar algo con qué moverme. Y algo para defenderme también. Era una casa muy vieja pero muy decorada; el efecto de tantas monerías sobre las grietas –cuadritos, carpetitas, flores– era muy extraño. Junto al baño había dos puertas cerradas; pensé en abrir una de ellas y buscar lana en alguna parte, pero iba a ser muy tardado y luego no podría escapar. El chavo me reconocería. Bajé por la escalera tratando de no hacer ruido, pero me descubrieron. El chavo y la señora estaban en la sala, él me preguntó si me sentía bien. Yo buscaba dinero en las repisas, en alguna parte. Le dije que estaba mareada y en ese momento descubrí la bolsa; tenía que ser la de la chava, no era una bolsa de señora y si lo era, ni modo. La agarré de un manazo y les avisé que iba a tomar aire. Luego me eché a correr, pero el chavo me alcanzó. Era medio burro, buena gente en realidad, pobre. Hurgando en la bolsa descubrí la llave de un Volkswagen, me escapé rápido en él. Me dio pena dejarlo así, pero ni modo.

Después de todo lo que me había pasado, iba manejando un coche por Insurgentes y me veía medio hippie aunque eso estuviera pasado de moda. Me fui directo al departamento, a buscar a mamá. Toqué el timbre, pero nadie contestó; no tenía llave, no podía entrar. Alguien había pegado un letrero afuera de nuestras ventanas: se vendía la casa. Luego se me ocurrió que a lo mejor estaría trabajando. Me fui hasta Reforma, a la oficina de Aeronaves Mexicanas. Dejé el coche por ahí y entré por la puerta de cristal. Patricio estaba detrás del mostrador, me acerqué y le pregunté por mi mamá. Se me quedó viendo extrañado, me di cuenta de que yo no era yo. Perdón, me equivoqué, la señora Graciela, le dije. Se puso muy serio, muy triste. Me preguntó quién era yo, no supe qué contestar, lo vi de mal humor. Le encargué unos boletos hace unos meses, le expliqué. Ya no trabaja aquí, me respondió, pidió que la trasladaran a otra ciudad; la mirada se le oscureció. ¿Llegaría una chava cualquiera a explicarle que era Saturnina y él le creería? Lo dudé mucho; se me hizo que eso sólo pasaba en las películas, me creería loca. Ya no le pregunté a qué ciudad; igual no estaba segura de que me lo hubiera dicho. Yo era una perfecta extraña a fin de cuentas. Me fui antes de que me preguntara cuáles boletos había encargado.

Ya no me pareció bien ser una güera, ni siquiera ser más alta. Para recuperar mi mundo, necesitaba volver a ser yo. ¿Me habían enterrado en alguna parte?, ¿quedó algo de mí? ¿Y Laura? Lo bueno era que la chava tenía lleno el tanque de gasolina. Me fui hasta Copilco a buscar a María Rita. Toqué a la puerta de casa de sus papás, me abrió la tía Romina. Casi le doy un beso como siempre, me aguanté a tiempo. ¿Quién la busca? Una compañera, le dije, soy de la Facultad. A ver si logras que regrese a clases, me dijo la señora, lleva semanas encerrada. Y me invitó a pasar, entre cuatro gatos que se le enredaban en los pies.

Había un monito en una jaula en el comedor, uno de los pacientes que se traía el papá a la casa de tanto en tanto. El monito empezó a chillar en cuanto me vio, como si hubiera visto un fantasma. ¿Acaso no era yo un fantasma? La chava empezó a despertarse adentro de mí, por dentro también le solté un trancazo, no la dejé salir. No pensaba dejarla salir nunca. María Rita bajó las escaleras, estaba en piyama. Se veía muy deprimida. ¿Quién eres?, me preguntó, yo no te conozco. Le dije que era de la Facultad, pero no me creyó. ¿Y cómo sabes dónde vivo? Me dieron tu dirección en Servicios Escolares, inventé, los maestros preguntan por qué no has regresado. Me dio mucha tristeza, yo quería abrazarla, consolarla, decirle que aquí estaba, ¿pero cómo? ¿Qué te pasó?, le pregunté a bocajarro. Se murieron mis amigas, me contestó. Me quedé callada. No supe cómo reaccionar. ¿Qué les pasó?, pregunté, haciéndome la inocente. Debía haber algo muy raro, algo mala onda en todo esto, quizá en la respuesta de mi cuerpo falso, una falsedad que se podía entender muy mal. María Rita se puso furiosa, se levantó y me gritó: Ya iré cuando pueda, ya no nos insistan, no sé quién eres tú. Y luego, como si se hubiera vuelto loca: No diremos nada, ¿okey?, ya entendimos, déjennos de estar chingando. No diremos nada. No sabemos qué pasó, no preguntaremos nada, no podemos probar nada, no diremos nada. Déjennos de estar chingando, ya vinieron sus guaruras, ya amenazaron a mi papá, no queremos el dinero, sólo déjennos de estar jodiendo. El changuito no paraba de chillar, yo debía estar blanca de la impresión.

La tía entró muy asustada, abrazó a María Rita, me pidió perdón. Está muy alterada, no sabe lo que dice; pasó algo muy feo, ha sido un viacrucis. Diles que le den tiempo, ya regresará a clases más adelante, lo prometemos. Si la pueden esperar un poco, lo agradeceremos mucho. Me condujo a la puerta y María Rita se quedó aullando en el sillón, junto con el monito. Yo me salí hecha pomada. Hubiera querido abrazar a mi amiga también, que su tía nos consolara, pero la vida no era como en las películas y si les decía que yo era Saturnina, pensarían que me estaba burlando de lo que había pasado. De todos modos me di cuenta de que si tantos morimos en el incendio, además de Laura y yo –o lo que era yo–, no querían que se supiera. Ni siquiera cenizas han de haber quedado de nosotras.

¿Yo quería ser otra? Pues ya era otra. Y para otros efectos, no era nadie, no más que una historia que contar. Sentí una rabia espantosa. ¿Y ahora? El único lugar al que se me ocurrió ir fue a Fuego 20. Regresar a donde había comenzado todo. Tenía pánico de esas gentes, estaba segura de que Felipe había tenido que ver en todo esto. Su carta, la famosa servilleta del Prendes que la idiota de Ángela firmó con su sangre, su pacto, Victoria de la Loza, otro loco tal vez igual que yo o peor. ¿Me reconocería? Por lo menos, a lo mejor, me podría vengar. En todo caso traía algo con qué defenderme.

XXXIII

Desde la habitación de Ángela, alcanzaba a escuchar las voces de las mujeres que almorzaban en el jardín y el olor a guisado. Me asomé por un ventanal que daba a la mesa protegida con una sombrilla rosa mexicano y las vi. Ángela estaba al fondo, distraída. Sonreía como si estuviera hueca, como si escuchara pero no escuchara, como si viera pero no viera. Me costaba reconocer en ella mis rasgos, era como si todos los deseos que tenía y se le iban cumpliendo en las últimas fechas la hubieran transformado: mis ojos pequeños se habían agrandado a fuerza de maquillarlos siempre exageradamente y ponerse pestañas postizas; mi cuerpo, que no era muy generoso, prometía grandes curvas bajo las blusas abiertas casi hasta el seno y sobre los zapatos de altas plataformas. Incluso la voz era distinta, más grave y masculina. Ángela era otra, yo había logrado ser otra, y me preguntaba cómo regresaría a ser yo misma o si es que Ángela y yo quedaríamos separadas para siempre. Pasé junto a Felipe, que hablaba por teléfono y, como todos, no me sintió.

Me aposenté en un equipal cerca de Ángela mientras desayunaba. En ésas llegó también Parménides Botello; tenía la cara casi verde. ¿Y a usted qué le pasó?, le preguntaron, también se ve muy mal. Por lo que entendí, algunas personas del grupo se habían enfermado por la barbacoa del día anterior. Sus estómagos capitalinos no aguantan nada, dijo Chachis en son de burla mientras devoraba una burrita. La plática siguió por el lado de las enfermedades, el agua que no siempre está hervida, la fruta que no se lava bien. Fue entonces que se escuchó un grito. El doctor se paró corriendo y todos lo seguimos. Una de las muchachas lloraba muy descompuesta en la sala: la viejita, la viejita, decía. Felipe ya no estaba ahí. El doctor se precipitó a la habitación de Adelaida Reyes. Victoria salió de la suya pálida y en bata; dos grandes ojeras descomponían su rostro perfecto. Se aferraba a una libretita. ¿Qué pasa, preguntó? Felipe apareció por una de las puertas: Doña Adelaida falleció, anunció apesadumbrado. Hubo desconcierto, gritos, exclamaciones, llanto incluso. Victoria se desmayó sobre el piso de barro bruñido: el camisón bordado dejaba ver unos pies blancuzcos que, no sé por qué, me parecieron de ave.

Lo que siguió fue muy confuso. El doctor seguía en la habitación. Felipe y Parménides cargaron a Victoria hasta su cama. Las otras daban vueltas sin saber qué hacer y Ángela permanecía quieta, como a la espera de alguna señal. En ésas Parménides regresó y le dijo: Quiere verte. La seguí hasta el cuarto de Victoria, casi la recámara de una reina: una cama enorme, rodeada por cortinas de tela de mosquitero, impedía ver claramente la figura pálida, encogida como una especie de capullo. Ángela se sentó en la cama y apartó un poco las cortinas. Yo de plano me acosté en un diván de seda bordada para ver qué sucedía. El capullo extendió una mano blanca y murmuró: No es mi culpa, dime que no es mi culpa. Claro que no, dijo Ángela. Tengo mucho miedo, insistió Victoria, si no hubiera traído a Adelaida, no le hubiera pasado esto. Te quiero pedir un favor. Lo que sea, declaró Ángela. Prométeme que no me dejarás sola con Vidrio nunca. Nunca, repitió Ángela, claro que no. Ángela la abrazó, pero me alcancé a dar cuenta de que no sabía bien cómo hacerlo, era un poco fría y torpe. Después Victoria preguntó por Felipe, ¿dónde está? Ángela aprovechó para salir corriendo a buscarlo. Estaba muy asustada, yo también; me costaba ver derrumbarse a una mujer tan entera, de tantos pantalones. Me dio mucha pena y me le acerqué para abrazarla. Ella como que algo sintió, porque se encogió bruscamente y gritó ¡Felipe!, ¡Felipe! El doctor Palma entró volando y le preparó unas gotas. También él estaba verde, no se sentía bien. Está ocupado con los arreglos, ahora viene.

En efecto, Felipe ya había dispuesto por teléfono los arreglos funerarios. Había enviado boletos de avión a la familia de Adelaida, que decidió que se la enterrara en Calipén y ahorrarse el traslado del cadáver. Las demás del grupo arreglaban floreros, susurraban entre ellas, y el cronista tomaba notas en un rincón, luego de preguntarles algunos detalles de la vida de Adelaida, para el obituario. Ángela se sintió perdida. Esperaba que alguien le dijera qué hacer y nadie le hacía caso, todos aprovechaban la postración de Victoria para borrarla, pasarle por encima. Yo aproveché ese momento de debilidad suyo para meterme de nuevo en nuestro cuerpo y ser las dos. Sentí que me llenaba de fuerza, de energía. Salí corriendo hacia el bosque y escalé un montículo de rocas. Estaba sentada en la parte de arriba, tratando de imponerme sobre Ángela, cuando llegó Felipe. Jadeaba un poco, cansado. Me tomó de los cabellos y me besó. Yo hubiera preferido alejarme, pero sentí que debía disimular, esconderme detrás de Ángela que se entregaba contenta. ¿Qué le pasa a Victoria?, pregunté al cabo, ¿era muy amiga suya Adelaida? Felipe sonrió. Cree que la quisieron matar. Pero ya me encargué, ya está más tranquila. ¿Y la quisieron matar?, pregunté yo. ¿Nos quisieron envenenar a todos? Felipe se carcajeó. Nadie ha muerto por una barbacoa, que yo sepa. Y volvió a besar a Ángela, dispuesto a tumbarla ahí mismo, junto a la roca, pero yo me resistí. Estas plantas pican. Eran las bayas acalambradas, recordó Ángela, las mismas que había dicho Amalia Robledo que eran venenosas. Nos levantamos rápido. Jugué con Felipe a corretearnos, hasta que él me arrinconó contra un árbol y me desabrochó los pantalones. Aquí no hay nada que te pique, dijo. Ahí mismo, de pie, nos ayuntamos para desfogar la angustia, pero no fue como las otras veces.

De regreso encontramos al grupo reunido en la sala alrededor de Victoria, quien había recuperado el ánimo y hablaba de Adelaida con emoción: Fue siempre como una hermana mayor que en todo me aconsejaba; crucé con ella un pantano en avioneta para dar clases en una lejana escuela rural, hicimos carrera en la universidad y en la Normal, y aunque cada una tenía su familia, nunca dejamos de estar en contacto. Escribimos juntas la "Oda a Túxpam" y el "Himno de la Confederación de Mujeres Profesionistas". La emoción le impidió continuar. El doctor Palma la tranquilizó con unas palmaditas en la mano. Pero ya ven, añadió, hasta para la gula hay edades. Definitivamente doña Adelaida murió por causas naturales. Victoria lo miraba con ganas de creerle y se le notaba esa zozobra: ¿De verdad? Definitivamente, zanjó él.

Pronto llegaron los de las Pompas Fúnebres Calipén y pasaron a la habitación de Adelaida. La iban a arreglar para que la veláramos ahí mismo, había que prepararse pues no sólo su familia venía de camino, sino también el gobernador y otras personas que habían estado alrededor de Victoria en esos días, incluido, por supuesto, Vidrio, el autor de la barbacoa cuya indigestión dio al traste con la vida de la viejita. Cuando salieron los embalsamadores, me deslicé hacia la habitación de Adelaida y por la puerta entreabierta la contemplé ya amortajada. Le habían puesto un bellísimo huipil de manta azul calipense con bordados que Ángela le había visto a Victoria en uno de los primeros días, le amarraron la mandíbula con una cinta blanca y le cubrieron el cabello con otro paño oscuro. Parecía una monja azul. Sonia, Licha, Carly y Brenda me siguieron y se quedaron un rato conmigo en la contemplación. Qué pacífica se ve. Por lo menos no sufrió, murió dormida. Yo ya quisiera irme así. Chachis, Amalia y Paquita nos pidieron que abriéramos paso. Traían unos cirios gigantescos que quién sabe de dónde habían sacado. Los colocaron alrededor de la cama, junto con unos arreglos enormes de dalias blancas. El perfume de las flores me mareó y me salí. Victoria me pidió que la acompañara, me senté a su lado en el salón y permanecí en silencio, escuchándola hablar de Amalia y su juventud. Luego recitó un verso de Sor Juana:

Aliéntese el dolor,
si puede lamentarse,
y a la vista de perderte
mi corazón exhale
llanto a la tierra, quejas al aire.

Por la tarde empezó a llegar la gente. Primero aparecieron, por supuesto, las amistades de Victoria en Calipén, que tomaban el velorio como pretexto para presentar sus respetos y comentar chismes. Después llegaron los familiares de la difunta, en varios coches enviados expresamente por Felipe al aeropuerto para recogerlos. Los hijos de Amalia y sus respectivas familias formaban una nube de señoras, niños y adolescentes desconcertados a quienes se instaló y se abrazó como correspondía. El que no llegaba era el gobernador, que hacía un par de horas había prometido a su tía Vicky que pasaría por ahí. Victoria estaba inquieta, pero lo disimulaba, pues aquello era una feria de gente que no sabía qué hacer y niños a los que había que tranquilizar para que no gritaran. Cuando vio llegar a Vidrio, me tomó del brazo: No te vayas, quédate junto a mí. El del bigote amarillo le dijo que estaba consternado porque escuchó que la señora se puso mal por su barbacoa. Te juro que se prepara como todo aquí en Calipén, con la mayor limpieza. Ya lo sé, Ramón, Amalia ya tenía su edad, hay cosas que no se pueden precaver. Pues lo que necesites, Victoria, ya sabes que estoy a tus órdenes, como siempre. En ese momento, Felipe llamó aparte a Victoria, yo la seguí también. El ingeniero no podrá venir, atacaron a Clarita. Clarita era la esposa del gobernador. Fue una pandilla en las nuevas tiendas de Calipén. Iba con su mamá y su tía, los guardaespaldas estaban afuera, ya agarraron a los pandilleros, no la van a contar, por suerte Clarita está bien, una herida, unos raspones. Victoria palideció, le dio unas indicaciones que no entendí. Felipe salió como alma que lleva el diablo y ella regresó con sus invitados. Vidrio se fue, no sin antes recordarle a Ángela su promesa de ir a visitarlo muy pronto para recorrer su hacienda durante un día entero.

Entonces afuera se empezó a escuchar el alboroto de un claxon y salimos a ver qué pasaba. Era César Augusto, finalmente había llegado. De la emoción, casi me desmayo. Salí sin pensar en que debía guardar las apariencias, esperando casi

casi que corriera a mis brazos y me le puse enfrente, pero él sólo me saludó un poco desconcertado, no sé si por tanta gente que se apelotonaba por toda la casa. No pareció reconocerme o no pareció importarle que yo estuviera ahí: quizá estaba muy despeinada o algo, el caso es que ya no era ese que me decía que yo era una chava de lo más interesante, que no se me podía despegar, ese que hacía tan sólo unas pocas semanas no podía dejar de tocarme. Venía acompañado por un cuate al que le llamaban el Mike y una chava. Nada que ver con los que estaban en la fiesta cuando fui a verlo, o quizá sí. ¿Fui en realidad o estuve alucinando?

Victoria salió a recibir a César Augusto, quien la abrazó con gesto de niño regañado. Se veía guapísimo y eso que, nos estaban contando él y Mike a los que andábamos por ahí, se habían turnado para manejar todo el día. Mañana seguimos a Gringolandia. La chava me pareció una gringa zorra y sin chiste, o sería que todo era muy distinto a mis fantasías, y de lo que me pude dar cuenta era de que Ángela lo había olvidado por completo, es decir, ya no le importaba, estaba más pendiente de Felipe y sus planes de seducir a Vidrio y dominar Calipén. A veces yo era Ángela y a veces era yo; en raras ocasiones éramos las dos las que hacíamos cosas de común acuerdo, pero nos sentíamos muy distintas. Y cada una quería el cuerpo para sí, una para quedarse y otra para escapar. Victoria y su hijo se encerraron en una habitación que hacía de biblioteca y estudio; yo imaginé que le estaba dando los cheques y las instrucciones para los bancos de Estados Unidos. Ángela, por el contrario, se fue a su habitación para arreglarse. Ahora no sólo estaba ocupada por mis cosas, sino por las de Brenda también, dos enormes maletas azul cielo que no dejaban pasar. Me pregunté cómo nos acomodaríamos en la cama, o si nos traerían un catre; Ángela no iba a dormir en ningún catre, me dijo.

La seriedad de los hijos de Amalia –dos varones y una mujer con sus respectivos cónyuges–, sentados en el salón y concentrados en las remembranzas y los elogios a la difunta, contrastaba con la algarabía de los niños en el patio y los corros de la comitiva y los calipenses, dedicados al chisme. Yo me senté muy formal y no hice más que asentir a todo lo que se decía, por ejemplo, que Amalia fue una muy luchadora activista del voto para la mujer. Victoria salió de la habitación con su hijo. No parecía alterada por lo que le había contado Felipe y hasta me reprochó estar tan callada. Ángela, siempre dices algo atinado y ahora parece que te comió la lengua el gato. Pero Ángela no aparecía por ningún lado y no sabía ni qué decir. Me dolía lo que Felipe nos había hecho hacía unas horas junto al árbol y sentía temor de los ojos de Vidrio, ahí cerca junto a Chachis Lozoya, que no se me despegaban. ¿Cómo podía Ángela estar tan feliz con esas cosas? Me levanté para encargarles unas aguas de horchata en la cocina. Perdón, no me siento bien, le dije al fin a Victoria, y ella mostró un gesto de preocupación: ¿También te cayó mal la comida?

Felipe regresó por fin y le susurró algo al oído a Victoria. Ella hablaba con mucha gentileza, pero yo podía ver que apretaba los puños casi hasta enterrarse las uñas pintadas de rojo sandía. Me daba cuenta de que estaba asustada, como si algo la amenazara. No permitió que nadie se fuera a dormir a los hoteles de Calipén y habíamos quedado todos bastante apretados en el arreglo de las habitaciones; hubo que reorganizar todo para que cupieran César Augusto y el Mike con el doctor y el cronista, y Cindy con Brenda y conmigo. Al día siguiente llevaríamos a incinerar a Amalia al Panteón de Calipén. También saldrían César Augusto y su grupo desde temprano. Por más que el plan era no dormir, muchos no aguantaron y se retiraron a descansar unas horas, incluida Victoria. Yo me ofrecí a quedarme con Sonia, Carly y Brenda, no se nos fuera a despertar la difunta y resultara que la íbamos a incinerar viva, o eso pensé. Fui por una ropa cómoda a la habitación y saqué mi bolsa también: no quería que me esculcaran. Luego me instalé en una silla cerca de Amalia con las otras. A la media hora estaba dormida. No supe si soñé que caminábamos por la oscuridad, cerca del río. Felipe me mostraba su sonrisa, me decía cosas halagadoras –vas a ser la princesa, la reina de Calipén– y me manoseaba.

Abrí los ojos a mitad de la noche. Carly y Brenda dormían en sus sillas; Sonia se había recostado en una esquina de la cama de Amalia y roncaba apaciblemente. Quería ir al baño, fumarme un cigarro. Me salí con la bolsa y de camino al baño escuché unos murmullos: provenían del cuarto de Victoria. No me pude aguantar las ganas de acercarme: pensé que quizá estaba con César Augusto, quizá lo pescaba de salida, en medio de la oscuridad. Pero no era César. Victoria estaba con Felipe, los dos sentados en la cama. Ella traía un chicotito en la mano y le soltaba pequeños latigazos conforme le decía: ¿no que todo iba a salir bien?, ¿no que todo iba a resultar?, ¿no que trabajabas para mí? Demonio, Modeoni demonio, ahora me querrán matar a mí. Felipe la trataba de tranquilizar, pero cada que estiraba la mano hacia ella, lo latigueaba. Él se aguantaba las lágrimas de dolor y también sonreía, como si disfrutara del castigo. Me tuve que detener en el quicio de la impresión. Ellos oyeron rechinar la puerta y me voltearon a ver: ambos tenían esos ojos, los ojos del animalito de César Augusto, redondos, rojizos y sin fondo.

XXXIV

En el primer momento Arturo no sabe qué hacer. Se queda mirando boquiabierto el Volkswagen rojo que se pierde por las calles. Doña Francis sale a la puerta y lo encuentra parado a mitad de la cuadra, como perdido. ¿Y tu amiga? ¿Se pelearon, qué pasó? Arturo entra corriendo a la casa, sube la escalera y corrobora lo que ya sabía: la cajita con la pulsera en el altar está vacía, se la enseña a la tía que se horroriza. Ay, Dios, esto es como posesión satánica, exclama ella cuando le cuenta lo que sucedió. Me dijiste que iba a venir alguien de Tlacotalpan, tía, pero creo que no me creíste. Claro que te creí, pero no pensé que fuera algo tan, ¿cómo explicarte?, pensé que a lo mejor te habías imaginado una parte, no sé, por ese lugar tan raro donde trabajas, hijo.

Está anocheciendo. Arturo trata de pensar a dónde habrá ido Fabiola, o la chava que se posesionó de Fabiola, Saturnina. A dónde habrá ido Saturnina. A lo mejor se pierde, dice doña Francis, luego las almas no se orientan tan fácil, quizá regresa. Pero esa alma trae un coche, tía. La tía le pasa la mano por el pelo, disimuladamente le siente la temperatura. ¿Y entonces no se molestó por algo tu amiga, algo que dijimos? Mira, vete a acostar un poco, te llevaré un té, estás muy pálido, no te vayas

275

a enfermar. Arturo la obedece como autómata, se sube a su cuarto y se acuesta. La noche va cayendo por la ventana, todo está oscuro. Se oye pasar un carrito de camotes. Piensa que debe buscar a Rubén, explicarle. Le había tratado de contar, pero Rubén se burló de él. Ahora está Fabiola de por medio, la ayudará a buscarla. La tía le trae una tila, le dice que se duerma un rato, que luego podrá pensar. Arturo entrecierra los ojos y trata de recordar la historia que le había ido contando el fantasma de la chica. Empezaba con el tío muerto, ¿y luego? Se esfuerza en recordar, pero se queda dormido.

De repente se escucha la puerta. Pino entra a la casa haciendo gran escándalo. Canta: todo se derrumbó, dentro de mí, dentro de mí. Mira mi cuerpo, cómo se quema, mira mis lágrimas cómo no cesan por ti. Alrededor de su voz otras voces en pleno jolgorio: vienen a ver el show de Carmela y Rafael y a merendar la minilla que preparó la tía. Ella los recibe y les dice algo, bajan la voz. Se oye el tintineo de platos y cubiertos, risas, comentarios. Arturo se despierta pensando en un cuento de Inés Arredondo, "La sunamita"; el tío moribundo que se casa con la sobrina joven y después ya no se muere, la obliga a cosas horribles, un cadáver que exige, un muerto que chupa la vida. Se levanta sudoroso, va al baño a echarse agua, se imagina a Saturnina posesionándose de Fabiola, se apresura a bajar. Les presento a mi primo, exclama Pino al ver que se acerca, y a mi novia Suzuki. Hay varias personas, todos chavos como Pino, unos muy jóvenes, con el copete muy peinado. Y una chica con el pelo rizado y levantado espectacularmente. Están muy contentos, les está yendo de maravilla en la película, le cuentan a la tía de todas las escenas que han filmado, de los actores famosos, del productor tan generosísimo con ellos y especialmente con Suzuki. Nos invita en las noches a su casa en el Pedregal, tiene una casa preciosa con alberca. Ay, niños, por eso casi no los veo, tengan cuidado con esas gentes, exclama Francis. Pino la abraza, no te preocupes, mami, nunca te descuidaré. Y luego vuelve a cantar: todo se derrumbó, dentro de mí, dentro de mí.

Entonces Arturo tiene una corazonada: el Pedregal, la casa esa, la que le contó Saturnina, la casa de la mujer y el demonio ese que la seguía por todas partes y la seducía. ¿Estará ahí? Toma su chamarra y se sale sin decir nada. Pino se extraña: ¿qué le pasa a Arturo, mami? Ay Dios, dice doña Francis, eso quisiera saber yo, estoy muy preocupada. Pero no te retuerzas así las manos, mamá, te van a salir verrugas y manchitas. Ven, no te preocupes, Arturo ya está grandecito, vamos a servir las cubas. Pon el tocadiscos, Fede.

El taxi hasta el Pedregal le cobra carísimo, no le va a quedar dinero ni para comer en lo que resta del mes. A duras penas podrá regresar a casa, si no la encuentra. El taxista lo deja en la avenida, en la esquina de Fuego. Prefiere así para que nadie lo note, está bastante oscuro. Cuídese joven, le dice el chofer al arrancar. Arturo se interna por la calle, busca el número 20 que recordó en medio del jolgorio de Pino y sus amigos, Fuego 20. Y encuentra el coche de Fabiola.

Respira. Camina despacio, se asoma, ella no está adentro, ¿dónde se habrá metido, estará en la casa? Una luz ilumina la puerta, el número 20 que parece brillar. Como una promesa, algo así me dijo, piensa Arturo, como una promesa. Las letras bailaban porque ella cumplía veinte años. Y siente pena por esa muchacha, por primera vez siente curiosidad de saber cómo era: tal vez, si se hubieran conocido cuando ella estaba viva, le hubiera gustado, aunque él a últimas fechas no está muy seguro de sus propios gustos.

De repente se abre la puerta automática del garaje; un coche grande sale, no alcanza a distinguir muy bien el modelo, casi ni el color. Atrás se distingue la silueta de una mujer distinguida. Adelante va el chofer. El chofer detiene el auto un momento, se baja, se asoma, olisquea el aire. Arturo piensa en el tal Felipe, el hombre oscuro, fibroso. Se le hace más bien chaparro, se pregunta si será él u otra persona.

Y en ese momento Fabiola salta de la oscuridad. Trae el cuchillo de pelar pescado de la tía Francis, Arturo reconocería el mango blanco en el mismísimo infierno. El cuchillo queda enterrado en la espalda del chofer, que se llena de sangre, la mujer grita y se baja horrorizada, todo sucede en un instante, como un sueño. Fabiola se queda pasmada un momento; Arturo saca valor quién sabe de dónde, se aproxima a ella por atrás, la agarra del brazo y se la lleva hasta el Volkswagen, le arrebata la bolsa, saca la llave y se suben en chinga. Arranca como alma que lleva el diablo.

En el camino, Saturnina no dice nada, sólo tiembla. Viene por mí, dice, ya vendrá por mí, ése no se muere nunca, no se muere nunca. En San Ángel, Arturo aprovecha el descuido y le quita la pulsera. Ya no viene por ti, murmura, echándosela al bolsillo. Fabiola tarda en reaccionar de nuevo. Arturo decide que la llevará a su casa. Cuando pregunte qué pasó, le dirá que se desmayó o algo así, pero tiene sangre en las manos, no sabe cómo le explicará.

Se queda un rato estacionado en la esquina de la casa de Fabiola, ella parece dormida, desmayada. Cuando abre los ojos, le va diciendo poco a poco, con palabras cariñosas, que ya pasó, que ahora que se sienta mejor debe entrar a su casa y lavarse. Fabiola despierta, respira profundo, mira a su alrededor. Me di cuenta de todo, le dice, es una abusiva, me empujó, me pegaba, todo el tiempo me acorralaba como contra una pared, no me dejaba salir. Arturo le insiste en que fue un sueño, que se desmayó. No es cierto, dice Fabiola, yo me puse la pinche pulserita, fue horrible, tú me jalaste para que se me antojara. Nunca más vuelvas a hacerme esto, es más, nunca más te volveré a ver. Bájate de mi coche y dame mis llaves. Vete a la chingada.

XXXV

Me eché a correr lo más rápido que pude hacia el patio y luego por el bosque que rodeaba la casona; sabía que, en algún punto, éste se conectaba con la carretera, la había visto un poco más allá, cuando me sentaba a meditar en una piedra. Escuchaba jadeos detrás de mí y no me detuve hasta dejarlos atrás, entre zarzas, ramas y piedras. No sé cuánto tiempo corrí, no sé con cuántas ramas me habré tropezado ni cuántas veces me volví a levantar, aterrorizada, porque el bosque no parecía terminarse nunca. Cuando quise voltear a ver dónde había quedado la casa, el camino, todo lo demás, me subí a un cerrito coronado por un árbol que en la oscuridad no se distinguía bien. Y desde ahí alcancé a ver la casa, pero no era la casa de Calipén: era Fuego 20. Yo estaba en el bosque que se alcanzaba a ver desde el balcón de la recámara de Victoria, más allá de la alberca. Se me salió un grito y volví a echar a correr. Ya no sentía a Ángela. Quizá se había quedado rezagada, quizá ella permaneció con Felipe y con Victoria, pero yo seguía adentro de mi cuerpo, apurándome y tropezándome y lastimándome los pies, hasta que llegué a la carretera.

Cuando amaneció, yo seguía caminando. Ya no estaba segura de que alguien me siguiera, no sabía nada. Traía los jeans y la camiseta que me había puesto para velar a la viejita, y también la aparatosa bolsa que Ángela había comprado, llena de estoperoles, donde guardaba el pasaporte, los cigarros, maquillaje y el dinero que había robado de la cuenta que teníamos mamá y yo. No traía nada para abrigarme, pero no sentía frío. Iba descalza, porque Ángela no fue capaz de llevar unos zapatos cómodos y yo no fui capaz de correr con los zapatos de Ángela. Tal había sido mi terror que en el momento no sentí las piedras, las espinas, pero ahora sí me ardían los pies a cada paso, no podía seguir mucho así. En un momento me senté en un tocón al borde de la carretera, hasta que escuché un auto que se acercaba a lo lejos y estiré el dedo.

Eran tres personas. Podrían haber sido César Augusto y sus amigos Mike y Cindy: dos tipos y una mujer, todos güeros, todos de clase alta, dos mexicanos del DF y una gringa, pero no eran exactamente ellos. Se detuvieron y me miraron con lástima, me dejaron subir atrás con la muchacha. ¿Cómo te llamas?, ¿estás bien?, me preguntó uno de ellos. Saturnina, respondí. Qué nombre tan chistoso, exclamó ella. Ellos eran Tito, el Peter y Candy. ¿A dónde quieres que te llevemos?, te ves muy amolada, ¿qué te pasó? De verdad que era raro. Ahí me di cuenta de que todo lo de César, todo lo que pasó, fue quizá una ilusión creada por Felipe para atraerme a su mundo raro, no fue verdad. ¿O sí?, ¿cómo sabía yo que él iba a Estados Unidos? Como si hubiera vivido una parte de una película que no era la que al final salía en pantalla: trozos que alguna vez fueron filmados, pero se tiraron al basurero a la hora de armar la cinta. Hubiera llorado por eso, de no dolerme tanto los pies. Les dije que me perseguían, que alguien trató de abusar de mí, que venía de paseo, como ellos. Se condolieron. Me dijeron que iban a subir hasta Tijuana y cruzar a Estados Unidos, les dije que iría con ellos, si no les importaba, traía mis papeles. Y dinero. Les pedí que cuando se detuvieran en alguna ciudad me esperaran para comprarme unos tenis, pero lejos, por favor, lejos de aquí. Ahí me quedaría para tomar un avión de regreso. Ni siquiera me bajé del coche cuando pararon a tomar un refresco y orinar en una casita al borde de un poblado. Candy me pasó por la ventana un Orange Crush que me supo a gloria. Al principio no estaban cómodos conmigo, ni yo con ellos: eran tres chavos de mucho dinero que se habían ido de reventón hasta el fin del mundo y la verdad me daban un poco de miedo. Se drogaban mucho. Candy era de Los Ángeles. El Peter la había conocido en un *night club* en Acapulco y se la había presentado a Tito en el DF. Aprovecharon que Tito tenía que ir a Estados Unidos para darle un *ride* turístico, que vea nuestra *east coast* para arriba, no todo es Acapulco y Oaxaca. Y ella muerta de la risa. A mi papi le dijeron que se viene una devaluación gruesa, vamos a llevar una lanita para allá, ¿tú también? Yo traía en mi bolsa los pesos que, por lo visto, pronto valdrían nada. En una de ésas mejor los cambiaba por dólares.

Yo nunca había viajado así, en ese plan; con Rafa las cosas eran muy distintas. Y menos en el estado en que me encontraba. Ellos iban muy eufóricos. La verdad, yo había dormido muy mal en la silla frente a la pobre Amalia y había pasado el resto de la noche escapando entre las matas, así que no supe de mí. En cuanto arrancaron, luego del refresco, se me cerraron los ojos, no olí el mar que, ya me había dicho Felipe, estaba cerca. Quién sabe cuánto tiempo dormí, la cosa es que abrí los ojos y me encontré sola en el coche estacionado frente a un malecón. Hacía un calor espantoso, me habían dejado abierta una ventana, pero aun así aquello era asfixiante. Me bajé y miré el mar, hermoso, muy azul. Una bandada de pelícanos pasó volando frente a mí; de repente todos se clavaron sobre el agua, seguro vieron peces.

No sabía dónde estaba ni con quién, pero sentía una alegría y una libertad completamente inéditas, desconocidas. Tenía ganas de echar a correr por ahí, pero me detuvo el hecho de no traer zapatos. Me quedé un rato sentada en la barda del malecón, mirando el oleaje que formaba pequeños rizos de espuma y los barcos que se iban acercando al puerto. El lugar era bellísimo, ideal; al otro lado, callejuelas antiguas que seguro conducirían a alguna plaza. Pensé irme descalza a buscarme unos zapatos, pero en eso llegaron mis acompañantes. El ferry sale en una hora, me dijeron, vamos a comer, ¿no quieres? Estábamos en Mazatlán, íbamos a pasar a La Paz para que Candy conociera las ballenas, subiríamos por Baja California hacia Tijuana. Está bien, les dije, en Tijuana tomo mi avión. La verdad, no tenía ni idea, pero los otros me dijeron que sí, que qué padre. Les dije que los alcanzaba en los arcos y busqué una zapatería donde me compré unas sandalias. A la hora de pagarlas me di cuenta de que no tenía tantísimo dinero como yo pensaba, pero si lo cuidaba me alcanzaría para el viaje y para el avión. El ferry no era tan caro, y eso que tenía camarotes: pasaríamos ahí la noche, aunque ellos dijeron que se instalarían en la cubierta, cuál dormir. Disfruté enormemente los tacos de un pescado que se llamaba marlin, como el mago Merlín, un pescado mágico, fibroso y rico. Al final Tito, el Peter y Candy resultaron simpáticos, contaron muchos chistes, algunos que no entendí. Tito estaba en Administración y el Peter quería poner un negocio de películas. Candy era muy bonita, muy rubia y muy bronceada, pero hablaba poquísimo y lo único que entendí era que había terminado el *highschool* y había venido a México de vacaciones con una amiga que se regresó después a California. Ella conoció a el Peter y prefirió seguir el viaje con ellos. Pensé que era aventadísima, qué bárbara, o muy confiada. Yo no acababa de entender si Candy andaba con el Peter; Tito no me echaba ni un lazo, yo tampoco a él. Me sentía esmirriada, sin gracia junto a la gringa voluptuosa y de ojo azul, tan joven pero tan vieja a la vez, por la destreza con que manejaba a los dos hombres. Manteníamos una distancia prudente, más porque no me sentía como a la altura de esas personas, económicamente quiero decir. Ángela quizá se hubiera comportado de manera distinta, hubiera entrado en su registro y hubiera sabido qué hacer, pero Ángela ya no estaba ahí.

Esa misma tarde, cuando abordamos el ferry y cruzamos por mar hacia Los Cabos, logramos ver a lo lejos una ballena enorme, que curvaba su lomo contra el atardecer. Fue tan hermosa, tan prometedora la escena a mitad del mar, a mitad de nada, y ahí me di cuenta de que si ya no era Ángela, tampoco era Saturnina. Adentro de mí se había estado cocinando otra que era yo ahora, la que a lo mejor iba a permanecer, y sentí tanta alegría que casi abrazo a Tito, Candy y el Peter, pero no hubiera sabido explicarles bien la razón. Cuando me pasaron el churro le di una buena fumada y me perdí en los colores de las nubes: ésa fue mi pequeña, personal celebración. Porque eso sí, no sé qué habían estado haciendo en Mazatlán mientras yo dormía en el coche, pero el Mike traía un cargamento de marihuana y quién sabe qué más. Se la vendieron a Candy en la playa, dijo Tito acodado en el barandal del barco, ¿verdad, chula? *Yeah*, respondió Candy, feliz. No tenía idea yo de esas cosas, la verdad, y eso que, le conté, mi abuelo era de Culiacán. No se me ocurrió buscar a la familia en ese momento, pensé que algún día lo iba a hacer, de preferencia cuando tuviera hijos y los llevara de vacaciones. El viento empezó a refrescar y no traía chamarra, nos metimos al camarote comedor a cenar. La gente iba bien vestida, era como de lujo. Quizá, pensé, a Rafa le hubiera gustado viajar en este barco, aunque mi recuerdo de él ya no era tan vívido. Por primera vez traté de evocarlo y su imagen se me borroneó, como el mar a través del cristal sucio del camarote.

Habíamos pagado un camarote muy grande, pero ellos no pensaban dormir ahí. Yo estaba un poco nerviosa. No porque no me quisiera divertir, pero después de lo que había vivido en Calipén no tenía ganas de involucrarme muy de cerca con nadie. Hasta dudaba de que César Augusto existiera y no entendía por qué estaba con unos cuates parecidos, pero distintos. Durante la cena pidieron tragos y yo me bebí como tres tequilas. Me cayeron como una bomba, me fui a acostar al camarote y me quedé dormida, era lo que yo quería. Como a las tres de la mañana, abrí el ojo, muerta de la sed. No había nadie en el camarote, supuse que seguirían la fiesta en la cubierta. Me paré al baño y tomé agua, luego seguí durmiendo.

En esa misma tónica seguí con ellos su viaje. Pasamos unos días en una playa, la mayor parte del tiempo al aire libre, nadando, tomando el sol, mirando el mar y sintiéndome llena, como si adentro de mí no hubiera otra cosa que el horizonte azul y blanco, esa plenitud soleada y desértica a la vez, una nada muy mía. Ellos tres eran para mí como una película y aunque pasaba con ellos bastante tiempo, me aislaba o me escapaba a las tiendas más sencillas y me iba haciendo de cosas: algo de ropa, enseres personales, una libreta, una pluma. Tiré la bolsa de estoperoles y compré un morral de cuero repujado. A veces recordaba a Ángela como una especie de pesadilla, extrañamente necesaria. Después la olvidaba frente a ese mar de un azul que nunca había visto.

Un día tomamos una carretera y recorrimos kilómetros y kilómetros de paisaje desértico. De repente, todo se transformó en un vergel similar a Calipén: sentí terror de que hubiéramos regresado quién sabe cómo, de que el paisaje se volteara al revés y, así como pude ver la casa de Fuego 20 desde el bosque de Calipén, éste engullera también el mar y la playa como un monstruo inconcebible. Pero no fue así. Hay un lugar en Baja California que se llama Todos Santos, ahí fuimos a parar. Era un pueblo pequeño, recóndito, un vergel, un oasis en medio del desierto. Va uno por la carretera y de repente surge toda esa vegetación, agua, frescura, un paisaje hermosísimo como de isla. Estaba lleno de gringos e hicimos amistad con un grupito. Comimos en una fonda unas tortas gigantescas, imposibles de acabar, y ellos rentaron dos habitaciones en el Hotel California que está ahí. Por supuesto entonamos la famosa canción, estábamos felices. Los del hotel nos contaron las leyendas del lugar, leyendas de fantasmas, de chinos e indios; en la noche, en el bar, conversábamos con un grupo de gente. Yo sentía la mirada de una mujer que tejía collares en una mesita del rincón, como esos hippies gringos que se quedan en Tepoztlán y se vuelven medio místicos. En un momento me llamó, fui a donde estaba ella y me preguntó cómo me llamaba, de dónde venía mi nombre. Luego me puso una pulsera de cuentas que tenía dos ojitos de piedra, me dijo que me protegería. Es para salvar tu alma, me dijo. Ya no me la quité ni para bañarme.

Me acomodé en la habitación, a sabiendas de que nadie dormiría ahí conmigo; supuestamente siempre compartía cuarto con Candy, siempre estaban ahí sus cosas, sus bikinis coloridos, su champú de miel, sus faldas de manta teñida y toallas estampadas, pero ella nunca dormía ahí. Algún día pegué la oreja a la pared que daba a la habitación contigua y escuché los susurros de aquellos cuerpos bronceados amándose como una enorme escultura bruñida y móvil. Y alguna vez dejaron entreabierta la puerta, pero no me animé a entrar, como hubiera hecho Ángela, porque ahora sí sentí que contrastaba, que no me podía mimetizar, volverme de nuevo otra para estar con ellos.

El resto no fue muy largo: seguimos el trayecto hasta Tijuana, nos bebimos unas cervezas en la avenida Revolución, que me pareció muy pobre, muy triste, y Saturnina, contrario a su plan original de tomar un avión de regreso a su casa, compró dólares y cruzó la frontera con su pasaporte, su nombre original y su visa que decía *indefinitely*. Aunque ya conocía Estados Unidos –había estado con Rafa y mamá en Disneylandia, en Nueva York, en San Francisco–, llegar por tierra fue rarísimo: ver cambiar las calles, ver cómo todo se limpiaba, se vaciaba hasta lograr ese orden, los letreros, las casas de madera pintada, las colonias de tráileres, los *diners* y las cafeterías. Y la gasolina olía diferente. Seguimos parando en hoteles al borde del camino y continuábamos por esa carretera que no terminaba nunca, en medio de un paisaje en el que el horizonte se ensanchaba hasta quién sabe dónde, mientras mis acompañantes ya hablaban en inglés y no los entendía o no los quería entender.

Un día cerré los ojos y cuando los abrí me dijeron que estábamos a punto de llegar a Los Ángeles. Ahí fue donde decidí dejarlos, cuando llegamos al hotel Biltmore y en el momento en que rentaban las dos habitaciones de rigor, les dije que no me alcanzaba el dinero para quedarme en ese hotel y me despedí, me fui a otro más económico, el Earle, cerca de los estudios. Sentí que ya estaba curada de algo que no sabía bien lo que era, pero ya estaba mejor, y que necesitaba ayuda para regresar. Entonces, desde el cuarto, pedí comunicación con México y llamé a María Rita. Cuando mi amiga contestó, le dije: Estoy en Los Ángeles, ven a rescatarme.

XXXVI

Su tía le dice que traiga a la mayor cantidad de gente que se pueda. Coco le ha mandado a la señora Pródiga, bruja de Tlacotalpan, y la limpia va a ser general. De nuevo la pulserita está a buen resguardo y eso porque Arturo no la quiso tirar la otra noche; por alguna razón le dio mucha pena, aunque vive aterrorizado imaginando que Felipe merodea por la casa, y eso que no lo ha visto ni una sola vez. Ha pasado una semana y desde entonces no ha hecho sino trabajar con el profesor Garmendia y regresarse a la casa a leer en su habitación. La pulsera está ahora en el cajón de su mesa, él trata de recordar y escribir las cosas que dijo el fantasma, pero se le confunden. En lugar de ello, escribe un cuento bastante oscuro sobre dos primos que son idénticos.

Fabiola no le contesta el teléfono pero él no pierde la esperanza de que lo haga, pues le preocupa y, a fin de cuentas, la extraña, aunque ella no fuera su novia ni él su novio. Una tarde lo llama Rubén. Le dice que habló con Fabiola y le pide explicaciones sobre lo que pasó. Dice que la drogaste, que hizo algo horrible, que estás loco. Cómo crees, te digo que sufrió una posesión. Se juntan a tomar tequila en La Guadalupana de Coyoacán y Arturo le jura y le perjura que la historia es cierta.

De hecho, vamos a hacer una limpia en la casa, limpiaremos la pulserita, limpiaremos todo. Es más, la tía dice que vengan por favor, mientras más gente mejor. La tía, mi tía, mi tía Francis con la que vivo. A Rubén le da una mezcla de flojera y risa a la vez: ¿qué has estado fumando, güey?, en serio, no me digas que tú crees en esas cosas. Bueno, pues va, si eso te limpia de la obsesión; igual puede ser interesante como documento sociológico, añade. Si está padre, hasta puedo escribir un reportaje para la revista sobre los brujos de Veracruz. Ándale, dice Arturo, eso. Luego le pide a Rubén que le dispare los tequilas porque está sin lana. No me alcanza con lo de Garmendia, ahí si sabes algo, te encargo.

Finalmente llega la señora Pródiga: la tía Francis junto a ella es una sílfide. Pródiga es enorme, viste de colores muy chillantes, el pelo lustroso y apretado en una trenza. Viene cargada de bolsas y cualquiera diría que es una señora de pueblo como cualquier otra, hasta que empieza a sacar el contenido: hierbas, velas, cintas de colores y objetos menos definibles, que Francis pone en una alacena del fondo que nadie usa, con temor sagrado. Pródiga se derrumba resollando en el sillón de terciopelo rojo: Siempre tengo calor, les dice, el destino me manda el infierno desde ahora para que ayude a las ánimas a superarlo.

Organizan todo para dentro de dos noches. El mero día, Rubén ya reclutó a un grupito de la facultad de Ciencias Políticas y a unos de Antropología, en el grupo vienen Nora y Fabiola. Perfecto, le dice Arturo, pero hay que comprar algo, porque a la tía Francis no le alcanza para darle de cenar a tanta gente. Compran jamón, queso y mucho pan dulce, dos botellas de tequila, jerez Tres Coronas para Pródiga y ron para doña Francis. Cuando llegan a la casa, hablan de la nacionalización de la banca, el día anterior. Impresionante, qué güevos del presidente, dicen, ¿y ahora? Fabiola sigue resentida, pero Rubén la ha estado convenciendo de que Arturo no quiso hacerle daño de ninguna manera. Ella admite que solita se puso la pulsera, se metió en el lío; lo tomé a la ligera, le dice. Le pide perdón, le da un beso, pero ambos se sienten raros, se apartan todo el tiempo uno del otro.

Pino va a buscar cocacolas y doña Francis los entretiene en la sala. Por fin conozco a tus amigos, Arturo, exclama. ¿Me creerán que nunca me había traído a nadie? Yo pensaba: o es un solitario sin remedio, o lo avergüenzo. ¿Cómo crees, tía?, le responde Arturo, yo te agradezco mucho esto que vamos a hacer.

Doña Pródiga está en el cuarto de la alacena preparando sus cosas. Todos se ponen muy alegres a ayudar con la cena; doña Francis se niega a que cenen sándwiches: van a probar mi chilpachole de jaiba, si no, se van todos de aquí. Entre una cosa y otra, Arturo se pierde un poco, todo parece una fiesta. Pero Pino, después de la cena, limpia la mesa de vasos y platos y pone el mantel verde de doña Francis. Ve por las velas, le dice Pródiga, ya vamos a empezar. Pino está sobrecogido por la situación, se le ha quitado lo dicharachero. Arturo le pregunta qué le pasa: ¿Y Suzuki?, ¿y los de la película? No tardan, le aclara Pino. Lo que pasa es que yo me tomo muy serio estas cosas, me asustan mucho. Arturo lo recuerda contando la historia de Saturnina aquella noche en Veracruz. En realidad, él también ha sido tocado por ese espíritu.

Por fin llegan los demás. Todos se acomodan en las sillas y en el suelo del comedor y se apagan las luces. Pródiga ha encendido las velas, la casa de la Roma se siente fantasmal, un poco, piensa Arturo, como sería antes, a comienzos del siglo, cuando guardaba todo su esplendor. Él se encuentra acurrucado entre Pino y Rubén; a ambos les sudan las manos. Él siente nervios, pero en sus zapatos, que rozan un poco los botines de gamuza de Rubén. Le parece ridículo y retrae las piernas. Ya no te muevas, le susurra Pino. Doña Francis permanece en silencio; reza moviendo los labios nada más. Todos imitan su respiración pausada. Hoy llevó la peluca a peinar al salón y se ve perfecta. Se escuchan los pocos autos que cruzan de vez en cuando por la calle de Orizaba.

De repente, Pródiga enciende sus inciensos, pide la protección de todos los santos, empieza a pasarles hierbas por encima a todos con movimientos rítmicos y pausados. Entre cuatro veladoras, al centro de la mesa, está la cajita con la pulsera de Saturnina. Hay humo, llantos, gritos, Pródiga les va pasando un huevo, lo va tirando, más rezos y más invocaciones, gritos en la oscuridad: ¿Quién eres, qué quieres de nosotros?

Doña Francis pone los ojos en blanco, empieza a sollozar, cuenta una historia. No hay tumba para ella, sólo la de su tío, en el Panteón Jardín. Mi tío Rafa era piloto, yo lo quería sólo a él. Más lamentos, más humo, incienso, gritos, muchachas que tiemblan y muchachos que fuman, nerviosos. Los lamentos son interrumpidos por el silbido agudo del carrito de los camotes. México no es para los fantasmas, piensa Arturo, el aire está lleno de ruidos. Rubén, ajeno a todo, toma notas. Otro de sus amigos trae una cámara Rolex, pero misteriosamente se descompone.

Cuando todo termina, se quedan un rato más a beber tequila. Están exaltados, pero más tranquilos. ¿Ya se quitaron las malas vibras?, pregunta una de las muchachas. Pródiga les muestra el frasco donde fue echando los huevos: el agua está entre negra y morada. Ya se quitaron, niña, ahora abran las ventanas para que se ventile, yo me voy a dormir. La reunión se va convirtiendo en fiesta, ponen música, discuten de política, de lo que pasará con el país, de la próxima manifestación a la que irán para apoyar a los electricistas.

Dos días después, Rubén invita a Arturo a La Guadalupana a tomar unos tequilas y le confía que mientras doña Francis hablaba con esa voz tan extraña, alguien se le había sentado en las rodillas, lo pudo sentir perfectamente, una mujer. Hasta se me paró, cabrón. No me he podido recuperar del susto. Esa noche Arturo se revuelca en la cama, preso de la calentura. Se frota de espaldas contra la sábana rasposa y trata de pensar en mujeres desnudas, en Fabiola a la que ya no ha visto, pero la verga parada de Rubén se aparece todo el tiempo en su mente, la verga de Rubén en el cuerpo de Pino, el deseo confuso que no entiende y que le habla sin que lo pueda acallar.

XXXVII

Te la debemos, Nina, por todas las veces que nos invitaste de viaje con Rafa cuando éramos chicas. Estábamos en uno de los cafés cerca de los estudios Universal, viendo pasar a aspirantes a actrices y actores que caminaban como si ya fueran famosísimos; las tres traíamos lentes de sol. Fue una sorpresa absoluta que vinieran mis dos amigas y tan pronto, no lo podía creer. Me dejaste toda preocupada cuando me hablaste, lo mínimo que podíamos hacer era venir a rescatarte, tú sabes que somos tus amigas, cuentas con nosotras. ¿Y cómo consiguieron lana para venir?, les pregunté. Tenían sus ahorritos. Laura había guardado mucho de su malograda boda con el Dani. ¿Lo cortaste?, le pregunté. No, me respondió, él me cortó a mí. No era, entonces, la historia que yo había alucinado. El Dani había embarazado a otra chica, una con la que se acostaba en lo que se acercaba el casorio con Laura, y la familia lo cachó. Como en las peores telenovelas, exclamó María Rita, lo bueno es que Laurita es libre ahora. A mi papá casi le da un infarto, pero ya se calmó; hasta me dio permiso de venir con María Rita a rescatarte, ¿no es lindo? Nada de lo que yo había vivido era real; a fin de cuentas, no dejaba de parecerse un poco a la realidad, eso era lo más extraño.

Rescatarme. Le había contado a María Rita que en el curso de altares barrocos de Calipén había conocido a un gringo que se llamaba Mike y era bien buena onda. Había viajado con él hasta Los Ángeles, pero él resultó que tenía una novia, Candy. Se parecía más o menos a mi historia; por lo menos no olvidaría los nombres. Me costaba mucho mentir, me sentía muy extraña y mis amigas parecían darse cuenta de que algo muy fuerte me había sucedido. No les podía contar la verdad porque ni siquiera sabía bien si era cierto todo, así me sentía. Perdonen, yo creo que lo de Rafa me puso muy mal, les dije, y lloré mucho mientras comíamos unas hamburguesas gigantescas y unas malteadas de chocolate. Por favor llévenme con mi mamá. Tu mamá cree que sigues en Calipén y nosotras fuimos a alcanzarte ahí para tomar el curso. ¿De verdad? De verdad. ¿Pero está bien? Parece que sí; Patricio dice que Alderete la invitó a bailar al Riviera. Guau, pensé. Y seguí lloriqueando mientras le daba mordidas a la hamburguesa, pero María Rita y Laura se quedaron serias y se miraron entre ellas. María Rita sacó un papelito de su bolsa. Mira, Saturnina, estuvimos hablando con Patricio, anda con un chavo que estudia Psicología en la UNAM. Nos dijo que tienes que sacar el trauma de Rafa, aclararte qué pasó para seguir con tu vida. Laura y yo pensamos que, si ya estamos aquí, tenemos que aprovechar. El papelito decía: Sandra Bukowski, Flat 4, 281, 13rd Street, Las Vegas, Nevada. Y un teléfono. Pero, ¿nos recibiría? Yo ni siquiera sabía qué preguntarle. Nosotras sí, contestaron mis amigas. Esa tarde deambulamos por los estudios, fuimos a un cine a ver la película de Indiana Jones y nos divertimos mucho. Luego regresamos al hotel. En la noche, Laura sacó un libro de su bolsa: *El rojo y el negro*. Tu mamá me dijo que lo estabas leyendo antes de irte; está bueno, aunque no entiendo a ese personaje: madame de Renal podría ser su mamá. Ése es el chiste, le respondí.

Viajamos a Las Vegas en avión. Se sentía un poco de frío, aunque estaba soleado. Logramos alojarnos en el famoso hotel Fremont, aunque yo ya casi no tenía dinero –las obligué a que compráramos nuestros boletos a México antes que cualquier cosa– y tampoco muchas ganas de nada, pero me ganaron las calles con los casinos, los cines, los restaurantes. Era Broadway entre palmeras; en la noche se prendían los letreros de los casinos y aquello era la locura. Pasamos un día y una noche enteras dando vueltas por las calles, riéndonos en la más absoluta simpleza; jugamos un poco con las máquinas en el hotel, pero las tres éramos bastante medidas. Laura perdió lo que apostó; María Rita ganó lo suficiente para invitarnos a cenar a un lugar elegante. Pasamos junto a las ruletas, rodeadas de señores trajeados, viejitas, turistas y prostitutas. Yo trataba de imaginar a Rafa en ese ambiente, acompañado de esos personajes, de esos hombres capaces de vestir un traje de terlenka morada y una corbata de moño enorme, que en el fondo me parecieron horriblemente vulgares. No porque yo fuera muy fina, pero algo en mí lo encontraba chafa, chabacano, estúpido. Les comenté lo mismo a mis amigas y me dijeron que a lo mejor estaba madurando. Las dos parecían niñas con sus lentes oscuros y sus melenas alborotadísimas, andaban simples casi todo el tiempo mirando guapos y guapas, y al final lograron contagiarme de este buen humor nada más porque sí. María Rita batalló con el teléfono de Sandra Bukowski, hasta que logró que le contestara. Primero le preguntó si quería comprar trajes de baño, y cuando mi amiga dijo que no, casi le cuelga de lo grosera que fue. Deliberamos un minuto afuera de la caseta del teléfono y decidimos que los trajes de baño eran buen pretexto; por lo visto, esta mujer no hacía nada sin dinero. Esta vez llamé yo, le dije que deseaba ver los trajes y me dio cita para esa misma tarde.

Sandra Bukowski vivía en una cuadra de apartamentos que parecían cuartos de hotel de paso, muy cerca de la avenida Fremont. Entre cuartos de hotel de paso y Cuernavaca, puntualizó Laura, más o menos. Pues qué gente tan rara la que frecuentaba tu tío, me dijo. La verdad, sí. Nos abrió la puerta un negro que vestía una bata floreada y unos shorts. Venimos a ver los trajes, le dije en inglés. ¿Y ellas?, me preguntó. Vienen conmigo, también quieren. El negro nos miró con cara de burla y nos hizo pasar a una salita de sillones forrados de plástico naranja, rodeada de puertas y mamparas amarillas. No era fácil estar ahí. Atrás de una mampara se distinguía una cortina de cuentas brillantes, de la que salió una mujer bastante gorda, de cabello rojo. *Hello*, soy Sandra, dijo extendiendo la mano cargada de anillos. No era la mujer despampanante que esperaba encontrar; con unos cuantos kilos menos quizá lo sería, tenía unos ojos verdes muy bellos, enormes. Nos invitó a pasar por la cortina a una habitación con una mesa y unas sillas, rodeada de estantes en los que brillaban las telas multicolores de los bikinis. En la pared había un póster gigante de Jimi Hendrix medio pasado de moda, que la verdad me gustó: quizá Sandra no era la vampiresa que habíamos imaginado. Estuvimos mirando trajes bordados con chaquiras un buen rato, sin saber muy bien cómo entablar la deseada conversación con la mujer, que se sentó a una mesa para hacer cuentas, mientras el negro nos recomendaba colores y tallas. ¿Cuántos se van a llevar, eh?, preguntó ella distraídamente. Nosotras nos miramos; yo les di a entender a Laura y María Rita que no tenía ni para un traje. Nos oyeron hablar en español y a San-

297

dra se le hizo raro. ¿No éramos las mayoristas de la boutique Naked? ¿Quién nos había recomendado con ella? El negocio llevaba poco, apenas se estaba estrenando. Llevo un año sentada confeccionando estos trajes, dijo de muy mal humor, y no estoy para bromitas. Por eso, pensé, engordó así. Están increíbles los trajes, le respondimos ¿Pero quién les dijo?, ¿de dónde vienen?, preguntó poniéndose de pie. Daba miedo. Tuvimos que explicarle. Cuando mencionamos la muerte de Rafa, la agresividad se le quitó y se derrumbó en la silla otra vez. ¿Eso le pasó?, qué desgracia, qué desgracia, no lo puedo creer. No parecía alguien que hubiera vivido una gran pasión; más bien parecía una madre o una tía preocupada. Eso me extrañó mucho. Nos contaron que usted tenía una relación con mi tío, quizá sabría por qué peleaba con Pablo Santana en el balcón esa tarde. Y se me nublaron los ojos de lágrimas. Ella se levantó a abrazarme. Nos invitó a pasar a la salita anaranjada y nos preparó un té helado de menta espantoso, que aceptamos.

Si tu tío murió trágicamente, no fue por mí, empezó. Yo no tengo edad para ser amante de Rafa, ni mucho menos; con Zuloaga sí tuve algunos quereres, pero te darás cuenta de que ya se terminó, hizo un gesto hacia los trajes de baño. ¿Pero y la foto?, ¿y los minks y las joyas y los hoteles? Tu tío le daba un mink a la primera bailarina que se le acercara aquí en Las Vegas, era muy inseguro, creía que debía comprar a todo el mundo, fascinarlo. ¿Y por qué se habla tanto de ti?, le preguntó María Rita. Porque me pedía a mí que le presentara a otras azafatas –yo estoy retirada, pero tengo muchas amigas–, seguro que en la foto salió con alguna tocaya mía. Y se rio. Siempre andaba con este tipo, ¿cómo se llamaba? Creo que Federico, tenía un apellido medio chistoso como Nimodo pero italiano, Federico Nimodoni. ¿Modeoni?, le pregunté. Ándale, eso. Un tipo medio siniestro, muy bien vestido siempre, pero muy oscuro. Nunca supe de dónde lo sacó, Rafa me decía que lo había visto varias veces en el ala del avión mientras volaba a más de cien mil pies, y que un día se le apareció en el bar del aeropuerto. Como entenderás, nunca le creí una historia tan absurda. Desde entonces su vida cambió mucho. Este cuate le arreglaba citas con mujeres, lo acompañaba a la ruleta y lo hacía ganar, una cosa así. Al rato ya era este cuate el que me hablaba para que le presentara yo a algunas chavas. Nosotras nos miramos; empezamos a darnos cuenta de qué era lo que hacía en realidad Sandra.

Yo sentía que me quería desmayar. ¿Y Pablo? Pablo empezó a involucrarse también con este tipo, no sé qué arreglos tenían, la verdad. Hacían fiestas en los hoteles, este Rafa se portaba como si fuera millonario. Incluso un día le dije que tuviera cuidado, pero no me hizo caso, me dijo que iba de camino a la cima del mundo. Pensé que estaba drogado, o algo así. Lo cierto era que le debía a media humanidad –a mí también, no se crean–, pero este cuate Enrique lo hacía ganar en la ruleta y con lo que ganaba, no pagaba; al contrario, le compraba una joya a alguna chava. O nos traía muchos regalos, añadí. ¿Y este cuate se llamaba Federico? Federico, Fernando, no sé… Fue con él cuando pasó lo de la turista. Era de esas chavas que viajan de quince años con sus amigas, muy arrojada con los hombres. El tipo éste la invitó a la fiesta y quién sabe qué le dieron de tomar, se aprovecharon de ella, ni te cuento. Modeoni le pagó a la policía para que lo hicieran pasar por accidente, pero hubo algo muy feo ahí. Sandra bajó la vista, avergonzada. Yo no estaba, pero luego de que me lo contaron, dejé todo. No me fui a ninguna parte, pero esa gente ya no me ve. El negro le apretó la mano y la miró con cariño. He engordado tanto, que ni siquiera me reconocen en la calle. Rafa también quiso dejarlo, pero entonces los cobros le cayeron encima; todo mundo quería su parte, no dudo que Pablo y Fernando, ¿o Felipe sería? también. Quién sabe cómo sería su deuda con ese tipo…

Mis amigas me dijeron que salí del departamento como hipnotizada, que sólo les decía: Fue él, fue él, no puedo salir de ahí. Dicen que me le quise aventar a un Mustang que pasaba a toda velocidad por Fremont Avenue, que me metieron a fuerzas a un taxi y me llevaron con un doctor. Les dijo que yo estaba en shock y les recomendó que me regresaran a México a descansar. Me subieron al avión casi drogada y luego, ya aquí, ayudaron a mamá a internarme en una clínica porque en cuanto despertaba me ponía a gritar. Gracias a los contactos de María Rita y sus profesores de la carrera, no tuvimos que pagar mucho, pero pobre mamá, estaba asustadísima. Pasé un mes en la clínica. Me hicieron ver que parte de lo vivido era una ilusión, producto del trauma por la muerte de mi tío. María Rita y Laura me aclararon incluso que Sandra en ningún momento dijo Modeoni. No, Nina, era otro apellido, se te revolvió todo el alucine, de veras. Laura se había asustado de verme así; la locura da miedo, yo lo sé. Trataba de juntarse conmigo, pero me evitaba lo más que podía. María Rita no, para nada, pero a Laura lo que salía de la normalidad le costaba mucho trabajo.

Por eso aprecié mucho que me acompañara esa tarde a la Cineteca. Ya estaba llevando mi vida normal, hasta hice mi examen de admisión en la UNAM para estudiar Historia y pasé. Mientras, iba a clases de oyente, ayudaba a mamá –que por cierto, estaba saliendo muy formal con el licenciado Alderete: al final éste había sentado cabeza, me dijo, aunque

Patricio juraba y perjuraba que seguía saliendo a escondidas con Olivia–, iba al cine con mis amigas, a las exposiciones. Eso sí, a fiestas no iba, menos con María Rita que andaba desatada de bar en bar con Patricio y otras personas que habían conocido. El asunto es que esa tarde fui a comer con ellas al mercado de San Ángel y les comenté que quería ir al cine. Yo hablaba un poco lento, por la medicación que todavía tomaba, y me daba cuenta de que Laura se sacaba de onda, pero trataba de ayudar. María Rita tenía clases, no me podía acompañar. Y Laura, como no encontró pretexto, se forzó para decirme: Vamos, yo paso por ti.

Me habían dicho que la película era excelente, un fresco histórico sobre las primeras fábricas, y con lo de la carrera, me interesaba mucho. Esperaba no dormirme en la función, porque las pastillas me daban sueño, pero bueno. Había mucha gente. Laura se puso a mirar entre los chavos; desde que el Dani la cortó, buscaba novio en todas partes. Yo le decía que se metiera a estudiar algo, pero no se animaba; como que su vida sin un chavo no tenía sentido. Se encontró con uno de la escuela y empezaron a platicar en lo que entrábamos a la Fernando de Fuentes. Teníamos muy buenos lugares, en el centro de la sala. La gente hablaba y hablaba y yo eché una ojeada distraída a los que estaban atrás. Se apagó la luz y la película empezó. Me sentí nerviosa. Me quise meter en la trama de la película pero me invadió de nuevo una rara sensación, como esa vez frente al monumento de Obregón: una parte de mí estaba, otra no estaba, se la tragaba la película. De repente, en los asientos de adelante, un poco más hacia un lado, reconocí el perfil de Felipe Modeoni. Y la presencia de Ángela, muy cerca. Ya nos habíamos acostumbrado a la oscuridad, ya distinguía sus rasgos, ya lo veía bien, como también sabía que yo estaba ahí. Volteó la cara, sus ojos oscuros brillaron como dos ascuas de fuego, sonrió. Levantó una mano y me mostró la servilleta del Prendes donde Ángela había dejado su sangre aquella vez. Yo no soy, le grité, no soy Ángela, todo fue un engaño, te engañé. Laura se puso nerviosa, los espectadores me callaron, la proyección se detuvo y pensé que era por mi culpa. De repente, una voz nos empezó a decir que teníamos que abandonar la sala y sentí que Ángela me empujaba para entrar en mi cuerpo.

Pero entonces de la pantalla salió una enorme lengua de fuego. Nos dijeron que saliéramos en orden, pero todos gritamos, Laura y yo sentimos el impulso de escapar, unirnos a la estampida, me encaramé sobre el respaldo de las butacas rojas, me aferré a la gente que huía a mi alrededor. Sus cuerpos apeñuscados me sostenían en vilo, bajo mis pies no había nada. Nos atropellamos en medio de la humareda hacia la salida de emergencia. Perdí a Laura, perdí un zapato, pisé a trechos la alfombra de la sala, nadando entre la gente, sintiendo de repente blanduras bajo los pies, huyendo en medio del terror de muchos a la noche que despuntaba. Y al final, en el estacionamiento, entre el gentío, el ruido de las ambulancias y el humo me di cuenta de que no sólo el zapato sino también mi cuerpo, el cuerpo de Saturnina o el de Ángela, quizá se había quedado ahí. Llamaba a Laura, gritaba su nombre y yo, Saturnina transparente, no me daba cuenta de que nadie me podía escuchar. Entonces vi la pulsera que me había dado la mujer en Todos Santos y pensé que algo de mi cuerpo estaba ahí. Desde ese día terrible me quedé tirada con mi pulsera entre las ruinas, contenta de que el demonio, por lo menos, no se llevó mi alma.

XXXVIII

Después de la experiencia con Fabiola-Saturnina y de la limpia con doña Pródiga el día de la nacionalización de la banca, Arturo queda profundamente desconcertado. Tan fácil Fabiola dejó de ser Fabiola, tan fácil él mismo podría dejar de ser quien es. Lo piensa con cuidado durante toda una noche y decide que llevará la pulsera al cementerio, a la tumba del tío de Saturnina, cuyo nombre les dio ésta, y la dejará ahí. Quizá ella sienta más consuelo junto a su tío que vagando por todas partes. Quizá el espíritu del tío anda por ahí también. Toma un autobús al Panteón Jardín, que está casi en las afueras de la ciudad. El día es muy soleado, aunque sabe que lloverá por la tarde. Tantas cosas se le han revelado en estos dos días sobre él mismo, que ya no sabe qué pensar: si alejarse de Rubén y Fabiola para siempre, irse a otro lado o asumir las cosas que siente y entrar a fondo en eso, quizá sea lo mejor. Pero le falta valentía, nunca fue valiente y en el fondo siente que su papá lo sabe y lo desprecia por eso. De ninguna manera regresará a Xalapa, eso sí.

La entrada al panteón está precedida de un gran arco, como las puertas de un cielo moderno para publicistas. Le gusta; piensa que a Saturnina le gustará también estar ahí y se dirige a las oficinas, donde pregunta por la tumba de Rafael XXX. Le dan un pasillo, un número que busca con curiosidad hasta que lo encuentra: alguien dejó un ramo de flores sobre la lápida gris, sin más adorno que una gorra de piloto aviador en metal. Las flores ya se secaron, ¿quién las habría puesto? Saturnina nunca le dijo nada al respecto, ella misma no hubiera sabido quién homenajearía así a su tío. Quizá la mamá de Nina, pero lo duda; por lo que sabe, se fue a otra ciudad. Pobre señora, se le murió su hermano y después su hija, quién sabe si no habrá perdido la razón, adónde se habrá ido a refugiar después de eso. Piensa en todos los problemas que él mismo tiene con su papá; sabe que aun cuando lo enfurecen las decisiones que ha tomado a últimas fechas, si le sucediera algo Chicho quedaría devastado, no sólo su mamá. Por primera vez, adentro de él, le dice Chicho, al tú por tú. Rubén no tiene razón: las causas, la cultura, las ideas son muy importantes, pero cada muerto deja un hueco que alcanza a los de alrededor, como las ondas que se forman en el agua cuando cae una piedra. O será que, como dijo su amigo, razona como socorrista.

No hay nadie alrededor, no es día ni hora de visitar a los muertos. La pulsera está bien guardada en el estuche de lentes, en el bolsillo interior de su chamarra. Arturo se acuclilla a un lado de la losa con el plan de rascar un poco de tierra y sepultarla ahí, bien profundo para que nadie la saque. A dos tumbas merodea un gato amarillo, también de él tendrá que esconderla. Está escarbando cuando percibe una figura a lo lejos, un hombre que da vueltas como buscando algo: delgado, muy moreno, tiene los ojos de un color indefinible, tornasolado, y una pinta que inspira desconfianza, el mismo tipo del que hablaba Fabiola-Saturnina, el mismo al que ella acuchilló esa noche. El diablo vendrá a cobrar lo suyo, hay que ahuyentarlo, despistarlo, perderlo, recuerda que dijo la bruja de Tlacotalpan. Arturo se esconde detrás de las lápidas, se arrastra un poco más lejos, hacia donde está el gato en medio de unos arbustos de buganvilia. No le gustan los gatos en particular, tampoco le disgustan. Éste devora algo que cazó, un pájaro cuyas plumas ha desperdigado por todas partes. Las buganvilias tienen espinas, pero él está asustado y no le importa rasguñarse. El gato lo ve y se lleva su presa un poco más lejos, Arturo lo sigue a ras del suelo, hasta un rincón de tierra, oculto por la sombra. Entonces le pone la mano encima, lo agarra de la piel del cuello como vio que Rosita dominaba a los gatos de doña Herminia, el gato se defiende pero Arturo lo logra inmovilizar, a fin de cuentas no es tan salvaje. Sosteniendo al gato firmemente contra el piso con una mano, usa la otra para sacar el estuche y la pulsera, y ponérsela de collar. Le queda perfecta, no le aprieta ni lo lastima. El gato se le queda mirando y con dos parpadeos le agradece, después escapa lejos, muy lejos entre las lápidas. Unos metros más adelante, Felipe merodea por la tumba de Rafa, se sienta en ella un rato, olisquea el aire como si siguiera un rastro, pero ya no lo encuentra. Se va, quién sabe hasta cuándo regrese. Arturo sale de su escondite casi tres horas después, cuando llegan los jardineros a regar las plantas. El gato duerme ahora encima de la tumba junto al ramo de flores que ahora están negras, quemadas. Arturo se despide, cuídate mucho, ya no te alejes de aquí por favor. El gato responde con un maullido. Ya se acabó.

Al día siguiente es la manifestación que dijo Rubén, le prometió que iría a marchar con ellos. Mientras grita consignas en el Zócalo, Arturo ha decidido que se meterá a estudiar Letras, buscará otro trabajo. Leer al doctor Palinuro lo ha reconciliado un poco con su padre, con la medicina, pero definitivamente no es para él. Quizá, ¿quién sabe?, algún día encuentre lo que busca. Entre la multitud, hay ojos que corresponden a los suyos, miradas que son sólo para él. Quizá ha llegado el momento de hacerles caso.

Fuego 20

se terminó de imprimir el 1 de marzo de 2017
en Litográfica Ingramex, S.A. de C.V.
Centeno 162-1, 09810 Ciudad de México
Composición tipográfica: Logos Editores
Para su composición se utilizó la familia ITC New Baskerville.

Narrativa en Biblioteca Era

Hugo Achugar
  Falsas memorias. *Blanca Luz Brum*
Jorge Aguilar Mora
  Los secretos de la aurora
César Aira
  Un episodio en la vida del pintor viajero
  Los fantasmas
  La prueba
  La Princesa Primavera
  Las curas milagrosas del Doctor Aira
  El congreso de literatura
  La costurera y el viento
  Cómo me hice monja
  El pequeño monje budista
  Entre los indios
  La liebre
  El mago tenor
Nuria Amat
  El país del alma
  Reina de América
Hermann Bellinghausen
  Aire libre
José Joaquín Blanco
  Mátame y verás
  El Castigador
Luis Jorge Boone
  Las afueras
  Cavernas
Pablo Casacuberta
  Aquí y ahora
Rosario Castellanos
  Los convidados de agosto
Alberto Chimal
  Éstos son los días
  Grey
  Gente del mundo
Carlos Chimal
  Cinco del águila
  Lengua de pájaros
Olivier Debroise
  Crónica de las destrucciones (In Nemiuhyantiliztlatollotl)
Ignacio Díaz de la Serna
  Los acordes esféricos
Christopher Domínguez Michael
  William Pescador

Carlos Fuentes
Aura
Aura [Edición conmemorativa con ilustraciones de Vicente Rojo]
Una familia lejana
Los días enmascarados
Luis Carlos Fuentes
Mi corazón es la piedra donde afilas tu cuchillo
Eduardo Galeano
Días y noches de amor y de guerra
Ana García Bergua
El umbral
Púrpura
La bomba de San José
Isla de bobos
Rosas negras
Fuego 20
Beatriz García-Huidobro
Hasta ya no ir
Juan García Ponce
La noche
La gaviota
Tajimara y otros cuentos eróticos
Francesca Gargallo
Estar en el mundo
La decisión del capitán
Marcha seca
Verano con lluvia
Vanesa Garnica
La cofradía de las almas desnudas
En un claro de bosque, una casa
Margo Glantz
Saña
Agustín Goenaga
La frase negra
Sergio González Rodríguez
El triángulo imperfecto
Mario González Suárez
Faustina
De la infancia
A wevo, padrino
Verdever
Marcianos leninistas
Hugo Hiriart
La destrucción de todas las cosas
Cuadernos de Gofa
Bárbara Jacobs
Las hojas muertas
Lunas
La dueña del Hotel Poe

Franz Kafka
  La metamorfosis
Jamaica Kincaid
  Autobiografía de mi madre
  Lucy
José Lezama Lima
  Paradiso
  Oppiano Licario
Eduardo Lizalde
  Almanaque de cuentos y ficcciones [1955-2005]
Gonzalo Lizardo
  Jaque perpetuo
  Corazón de mierda
  Invocación de Eloísa
  Inmaculada tentación
Malcolm Lowry
  Bajo el volcán
  Oscuro como la tumba donde yace mi amigo
  Piedra infernal
Héctor Manjarrez
  No todos los hombres son románticos
  Pasaban en silencio nuestros dioses
  Ya casi no tengo rostro
  El otro amor de su vida
  Rainey, el asesino
  La maldita pintura
  Yo te conozco
  Anoche dormí en la montaña
  París desaparece
  Los niños están locos
Sergio Missana
  Movimiento falso
  Las muertes paralelas
Malika Mokeddem
  El siglo de las langostas
  La prohibida
Carlos Monsiváis
  Nuevo catecismo para indios remisos
Augusto Monterroso
  La Oveja negra y demás fábulas
  Obras completas (y otros cuentos)
  Movimiento perpetuo
  Lo demás es silencio
Fernando Montesdeoca
  En los dedos de la mariposa
Rafael F. Muñoz
  Se llevaron el cañón para Bachimba
  Vámonos con Pancho Villa
  Que me maten de una vez. Cuentos completos

Verónica Murguía
El ángel de Nicolás
Auliya
Gérard de Nerval
Aurelia
José Emilio Pacheco
El viento distante
Las batallas en el desierto
Las batallas en el desierto [Edición conmemorativa con fotografías
de Nacho López]
La sangre de Medusa
El principio del placer
De algún tiempo a esta parte. Relatos reunidos
Morirás lejos
Eduardo Antonio Parra
Los límites de la noche
Tierra de nadie
Nadie los vio salir
Parábolas del silencio
Sombras detrás de la ventana. Cuentos reunidos
Desterrados
Ángeles, putas, santos y mártires
Eduardo Antonio Parra (compilador)
Norte. Una antología
Senel Paz
El lobo, el bosque y el hombre nuevo
Armando Pereira
Las palabras perdidas
Sergio Pitol
El desfile del amor
Domar a la divina garza
La vida conyugal
Vals de Mefisto
Juegos florales
Cuerpo presente
El tañido de una flauta
El arte de la fuga
Pasión por la trama
El viaje
Memoria. 1933-1966
El mago de Viena
Elena Poniatowska
Lilus Kikus
Hasta no verte Jesús mío
Querido Diego, te abraza Quiela
De noche vienes
La "Flor de Lis"
Tinísima

Tlapalería
Hojas de papel volando
Francisco Rebolledo
Rasero
José Revueltas
La palabra sagrada. Antología
Novelas I
Novelas II
Relatos
Patricio Rivas
Chile, un largo septiembre
Julotte Roche
Max y Leonora. Relato biográfico
José Ramón Ruisánchez
Nada cruel
Pozos
Fabiola Ruiz
Telares
Juan Rulfo
Antología personal
Sergio Schmucler
Detrás del vidrio
Martín Solares (selección)
Nuevas líneas de investigación. 21 relatos sobre la impunidad
Pablo Soler Frost
El misterio de los tigres
Yerba americana
Miguel Tapia
Los ríos errantes
José Gilberto Tejeda
El justo castigo
Liudmila Ulitskaya
Sónechka
Gabriela Vallejo Cervantes
La verdadera historia del laberinto
Varios autores
Trazos en el espejo. 15 autorretratos fugaces
Norte. Una antología
Socorro Venegas
La noche será negra y blanca
Paloma Villegas
La luz oblicua
Agosto y fuga